HEYNE <

CHRISTIAN BUDER

DAS GEDÄCHTNIS DER INSEL

ROMAN

WILHELM HEYNE VERLAG
MÜNCHEN

MIX
Papier aus verantwortungsvollen Quellen
FSC® C014496
FSC www.fsc.org

Verlagsgruppe Random House FSC® N001967

Vollständige deutsche Taschenbuchausgabe 10/2018

Printed in Germany
Umschlaggestaltung: © Geviert Grafik & Typografie, München
Umschlagmotiv: © Shutterstock/Mimadeo
Satz: Leingärtner, Nabburg
Druck und Bindung: GGP Media GmbH, Pößneck
ISBN: 978-3-453-42246-9

www.heyne.de

Für Manon, Félicie und meine Eltern

Was aus Liebe getan wird, geschieht immer jenseits von Gut und Böse.

Friedrich Nietzsche

Wenn nun die Liebe nicht schön ist und das Gute aber notwendigerweise schön, dann folgt daraus, dass auch die Liebe nichts Gutes ist.

Platon

Kapitel 1

Früher gab es die Welt nicht. Sie endete an den letzten Felsen der Insel. Daran glaubte Yann, bis sein Vater ihn aufs Festland mitnahm. Von den schroffen Felsen am äußersten Ende der Bretagne konnte er bei gutem Wetter den Leuchtturm der Insel sehen. Sie blieben nie länger als ein paar Stunden auf dem Festland. Bis auf die Felsen an der Pointe du Raz und dem Hafen von Audierne existierten die Landmassen mit ihren Felsen, Hügeln und Häusern nur abstrakt in seinem Schulatlas. Als Kind wollte er Ozeanforscher werden, wenn es diesen Beruf überhaupt gab. Jemand, der sich mit Fragen beschäftigte, warum eine intelligente Spezies wie der Mensch sich ausgerechnet auf dem Festland entwickelte und nicht im Meer. Mit solchen Fragen beschäftigten sich aber weder Ozeanforscher noch sonst jemand, was Yann erst erfahren sollte, als er die Insel verlassen hatte, nach dem Sturm und der Dunkelheit, die seitdem nicht mehr aufgehört hatte. Yann gefiel die Dunkelheit. Sie legte sich über die Zeit nach dem Sturm, als die Welle aus dem offenen Meer stieg und seine Mutter tötete. Als der Sturm vorüber war, bauten die Bewohner ihre Häuser wieder auf und begruben die Toten, die das Meer nicht geholt hatte. Seine Mutter blieb verschollen.

In Paris bewohnte Yann ein Zweizimmer-Appartement im Zweiten Arrondissement. Die Küste war weit genug entfernt. Er ging über keine Brücken, und er machte einen Bogen um jede Pfütze. Bei Regen verließ er das Haus nicht. Als Archäologe im Louvre konnte er arbeiten, wann er wollte. Doch das Wichtigste war: Er arbeitete alleine in seinem Büro. Niemand, der ihm Fragen stellte, und keine Frau, in die er sich hätte verlieben können. Nur fern von der Küste war er sicher. Das dachte er jedenfalls bis heute.

Von den Inselbewohnern sagte man, dass sie weder zum Festland gehörten noch zum Meer. Seit Jahrhunderten hockten sie auf einem grauen Granitfelsen und harrten aus, als warteten sie auf ein Zeichen des Aufbruchs. Fragte man einen Bewohner der Insel, warum er nicht längst die Insel verlassen habe, bekam man keine Antwort. Wer auf dieser Insel geboren wurde, der kam nirgendwo an. Die kantigen Granitfelsen, das ewige Heranschlagen der Brandung, die Stürme, die selbst die Leuchttürme zum Wanken brachten, formten den wahren Charakter der Bewohner. Wer hier geboren war, hatte es in den Adern. Das Meer färbte seine Seele. Und selbst wer nur einige Monate oder Jahre auf der Insel verbrachte, spürte, wie er sich veränderte. Der Wind und das Meer hinterließen Narben. Kein Mensch lebte freiwillig auf der Insel. – Nicht freiwillig, daran musste Yann denken, als er das Ticket gekauft hatte. Freiwillig ist keiner geboren, und keiner konnte sich aussuchen, wohin er kam, wenn er das Licht der Welt erblickte. Yanns wissenschaftlicher Verstand verbot es ihm, Fragen zu stellen wie: Wer entscheidet, ob jemand in einem Vorort von Paris, in den Favelas von La Paz oder auf einer Insel, acht Kilometer vom Festland entfernt, geboren wurde? Pflanzen hatten den evolutionären Nachteil, an dem Ort bleiben zu müssen, an dem sie Wurzeln gefasst hatten. Menschen konnten wegziehen. Doch für die Bewohner der Insel war dies nicht so einfach. Sie hatten keine Wurzeln, die sie in die Erde graben konnten. Dafür trugen sie ihre Wurzeln auf eine unerklärliche Weise mit sich herum und blieben.

Yanns Vater war tot. Die Frau am Telefon hatte sich gar nicht erst angestrengt, auch nur künstlich mitfühlend zu wirken: »Gendarmerie Nationale, ich muss Ihnen leider mitteilen …« Mit diesen Worten begann die Nachricht vom Tod seines Vaters. Der Pater der Insel, Jean Baptiste Manois, hatte die Leiche von Mathieu Schneider beim frühmorgendlichen Spaziergang in dem nach fauligen Algen riechenden Hafenbecken entdeckt.

Das Meer schäumte. Am Horizont türmten sich dunkle Wolken. Yann hatte Glück gehabt. Er war einer der letzten Passagiere, die über die schwankende Brücke auf die Fähre kamen. Ein alter Matrose in grünem Ölzeug löste die Taue von den Stahlpollern und sprang auf das rostige Deck. Die anderen Passagiere hatten sich schon in den geschützten Innenbereich der Fähre begeben. Yann blieb an Deck. Die Gischt der Wellen schlug über die Reling, als die Fähre das offene Meer erreichte. Eine Stunde dauerte die Fahrt bis zur Insel. Die Wellen türmten sich wie schwarze Berge auf. Die Dieselmotoren schoben das Schiff gegen die Wassermassen, um dann wieder in ein Tal aus schwarzgrünem Wasser zu stürzen. Die Dünung war stärker geworden, als sie die Pointe de Lervily passiert hatten. Vor ihnen lag nun der offene Atlantik. Noch war der Wellengang nicht beunruhigend für jemanden, der auf einem Stück Felsen aufgewachsen war, der an seiner höchsten Stelle gerade einmal neun Meter aus dem Wasser ragte. Wieder ging die Gischt über den Bug und hinterließ an Deck schäumendes Wasser. Ein Matrose schlitterte über Deck und rief ihm zu, sich nach innen in den geheizten Aufenthaltsraum zu begeben. Aus Sicherheitsgründen. Yann nickte ihm zu und ließ seinen Blick zum Horizont schweifen, der eine bewegte Linie im Regen war. Durch die grauen Schleier leuchtete kurz das Licht des Leuchtturms der Insel auf. Der alte Matrose wankte auf ihn zu.

»Hier draußen ist es zu gefährlich. Eine größere Welle, und es fegt Sie von Bord. Die Leute glauben, dass die Wellen einem großen Schiff nichts antun können. Das Gefährliche an Wellen ist aber, dass sie nicht regelmäßig sind. Manchmal schieben sich drei oder vier Wellen übereinander, sie türmen sich zu riesigen Bergen auf, die mit einem Schlag zweihundert Meter lange Frachtschiffe versenken können.«

»Wenn man das Gesetz der Wellen kennen würde, dann würde man alles auf der Welt verstehen«, fuhr der Matrose fort. »Wir leben jahrelang in dem Glauben, dass das Regelmäßige uns umgibt und schützt. Als ob das Leben eine gleichmäßige Dünung wäre, und dann schaukelt sich etwas aus dem Gewohnten hervor. Und von einem Augenblick auf den anderen wird aus einem ganz normalen Leben ein Albtraum. Da überlegt jemand, ob er sich einen roten Wagen kaufen soll oder ob er heiratet oder nicht, und ein paar Stunden später findet man seine Leiche im Wasser. Irgendetwas bricht aus den gleichmäßigen Wellen heraus. Und mit einem Mal türmt sich ein Wellenberg auf, eine schwarzgrüne Wand. Niemand sieht das voraus. Ich bin mir sicher, dass der Mann, der von der Fähre gesprungen ist, auch nicht wusste, warum er sich umgebracht hat. Er war Arzt.«

»Woher wissen Sie, dass er auf der Fähre war?«

»Er stand auf unserer Passagierliste. Die Polizei sagt, der Mann sei von der Fähre gesprungen und die Strömung habe ihn in den Hafen der Insel geschwemmt. Das Meer schluckt nicht jeden Toten.«

»Nichts bringt mich dazu, über Bord zu springen, und keine Welle bekommt mich von Deck.«

Das Schiff sackte nach vorn in ein Wellental. Für einen Moment sah Yann den weißen Schaum auf dem schwarzen Wasser. Lichtreflexe von den Scheinwerfern. Yann hielt sich am Geländer der Eisentreppe fest. So stürmisch hatte er die See noch nie gesehen. Seine Mutter und sein Vater, beide starben im Meer. Vor dreißig Jahren sank das Segelboot, auf dem seine Mutter war, und jetzt war sein Vater auch im Meer gestorben. Die Wassermassen um die Fähre schienen ihm plötzlich unendlich. In jeder Minute starben Lebewesen in diesem Meer, andere wurden darin geboren. Seine Eltern waren nicht mehr als ein sterbender Wal oder eine tote Krabbe. Das Meer kümmerte sich nicht um die Toten. Die Vorstellung von der Gleichgültigkeit des Meeres beruhigte ihn.

Hatte sich sein Vater das Leben genommen? Warum hatte man ihm nichts davon gesagt? Die Polizistin hatte etwas von einem Unfall gesagt. Yann konnte sich einfach nicht vorstellen, dass sein Vater sich das Leben genommen hatte. Er musste an die Riesenwellen denken, die aus dem Nichts kamen, alles zerstörten und ebenso unheimlich wieder verschwanden, wie sie gekommen waren.

Das Wasser hatte um diese Jahreszeit nicht einmal acht Grad. Sein Vater hatte über die Jahre unzählige

Totenscheine ertrunkener Touristen und Fischer ausgestellt. Nur die Fischer wussten, dass eine Wassertemperatur von zehn oder zwölf Grad eine Todeszone war. Wer über Bord ging, war tot. Surfer und Badetouristen kannten die Gefahr nicht oder unterschätzten sie. Sie starben durch die Kälte, bevor die Strömung sie erfasste. Ein Erwachsener, erklärte ihm sein Vater, als er den Totenschein eines Touristen aus Deutschland ausstellte, schaffte es bei einer Wassertemperatur von zehn Grad Celsius gerade einmal sechs Sekunden lang, die Luft anzuhalten. Der Kältereiz auf der Haut ließ Herzfrequenz und Blutdruck extrem ansteigen. Viele Menschen starben schon beim Eintritt ins Wasser an Herzversagen. Ohne Neoprenanzug und Tauchermaske hatte man im kalten Atlantik zu dieser Jahreszeit keine Überlebenschance.

Der Matrose klammerte sich an die Befestigungsseile der Rettungsbojen, die unter dem Treppenaufstieg angebracht waren.

»Wenn das Schiff seitlich rollt«, rief er durch das Getöse aufprallender Wassermassen, »dann ist dies ein schlechtes Zeichen. Gleich wird der Kapitän mehr Fahrt machen, um das Schiff zu stabilisieren.«

Yann hielt sich fest und beobachtete die zerfurchte See. Der Matrose sagte, dass dies das Wetter der Selbstmörder sei. »Besser, Sie gehen rein.« Der Regen peitschte quer über das Deck. Der Leuchtturm der Insel kam näher. Aus dem warmen Innenraum drangen Stimmen. Der Matrose setzte sich neben ihn. Yann bot ihm eine Zigarette an. Der Matrose zog mit zittrigen Fingern eine Zigarette aus der Schachtel. Yann hielt ihm die Hände so hin, dass der Wind die Flamme seines Feuerzeugs nicht ausblies.

»Dies ist erst der Anfang des Sturms«, sagte der Matrose, »es soll ein Jahrhundertsturm werden. Noch schlimmer als der Sturm vor dreißig Jahren. Und wenn dann noch ein Kaventsmann aus dem Sturm kommt.«

Yann drehte dem Meer den Rücken zu, damit der Regen den Tabak seiner Zigarette nicht aufweichte. Vor dreißig Jahren, einen Tag vor seinem achten Geburtstag, hatte das Meer sich schwarz gefärbt. Er hatte es selbst gesehen, als noch kein Wind ging und dunkle Wolken wie ein flüssiges Gebirge vom Horizont aufstiegen. Er erinnerte sich an den Regen, die Wellen, die über die Hafenmauern brachen, und an den Wind. Erst später sollte er erfahren, dass seine Mutter auf der Segelyacht war, die Stunden nach dem Sturm vermisst wurde.

»Wer geht schon bei diesem Hundswetter auf eine Insel?«

»Wer zu einer Beerdigung muss.«

»Ich hoffe, Sie wollen nicht gleich zurück. Wenn Sie Pech haben, dann sitzen Sie die ganze Woche fest.«

»Vielleicht zieht der Sturm vorbei.«

Der Matrose schüttelte den Kopf. »Der Sturm kommt. Das melden sie im Radio. Die Leute an der Küste bringen sich in Sicherheit. Noch kein Sturm hat einen Bogen um die Insel gemacht.«

»Ich bleibe nur zur Beerdigung«, sagte Yann.

»Der Sturm entscheidet, wie lange Sie bleiben.«

»Ich bin nicht der Einzige.«

»Sie meinen die durchgeknallten Sturmtouristen? Sie wollen den Sturm fotografieren, auf der Insel. Die Préfecture hat wegen der Sturmwarnung schon Kinder evakuiert. Die Alten rühren sich nicht vom Fleck. Sind wie Bäume. Man verpflanzt sie nicht. Entweder sie widerstehen, oder sie fallen.«

Der Matrose drückte die Zigarette auf einer der nassen Planken aus.

»Beerdigung.« Der Matrose schüttelte den Kopf. »Mitten im Sturm.«

Die ersten Häuser und der Hafen tauchten aus dem Regen auf. Ihre dunklen Umrisse sahen aus, als hätte jemand nur flüchtig mit Bleistift Skizzen von Häusern auf grauer Wellpappe gezeichnet. Der Seemann stand auf und hatte Schwierigkeiten, sein Gleichgewicht auf Deck zu halten.

Zur Beerdigung, hörte Yann sich selbst sagen, als müsste er sich an einen Traum erinnern. Vor zwanzig Jahren hatte er die Fähre in Richtung Festland genommen. Damals schwor er sich, niemals wieder zurückzukehren. Zwanzig Jahre hatte er nicht mehr mit seinem Vater gesprochen. Und seine Mutter lag auf dem Grund des Meeres. Das Meer hatte nichts Schönes. Es hatte seine Mutter verschluckt, als hätte es sie nie gegeben. Und sein Vater war ihr jetzt gefolgt.

Die Dünung der Wellen wurde etwas flacher. Die Strömung ließ die Wellen gegeneinander laufen. Die Motoren waren lauter als die flache Brandung im Hafen. Er hätte nicht hierherkommen sollen. Noch konnte er auf dem Schiff bleiben und wieder zurückfahren. Die Beerdigung konnte auch ohne ihn stattfinden. Sein Vater war tot. Und Rykel, sie musste damit fertigwerden, mit oder ohne ihn. Er konnte ihr nicht helfen. Yanns Vater hatte länger mit Rykel zusammengelebt als mit seiner Mutter. Keinen Tag würde er länger bleiben. Wer freiwillig auf diesem elenden Felsen im Meer lebte, dem war nicht zu helfen. Aber da war nicht nur der Sturm. Ein anderes Gefühl kroch langsam in ihn hinein, etwas Dunkles, das er an dem Tag berührt hatte, als seine Mutter nicht mehr nach Hause kam.

Die ersten Schritte waren die schwersten. Das Gehirn hatte sich auf den wankenden Boden auf dem Schiff eingestellt, sodass Yann das Gefühl hatte, die Quaimauer unter ihm würde schwanken. Mit ihm stiegen Touristen aus. Der Wind zerrte an ihren Windjacken, als sie ihre Ankunft fotografierten. Der Matrose, der Angst hatte, dass er über Bord sprang, legte die dicken Taue um die Poller.

Auf der Insel lebten 205 Menschen. Touristen zählten nicht, genauso wenig wie Möwen. Die Möwen kamen und gingen wie die Touristen. Durch den Tod seines Vaters schrumpfte die Bevölkerung auf 204. Die Anzahl der über Achtzigjährigen war um einiges höher als die Anzahl der Kinder. Nach einer Woche hatte man alles gesehen, und nach einem Monat kannte man jeden Stein auswendig. Von den alten Bewohnern sagte man, dass sie sogar die einzelnen Möwen wiedererkannten. Sie gaben ihnen Namen von Toten, weil sie glaubten, dass die Vögel verstorbene Inselbewohner waren. Kein Baum, kein Strauch hielt dem salzigen Wind stand. Bis auf stinkende Algen und wilde Armérïes, die aus den Ritzen der verfallenen Steinmauern wucherten, wuchs nichts auf der Insel. Früher bauten einige Insulaner Kartoffeln an, vergeblich. Leben konnte auf dieser Insel nicht Fuß fassen. Alles, was hier lebte, kam nur flüchtig auf die Insel. Wie die Möwen oder die Muscheln, die aus dem Meer krochen und sich an die spitzen Felsen klammerten. Die Bewohner waren eine Spezies, die nicht so beharrlich wie Muscheln war, die sich an einer Ritze festsaugten, aber auch nicht so leicht davonflog wie die Möwen, für die die schroffen Felsen nur ein Landeplatz von vielen war. Mauerreste zwischen kniehohen Dornenhecken, mehr konnte der

Mensch auf diesem kahlen Flecken im Meer nicht erreichen. Das Meer hat immer das letzte Wort, sagte sein Vater. Yann erinnerte sich an eine Sturmnacht. Die Wellen warfen sich über die Insel. Bis auf den Felsen mit der Kirche, dem höchsten Punkt auf der Insel, war überall Wasser. Es sah aus, als würde die Insel sinken. Auf der flachen Insel gab es keinen Schutz. Der Wind riss in dieser Nacht sogar eine Kuh mit ins Meer. Yann erinnerte sich an die Dunkelheit, den peitschenden Regen und das Donnern des Meeres, das die Fundamente der Häuser erschütterte. Sie wankten im Sturm, der gesamte Felsen schien von der Brandung aus den Fugen gerissen zu werden. Aber das war alles noch harmlos. Noch schrecklicher als die mörderischen Wellen, die Stürme, die sich wie dunkle Raubtiere in der Nacht über die Insel warfen, waren die immer selben Gesichter. Es war unmöglich, jemandem aus dem Weg zu gehen. Als Yann das erste Mal mit seinem Vater in Brest war, konnte er gar nicht fassen, wie viel verschiedene Menschen es gab. Kein Gesicht glich dem anderen. Stattdessen glichen sich die Gesichter der Insulaner immer mehr, je öfter man sie sah.

Die Fähre legte ab, und Yann ergriff das beklemmende Gefühl, das ein Gefangener haben musste, wenn sich die Türen schlossen. Yann stand noch am Hafen und schaute der Fähre hinterher. Sein Vater trieb also in der braunen Brühe des Hafenwassers, zwischen den bunten Fischerbooten und den Grünalgen. Die Polizistin hatte nicht gesagt, wie sein Vater gefunden worden war. Mit dem Kopf nach unten oder auf dem Rücken, die toten Augen in den Himmel gerichtet? Der Regen hatte die anderen Passagiere verscheucht. Yann blieb noch ein paar Minuten stehen. Der Wind drängte durch seine Regenjacke. Er spürte, wie der Wind nach seinen Knochen griff. Yann ließ den Hafen hinter sich und folgte dem Weg, der zum Haus seiner Eltern führte. Vor zweihundert Jahren hatte es ein Unbekannter auf den Felsspitz gebaut, auf dem auch der Leuchtturm stand. Es brauchte keine Architekten. Fischer bauten die Häuser mit den Steinen, die sie auf der Insel fanden. Das Erdgeschoss im Haus seiner Eltern sah aus, als wäre es Teil des Granitfelsens. Jemand hatte Löcher in den Fels geschlagen und eine Tür und Fenster eingesetzt.

Im Erdgeschoss brannte Licht. Rykel war zu Hause. Er hätte sie anrufen können, um ihr zu sagen, dass er kommt, nach all den Jahren. Doch was hätte er mit Rykel reden sollen? Sie war allein im Haus seiner Eltern. Seine Mutter lag auf dem Grund des Meeres, und sein Vater war vor zwei Tagen tot im Hafenbecken gefunden worden. Wer weggeht und wieder zurückkommt, der findet nicht mehr denselben Ort vor. Alles war in Bewegung und das, was wir kennen, eine Illusion. Yann ging ein Stück zurück und folgte dem Weg zum Hotel.

Das Hotel war nicht weit vom Leuchtturm. Besser er verbrachte die zwei Tage bis zur Beerdigung im Hotel.

»Wir sind belegt«, sagte eine raue Stimme. Sie gehörte Rose. Yanns Mutter hatte noch gelebt, als Rose schon die blauen Tischdecken auf die Plastiktische gelegt und festgeklammert hatte. »Sie kommen auch wegen des Sturms?«

»Von Stürmen habe ich genug«, antwortete Yann. »Ich bleibe nur zwei Tage.«

»Alles belegt. Sagte ich schon, Monsieur. Die haben alle im Voraus gebucht. Wegen des Jahrhundertsturms.«

»Ich bin hier zur Beerdigung meines Vaters.«

Rose schaute ihn an, dann setzte sie ihre Brille auf und knipste die Stehlampe am Tresen an.

»Yann? Ich habe dich gar nicht erkannt. Was machst du hier? Dich hätte ich am wenigsten erwartet. Für alle anderen hier brauche ich keine Brille. Die erkenne ich am Geruch. Und all die Touristen interessieren mich nicht. Wenn wir das Geld nicht bräuchten, würde ich keines dieser Landeier mit ihren Regenjacken und Fotoapparaten auf die Insel lassen. Aber wir haben hier sonst nichts. Entweder fahren unsere Männer zum Fischen raus, und wir Frauen flicken die Netze, oder wir vermieten Zimmer. Das ist alles, und das wird immer so bleiben.« Sie kam um den Tresen. »Jesus, Maria, bist du alt geworden. Graue Haare und einen fetten Kopf.«

»Pariser Leben. Nicht gerade gesund.«

»Ich war einmal in Paris. Der Gestank bringt einen um. Und was arbeitest du, um so graue Haare zu bekommen?«

»Archäologe, im Louvre.«

»Das alte Zeugs hat wohl auf dich abgefärbt.« Sie ging wieder zurück hinter den Tresen. »Warum willst du nicht im Haus deines Vaters übernachten?«

»Ich will lieber woanders wohnen.«

»Hast du Rykel gesagt, dass du kommst?«

Warum wollte er nicht im Haus seines Vaters wohnen? Warum nicht in seinem alten Kinderzimmer, von wo aus er den Leuchtturm sah? Das Haus, das mit dem Felsen verwachsen war. Das Haus, in dem sie jetzt wohnte, schon seit dem Tod seiner Mutter. Sie wollte seine Mutter sein, aber dafür hätte sie auf dem Grund des Meeres liegen müssen.

»Ich werde sie morgen auf der Beerdigung sehen.«

»Das war für uns alle ein Schock, als wir das hörten.«

»Wo haben sie ihn hingebracht?«

»In die Kirche. Sie haben den Sarg geschlossen. Ich hätte ihn gerne noch einmal gesehen, aber Rykel meinte, er habe schlimm ausgesehen. Die Gendarmerie ist noch da.«

»Ich möchte ihn sehen.«

»Da redest du am besten mit der Gendarmerie.« Rose kniff die Augen zusammen und machte ein Gesicht, als wollte sie jetzt jedes Wort einzeln verkaufen.

»Die können mir auch nicht mehr erzählen.«

»Rede mit ihr«, sagte Rose.

»Was soll ich mit der Gendarmerie reden?«

»Nein, mit Rykel.«

Yann nahm seinen Rucksack und wollte sich gerade verabschieden, als Rose seinen Arm packte.

»Du bleibst hier«, sagte sie so, dass jede Widerrede zwecklos schien. »Du wohnst in Jacques' Zimmer. Er kann die paar Tage auch im Wohnzimmer auf der Couch schlafen.«

»Ich will euch nicht zur Last fallen.«

»Halt den Mund. Ich beziehe dir nachher das Bett neu, und Jacques lasse ich vor der Glotze.«

Ein Windstoß ließ die Fenster im Empfang erzittern, eine Tür knallte, und draußen flatterten blaue Tischdecken davon, Stühle und Tische kippten um.

»Das ist erst der Anfang«, sagte Rose, »ich habe kein gutes Gefühl mit diesem Sturm.«

Rose hatte Jacques auf die Couch verbannt. Als Yann die Insel verlassen hatte, um in Paris zu studieren, war Jacques noch Kapitän der Muette, die er von seinem Vater geerbt hatte. Yann hatte Jacques nur in Erinnerung, wie er auf dem Kutter arbeitete, in Gummistiefeln, mit wenig Worten. Vor fünf Jahren hatte es angefangen, meinte Rose. Er lief den Hafen in Douarnenez an und behauptete, er sei auf der Insel. Als ihm der Hafenmeister sagte, dass er sich im Hafen getäuscht habe, stieß Jacques ihn ins Wasser. Sie dachten, er hätte zu viel getrunken. Doch die Alkoholprobe ergab, dass er keinen Tropfen Alkohol im Blut hatte. Seit zwei Jahren erkennt er niemanden mehr. Nur montags, da ist sein Geist für Stunden klar. »Aber ich weiß nicht«, sagte Rose, »woran er sich da erinnert. Ich glaube ja, dass er überhaupt nicht mehr da ist.« Jacques saß auf dem roten Sofa, mit der Fernbedienung des Fernsehers in der Hand. Yann kannte den Fischer als stämmigen Mann, der nie viel sprach, aber wenn er etwas sagte, dann steckte in seiner Stimme immer eine Faust. Er war fünfundzwanzig Jahre älter als Rose. Rose kam vom Festland und arbeitete damals als Aushilfe auf dem Fischmarkt. Sie hatte ihre Jugend und bewohnte ein Zimmer mit zwei anderen Frauen, und Jacques hatte ein Boot und ein Haus. Rose zog einen alten Mann mit Haus, der auf ihr lag, einem Spinner vor, der nichts außer seiner Jugend hatte. Seit sie die Geschäfte führte, war Jacques nur noch ein Bewohner ihres Hauses. Den Kutter hatte sie verkauft und dafür ihr Haus zum Hotel ausgebaut. Yann hatte früher nie verstanden, warum Rose die Insel nicht mehr verlassen hatte. Sie war die rothaarige Schönheit der Insel, und sie hätte auf dem Festland vielen Männern den Kopf verdrehen können. Stattdessen entschied sie sich für einen maulfaulen Fischer in gelben Gummistiefeln. Rose jedoch hielt immer an der

Vorstellung fest, dass sie nur auf der Durchreise war. »Es gibt immer ein Morgen und ein Anderswo«, sagte sie gerne an der Theke, wohl wissend, dass diese scheinbare Möglichkeit mit den Lebensjahren zur bloßen Floskel verkam. Jacques sprach niemals über Rose. Zu ihrer Hochzeit kam niemand aus ihrer Familie, sie hatte keine Freunde und keine Bekannten. Nur Jacques und die Fischer.

Das Donvor war die einzige Bar auf der Insel, die das ganze Jahr geöffnet hatte. Den Namen hatte Jacques gewählt. Chez Rose klang ihm zu sehr nach Paris und Nutten. Und das ging auch deshalb nicht, weil die Kirche nur zwei Straßen entfernt war. Außerdem war für Touristen ein bretonischer Name für eine Bar ansprechender.

Und so hieß das Hotel, das seine Zimmer über der Bar hatte, Hotel Donvor. Es war die letzte Entscheidung, die Jacques gegen den Willen seiner Frau getroffen hatte. Ein Holzschild über dem Eingang mit der Aufschrift Donvor war die kreative Hinterlassenschaft eines Mannes, den das Meer nicht umbringen konnte, der auf dem Land jedoch nicht lebensfähig war.

Die Kirche war offen. Drinnen roch es nach feuchten Steinen und nach Staub. Yann suchte nach dem Sarg seines Vaters, doch bis auf ein paar Blumen auf dem Altar hatte sich nichts verändert. Hinter dem Altar führte eine schmale Holztür in einen Raum. Darin zog sich der Pfarrer für die Messe um, und dort standen auch die Särge der Toten, bevor sie beerdigt wurden. Die Klinke war kalt, und Yann fühlte sich wie ein Eindringling. Das Gefühl verstärkte sich noch, als die Tür sich nicht bewegte. Er klopfte an die Tür. Das Echo seiner Schläge sprang unregelmäßig zwischen den kalten Mauern hin und her, bis nur noch der Wind von draußen zu hören war. Er wandte sich um, und eine Frau stand vor ihm. An ihrem Arm eine rote Binde: Gendarmerie Nationale.

Hätte der Priester die Leiche nicht im Hafen der Insel entdeckt und wäre Gwenn an ihrem freien Tag schon bei der Pointe du Raz zum Schwimmen im Wasser gewesen, dann hätte ihr Chef einen frisch beförderten Lieutenant auf den Fall angesetzt. Gwenn hatte ihren Neoprenanzug in ihrem Rucksack und stieg bereits über die kargen Grasnarben zu der schmalen Sandbucht zwischen den schwarzen Felsen, die messerscharf aus dem Meer ragten. Zwischen ihr und Commandant Argensons Schreibtisch mit dem Portrait des Präsidenten im Rücken lagen 270 Kilometer. Vier Stunden Fahrt. Sie roch die salzige Luft, und sie betrat das Vorzimmer zur Tiefe. So nannte sie den Moment, wenn sie an den Felsen stand und sie nichts anderes mehr hörte als die Brandung und den Wind. Sie war süchtig nach diesem Augenblick, wenn all ihre Gedanken nur noch wie das Wasser waren, das gegen Felsen schlug. Die ersten Wellen umkreisten ihre Knöchel. Das eiskalte Wasser betäubte die Nerven in ihren Füßen. Sie spürte die spitzen Kiesel kaum. Vor viereinhalbtausend Jahren standen an dieser Küste schon Menschen und ließen ihre Gedanken über den tänzelnden Schaumkronen wandern. Sie dachten sich eine Welt, die sie genauso wenig die Zukunft erahnen ließ wie Gwenn Tausende Jahre später. Jeder war in seiner Zeit gefangen. Das Handy surrte in ihrer Tasche. Sie werden dich nicht ohne Grund anrufen. Sie schaltete das Handy lauter und presste es gegen ihr Ohr.

»Wir haben da eine Leiche auf Ihrer Insel«, sagte Argenson. »Sie sind doch auf der Insel groß geworden. Nur ein Toter im Hafen. Wahrscheinlich ein Tourist.«

Warum konnte sie nicht einfach ihr Handy abschalten? »Du bist nichts anderes als ein Diener in blauer Uniform«, hatte ihr Vater gesagt, als sie zur Gendarmerie ging. »Du wirst Jahre damit verbringen, in der Hierarchie aufzusteigen, dein Leben wird vorbei sein, und was hast du mit deinem Leben getan?« Für ihren Vater hatte sie nicht nur die Insel verlassen, um zur Gendarmerie zu gehen. Sie hatte die bretonische Kultur und ihre Ahnen verraten. Die Bretonen gehörten so wenig zu Frankreich wie die Schotten oder Iren zu England, meinte ihr Vater, und er war fest davon überzeugt, dass es eines Tages wieder ein bretonisches Reich geben würde. Sobald ihr Vater das Wort bretonisch in den Mund nahm, redete er von Politik und großen Männern in der Vergangenheit. Das waren mehr Mythen als geschichtliche Fakten. Fakten interessierten ihren Vater nicht, es sei denn, sie passten in sein Weltbild. Gwenn war sich sicher, dass ihr Vater niemals ein Buch über die Bretagne gelesen hatte. Alles, was sie über den Ort wusste, an dem sie aufgewachsen war, hatte sie von ihrer Mutter. Gwenn erinnerte sich an die Spaziergänge mit ihrer Mutter, als sie auf den Felsen am äußersten Ende der Insel saßen und aufs Meer hinausblickten. Gwenn hatte immer den Eindruck, dass ihre Mutter diesen Ort aufsuchte, weil sie auf eine Antwort wartete, die aus der salzigen Leere, gefüllt mit Licht und Wind, eines Tages zu sehen wäre. Jahre später, nachdem ihre Mutter bereits erkrankt war, fand Gwenn alte Hefte aus ihrer Zeit in Paris. Erst nachdem sie die Hefte ihrer Mutter gelesen hatte, verstand Gwenn, warum ihre Mutter bei ihren Spaziergängen manchmal ihre Hände auf einen Felsen legte, die Augen schloss und still in sich hineinredete. Ihre Mutter hatte mehrere Jahre lang an spiritistischen Zirkeln teilgenommen, die sich zu den Nachfahren des selbst ernannten Druiden Allan Kardec zählten. Sie hatte das Buch der Geister gelesen und mit Randnotizen beschrieben. Ihre Mutter musste damals in dem Alter gewesen sein, in dem sie heute war. Ihre Mutter glaubte an Seelenwanderung und dass alles Teil eines Geistes sei. In ihren Aufzeichnungen redete sie von Seelen, die inkarniert in Menschen, Tieren und Pflanzen, aber auch in scheinbar nicht Lebendigem wie Felsen wohnten. Und dann gab es Geister, die herumirrten und manchmal von Menschen Besitz ergriffen. Ihre Mutter hatte damals nicht mehr Lebenserfahrung als sie heute. Dennoch lief sie nicht auf der Insel herum und redete mit Steinen. Steine reden nicht und hören nicht zu. Das Einzige, was auf dieser Welt zählte, war der Mensch, und der gehörte zu einer Spezies, der man nicht trauen konnte. Vielleicht ging sie deshalb zur Gendarmerie, weil sie dort weit weg von den Druiden war, die bei Vollmond Misteln schnitten und mit den Felsen sprachen.

»Wie lange warst du weg?«

Es dauerte einige Sekunden, bis Yann aus dem Gesicht der Frau die Züge des Mädchens lesen konnte, die sie einmal war. Ihr rundliches Gesicht war verschwunden. Wangenknochen und Kinn waren kräftiger. Dort, wo in seiner Erinnerung ein pummeliges Mädchen war, stand nun eine Frau mit drahtiger Figur und kräftigen Schultern. Eines war jedoch gleich, und daran erkannte er sie sofort: ihre nahezu wasserblauen Augen. Alles altert an einem Menschen. Nur nicht die Augen. Man sieht mit ihnen vielleicht schlechter, aber wer in die Augen eines Hundertjährigen blickt, der blickt in die Augen des Kindes, das er einmal war.

»Zwanzig Jahre.«

»Und dann gleich in der Kirche randalieren.«

»Ich habe angeklopft. Mein Vater ist hier.«

»Er macht dir nicht auf«, antwortete sie und zog einen Schlüssel aus ihrer Tasche. »Selbst wenn Tote hören könnten.«

»Ich möchte ihn noch einmal sehen.«

Gwenn ging um ihn herum und setzte sich auf die Altartreppe. In die Stille der Kirche mischte sich das Rauschen der Brandung.

»Dein Vater ist in einem sehr schlechten Zustand.«

»Er ist tot. Nichts kann seinen Zustand noch schlimmer machen.«

»Ich meine, sein Anblick ist nicht angenehm. Er trieb zwei Tage im Meer, dazu kommen noch der Tierfraß und die Schürfspuren.«

»Kann ich zu ihm, oder hat Madame Commissaire etwas dagegen.«

Gwenn schüttelte den Kopf.

»Madame Capitaine, Gendarmerie Nationale. Den Unterschied solltest du kennen.«

»Seit wann gehörst du zur Polizei?«

»Zur Armee. Die Gendarmerie gehört zur Armee.«

»Du hast meinen Vater gefunden?«

»Pater Manois hat ihn im Hafenbecken gefunden.«

»Du warst es, die mir den Tod meines Vaters mitgeteilt hat? Warum hast du nicht gesagt, dass du es bist?«

»Hätte es in diesem Augenblick etwas geändert?«

Gwenn streckte ihm aus der Hocke ihren Arm entgegen. »Hilf mir hoch.«

Yann griff ihren Arm, doch anstatt sie hochzuziehen, zog sie ihn zu sich. Sie hatte einen festen Griff. Yann stützte sich auf der Treppe ab, um nicht auf ihre Schenkel zu fallen.

»Du schuldest mir noch was, das weißt du.«

Yann drückte sich ab. Gwenn ließ seinen Arm los und stand auf. Sie richtete ihren Blick in den dunklen Teil des Kirchenschiffes. Sie brauchte es nicht auszusprechen. Er wusste, was sie dort sah. Er war nur zurückgekommen, um seinen Vater zu beerdigen, mehr nicht. Was dort unter dem Blick der Heiligen Jungfrau war, brauchte niemand zu wissen. Morgen war die Beerdigung, und übermorgen war er wieder in seinem Büro im Louvre und bei der Marduk-Statue, deren Echtheit er zu prüfen hatte. Was hier auf der Insel war, hatte niemanden zu interessieren, auch Gwenn nicht. Kein Museum der Welt, kein Geschichtsschreiber wird jemals danach fragen, weil es nichts gibt. Die Menschheitsgeschichte war voll mit dem Staub ungeschriebener Geschichten, die keiner kannte und die niemanden interessierten. Er sah Gwenn an, die ihn anstarrte, als erwartete sie von ihm ein Geständnis.

»Warum hast du keine Uniform an?«

Sie steckte den Schlüssel ins Schloss der alten Holztür.

»Weil ich zur Brigade des Recherches gehöre. Wir von der Untersuchungsabteilung der Gendarmerie sind meistens in Zivil unterwegs.«

»Aber was machst du auf der Insel?«

Sie machte Licht. Eine nackte Glühbirne warf warmes Licht auf den Holzsarg, der auf einem Rollwagen lag, der mit einem violetten Tuch verhüllt war. Der Sarg war geschlossen.

»Ich untersuche den Tod deines Vaters.«

»Du hast mir aber gesagt, dass es ein Unfall war.«

»Das glaubte ich anfangs auch.«

»Und auf der Fähre sprach der Matrose von einem Selbstmord. Warum dann eine Untersuchung durch die Gendarmerie?«

»Hilfst du mir mit dem Sarg?«

Zusammen hoben sie den massiven Deckel des Sarges an und legten ihn auf den Boden. Der Geruch vereinnahmte sofort den Raum. Yann wich instinktiv zurück. Die Verwesung war schon fortgeschritten. Sterbliche Überreste. So nannte man die Leiche eines Menschen, als gäbe es noch etwas anderes, das blieb. Nur nicht dieser Gestank. War dies sein Vater, was da vor ihm im Sarg lag? Dieses Etwas trug ihn ins Bett, baute mit ihm Steintürmchen, las ihm Der Kleine Prinz vor.

Zwei Tage im Meer hatten ihn derart verwandelt, dass er ihn nicht mehr kannte. Die sterblichen Überreste lösten sich auf und rückten von dem Bild seines Vaters ab, an das er sich erinnern konnte. Widerlich, sagte er zu sich. Der Tod ist der Beginn einer grausamen Wahrheit. Kein Wunder, dass die Menschen sich so etwas wie das Paradies und ein ewiges Leben ausdachten. Niemand sieht sich gerne eine Leiche an. Gwenn hatte ihn gewarnt. Doch warum sollte er das letzte Bild seines Vaters nicht in sich aufnehmen? Sein Vater starb in der dunkelgrünen See der Bretagne. Er starb im selben Wasser, in dem er als Kind gespielt hatte. Die Hände im Sand vergraben, allein mit dem Wind vor den weißen Dünen. Bleib vom Wasser weg, hatte sein Vater ihm zugerufen, wenn die Flut kam. Das Meer holt Kinder ebenso wie Seeleute, das Meer unterscheidet nicht. Es holt sich alles, was ihm zu nahe kommt.

Gwenn stellte sich neben ihn. Sie nahm seine Hand und wollte ihn sanft wegziehen, doch Yann war wie versteinert. Seine Haut war dunkelviolett gefärbt, und ein grobes Geflecht aus dunkelblauen Adern schimmerte an den Schultern durch weiße Haut. Fische, Seevögel und Insekten hatten ihr Zerstörungswerk schon begonnen. Die Augäpfel fehlten.

»Was ist mit seinen Augen?«

»Möwen verspeisen gerne Augäpfel«, antwortete sie.

»Warum die Augen?«

»Keine Ahnung, das sind für sie Leckerbissen, so was wie Trüffel für uns.«

Gwenn machte einen Schritt nach vorne, um zwei Löcher am Hals aus der Nähe anzusehen. Angewidert zuckte sie zurück. Der beißende Geruch intensivierte sich, je näher man der Leiche kam, er schwebte wie ein unsichtbarer Nebel über dem toten Körper.

»Es gibt hier keine Kühlräume auf der Insel«, sagte sie, »besser wir schließen den Sarg wieder. Ich kann dir das auch auf Fotos zeigen.«

»Sind das Einstiche am Hals?«, fragte Yann und deutete mit seinem Finger auf zwei kleine Löcher mit glatten Rändern.

Gwenn zuckte mit den Schultern.

»Können durch Fischfraß entstanden sein. Aale fressen sich von innen durch die Leiche – oder Krabben.«

»Müssten die Verletzungen durch Tierfraß denn nicht größer sein?«

Yann sah seinen Vater, wie Hunderte von Fischen und Krabben seinen Körper belagerten und sich um die besten Fressplätze stritten.

»Kommt auf die Tiere an. Es können kleine Aale sein, Krabben, kleine Muschelkrebse.«

»Können es nicht Stichverletzungen sein?«

»Exakt kann man das nicht mehr sagen, weil die Hautränder von den Abschürfungen und dem Meerwasser stark beschädigt sind. Ich glaube, dass die Wunden nach seinem Tod entstanden sind, sonst könnte man um die Wunden eine Unterblutung der Wundränder entdecken.«

»Er ist also ertrunken. Und was ist mit seiner rechten Schädelhälfte passiert?«

Gwenn nahm einen Kugelschreiber und wickelte ihn in ein Papiertaschentuch, dann zog sie ein Stück der Schädelplatte zur Seite. Von der grauen Masse, die einmal das Gehirn seines Vaters war, war nicht mehr viel übrig. Das Schädelinnere sah aus wie ein geplatzter Jogurtbecher.

»Schiffsschraube«, sagte sie. »Die typische Verletzung bei Wasserleichen, vermutlich ist ein Fischkutter über ihn hinweggefahren, ohne es zu bemerken. Die restlichen Verletzungen sind Schleifspuren. Die Leiche, ich meine, dein Vater wurde an eine felsige Küste angeschwemmt.«

»Leiche ist besser. Ich weiß nicht, ob das hier noch viel mit meinem Vater zu tun hat.«

»Willst du gehen?«

»Nein, ich will wissen, was mit ihm geschehen ist.«

»Wie du willst. Pater Manois entdeckte die Leiche im Hafen. Doch bis sie dahin kam, haben die Wellen sie wahrscheinlich über die Felsen geschlagen. Im Trachealsystem hat der Leichenbeschauer gestern Schaumpilz festgestellt. Ein Beweis der Vitalität, das heißt, dein Vater ist lebendig ins Wasser gefallen und ertrunken.«

»Keine Schussverletzung, kein Messerstich, nichts?«

»Bis auf die großflächige, postmortale Wunde am Kopf und die Schürfspuren gibt es keine Anzeichen von äußerer Gewalteinwirkung vor seinem Tod.«

Gwenn nahm behutsam die Hand des Toten und drehte die Handfläche nach oben.

»Daran erkennt man, wie lange die Leiche im Wasser gelegen hat. An den Waschausbildungen der Hand. Sie sind noch nicht so weit fortgeschritten. An der Handinnenfläche gibt es schon Spuren von Algenrasen. Zwei, drei, höchstens vier Tage.«

»Und die Verletzungen an den Knien und Handaußenflächen?«

»Schleifspuren«, antwortete sie und deutete auf seinen Handrücken. »Tote treiben zunächst am Grund entlang, meist mit dem Gesicht und den Knien nach unten. Die Arme sind meist vor dem Körper. Die Wellen haben ihn gegen die Felsen geworfen, dazu noch die starken Strömungen vor der Insel. Sie haben ihn über den Meeresgrund geschleift, bis zur Küste.«

»Und warum bist du hier?«

Gwenn verscheuchte ein paar Fliegen, die in die Nasenhöhle des Toten krochen und aus dem Mund wieder herauskamen. Sie hob den Deckel an. Yann half ihr.

»Weil dein Vater nicht von der Fähre gesprungen sein kann.«

»Es ist also weder Selbstmord noch ein Unfall. Sonst wärst du nicht hier.«

»Ich glaube, jemand hat ihn lebendig ins Wasser geworfen. Bei diesen Wassertemperaturen hat selbst ein guter Schwimmer ohne Thermoanzug höchstens Zeit für zwei oder drei Schwimmzüge. Und all das passierte aber eben nicht auf der Fähre.«

»Und wie kommst du auf diese Idee?«

»Das zeige ich dir.«

Gwenn schloss die Tür ab. Der Himmel warf durch die gitterverstärkten Fenster ein fahles Licht. Sie trat zuerst durch die Tür ins Freie. Yann verharrte kurz zwischen der schweren Außenpforte und einer neueren Tür, die als Wind- und Regenfang diente. Er sah in das dunkle Eck, in dem die Heilige Jungfrau im flackernden Licht der Kerzen stand. Neben den Kerzen lag ein offenes Buch. Jeder konnte sich dort eintragen, gegen eine kleine Spende. Dafür durfte er einen Wunsch für die Jungfrau Maria äußern. Natürlich hörte sie jeden Wunsch. Deshalb schnitzte man den Heiligen auch Ohren an den Kopf, denn ohne Ohren könnten sie nicht hören und auch keine Wünsche erfüllen. Der Mensch war abergläubisch. Soll er doch. Wer seinen Verstand gebrauchte, der konnte keine Kerze vor der Madonna anzünden. Das war mittelalterliches Gehabe. Doch es gab einmal eine Zeit, als er nachmittags mit Gwenn hier in der Kirche war, als er auch noch an solche Dinge glaubte. Der Beweis war noch immer dort in dem Eck, und Gwenn hatte es nicht vergessen.

Die Fischerboote und Yachten waren doppelt vertäut. Das Meer war unruhig und schwarz. Graue Wolken senkten sich auf die Häuser, die sich wie verängstigtes Vieh in der Mitte zusammengepfercht hatten.

»Siehst du den Anlegesteg der Fähre? Gleich auf der anderen Seite ist die Vogelinsel.«

Alle nannten sie immer die Vogelinsel, weil dort nur Möwen und Watvögel brüteten. In der Sonne strahlten die Felsen der Vogelinsel weiß. Generationen von Vögeln hatten dem kahlen Stück Felsen ihren Stempel aufgedrückt. Eigentlich hätte sie Kotinsel heißen müssen.

»Hast du die Plastikflaschen und den ganzen Müll gesehen?«

»Ich sehe keinen Müll.«

»Eben.« Gwenn führte die Linie weiter über die befestigten Hafenmauern. »Da ist kein Müll. Den findet man auf der anderen Seite der Anlegestelle. Die Strömung vom offenen Meer treibt nichts in den Hafen.«

Die Vorstellung, dass sein Vater sich das Leben genommen hatte, kam ihm zunehmend unwirklicher vor. Er war Arzt. Er hatte Zugang zu Medikamenten, die ihm einen weitaus sanfteren Abgang aus dieser Welt verschafft hätten, als zu ertrinken und Möwen und Krabben als Mahlzeit zu dienen.

»Mein Vater wäre niemals ins Hafenbecken gesprungen, um sich zu ertränken, wenn du das meinst.«

Gwenn schüttelte den Kopf.

»Die Verletzungen, die Schürfwunden. Das kommt vom Felsen, oder sie entstanden, als die Strömung die Leiche über den Grund geschleift hat. Und dein Vater ist nicht an diesen Wunden gestorben. Er ist ertrunken. Nur nicht hier. Komm hier runter, sonst kannst du es nicht erkennen.«

Gwenn kletterte über die Brandungsmauer zu den Felsblöcken, die als Wellenbrecher dienten.

»Was nicht erkennen?«

»Fällt dir nichts auf? Dort an den Wellenbrechern?«

Das Meer schäumte weiß, wo die Brandung ungezähmt gegen die Mauern und Felsblöcke schlug. Yann strengte sich an, etwas in dem schäumenden Chaos zu entdecken. Doch da war nichts außer Wasser, das seit Jahrtausenden immer gegen denselben Felsen schlug.

»Vom Anlegesteg bis zum Fundort im Hafen sind es ungefähr fünfhundert Meter. Ich bin es abgelaufen«, sagte Gwenn und folgte der Felsküste. Gwenn zeigte auf die Felsformationen vor ihnen und zog mit dem Finger eine imaginäre Linie zu den massiven Betonmauern im Wasser und zu den Fischerbooten, wo die Leiche gefunden worden war.

Der Weg über die Felsen wurde immer schmaler. Einige Male rutschte er aus. In dem dunklen Wasser war nichts zu erkennen. Gwenn ging zielstrebig voran. Sie kletterte über zwei Felsblöcke und stand auf einem sandigen Ausläufer. Sie bückte sich und hob etwas auf, das im Sand lag. Ein gelber Gegenstand, ein Kinderspielzeug, nicht größer als eine Faust. Erst als Gwenn ihm das Ding reichte, erkannte er das rundliche Teil.

»Was willst du mit einer Plastikente?«

»Nicht mit einer. Dutzende. Eigentlich wollte ich Styroporkugeln oder leere Flaschen, alles, was schwimmt. Gesammelt wird der Recyclingmüll in den Kellerräumen der Schule. Und da gab mir der Direktor eine Kiste mit Plastikenten aus einem Container, der angespült worden war. Wenn der Direktor gewusst hätte, wozu ich sie brauche, dann hätte ich mir wahrscheinlich einen Vortrag über Plastikmüll im Meer anhören müssen. Ich habe die ganze Kiste mit den Enten ins Meer geschüttet, nicht weit vom Leuchtturm. Und du hast es gesehen, einige sind schon auf dem Weg in Richtung Hafen. Die Seitströmungen an der Küste ziehen die Enten zwar von der Küste weg, doch die Drift lässt sie der Küste folgen, und morgen ist der Hafen wahrscheinlich voll mit kleinen gelben Plastikenten.«

»Mein Vater ist also nicht von der Fähre ins Wasser gesprungen, sondern von einem Felsen am Leuchtturm bei unserem Haus.«

»Kann sein«, antwortete Gwenn, »aber warum hat er dann ein Fährticket gekauft vor vier Tagen. Wer sich umbringen will, kauft doch kein Fährticket.«

»Jemand hat ihn ermordet.« Yann lehnte sich gegen einen Felsvorsprung. Ein Vogel schreckte auf und verschwand mit ein paar Flügelschlägen.

»Und da ist noch etwas«, sagte sie, »in seiner Tasche fand ich einen aufgeweichten Zettel mit einer Telefonnummer. Vorwahl Paris, eine Durchwahlnummer im Louvre. Es ist dieselbe Nummer, die ich angerufen habe, um dir den Tod deines Vaters mitzuteilen.«

»Er wollte mich anrufen«, sagte Yann, ohne dabei Gwenn anzusehen, in Gedanken galten die Worte seinem Vater.

Sein Vater wollte mit der Fähre nach Audierne fahren. Nur um zu telefonieren? Gwenn hatte recht. Warum sollte sein Vater ein Ticket für die Fähre kaufen, wenn er sich umbringen wollte. Yann ließ die Idee nicht mehr los, dass sein Vater die Durchwahlnummer zu seinem Büro im Louvre hatte. Sein Vater wollte mit ihm reden. Zwanzig Jahre nachdem Yann die Insel verlassen und mit seinem Vater kein Wort mehr geredet hatte. Jetzt war es zu spät. Was auch immer sein Vater ihm sagen wollte, keine Macht der Welt könnte ihm eine zweite Chance geben. Zurück blieben nur das große Steinhaus am Leuchtturm und sie. Rykel, fügte sein Vater hinzu, wenn Yann ihren Namen nicht über die Lippen brachte. Zwei Wochen nach dem Bootsunglück hatte sie schon im Haus geschlafen, im Bett seiner Mutter. Einige Tage später stellte sie ihre Schuhe in den Schrank am Eingang, hing ihre gelbe Windjacke ständig in der Garderobe, und drei Wochen später stand ihr Bild plötzlich auf dem Schreibtisch seines Vaters.

Jetzt, dreißig Jahre später, vor genau vier Tagen, hatte sein Vater ein Ticket für die Fähre gekauft. Er hatte sich seine Büroadresse im Louvre notiert, daneben die Telefonnummer. Er hatte nicht angerufen, sondern wäre einfach losgefahren. Was war so wichtig gewesen, dass sein Vater das Schweigen brechen wollte, das zwischen ihnen seit zwanzig Jahren geherrscht hatte und das nun ewig dauern würde?

»Bist du im Donvor untergekommen?«, fragte Gwenn und zog sich die Kapuze ihrer Windjacke tiefer ins Gesicht. Der Wind scheuchte den Regen jetzt quer übers Wasser.

»Rose hat mir Jacques' Zimmer gerichtet.«

»Wenn du eine Bleibe brauchst«, sagte sie, »im Haus meiner Eltern ist genügend Platz.«

»Danke, Gwenn, ich würde gerne, aber es ist unmöglich.«

»Du bist verheiratet und hast Angst, dass ich dich verführe?« Ihr Lachen war noch immer dasselbe, das er von früher kannte. Man liebt an Menschen immer etwas Bestimmtes, eine Eigenschaft, die dann den Menschen auf eine besondere Weise anstrahlt. Bei Gwenn war es das Lachen. Es zeichnete ihren gesamten Körper, es war verantwortlich für jede Linie in ihrem Gesicht. Yann hatte es so vermisst, all die Jahre. Fast hatte er vergessen, was geschah, wenn er jetzt seine Gedanken nicht beherrschte.

»Ich bin nicht verheiratet.« Warum hatte er das gesagt?

»Dann hast du eine Liebste. Ist in Ordnung, Yann. Es ist viele Jahre her, und das Haus meiner Eltern ist groß genug.«

»Das, das ist es nicht.« Hatte er gestottert? »Es gibt da niemanden.« Wieder hatte er es gesagt, wo er doch genau wusste, was geschehen würde.

Plötzlich griff sie seine Hand und zog ihn an sich. Yann stolperte überrascht nach vorne.

»Erinnerst du dich noch, was du und ich uns in der Kirche geschworen hatten, als wir noch Kinder waren? Es steht dort immer noch, eingeritzt im Altar unter der Statue der Heiligen Jungfrau.«

Wie könnte er es vergessen? Er hatte nie ein anderes Mädchen begehrt. Gwenn war ein Jahr älter als er. Yann war acht, als er seine Mutter verlor, und sie neun. Als seine Mutter nicht mehr zurückkam, war Gwenn plötzlich die einzige Insel auf dieser Welt gewesen, die noch existierte. Alles andere war untergegangen, auf den Grund des Meeres gesunken. Dann begannen die Unfälle.

»Lass mich. Gwenn, bitte. Wir dürfen nicht.«

Gwenn stieß ihn weg.

»Warum bist du weggegangen, als du achtzehn warst? Ohne ein Wort zu mir. Nicht einmal ein Brief, nichts.« Gwenn hatte Tränen in den Augen, ohne es zu merken. »Was habe ich dir getan?«

Yann machte zwei Schritte zurück. Durch den Regen sah er nur, wie Gwenns Gesicht erstarrte, als wollte sie ihm etwas zurufen, aber ohne Worte. Dann fühlte er, wie sein Körper nachgab. Sein rechtes Bein trat ins Leere. Dort, wo der Weg sein sollte, war nur Leere. Yann ruderte mit den Armen, suchte nach seinem Gleichgewicht. Noch ehe er Gwenns Stimme vernahm, spürte er ihren harten Griff an seinem Unterarm. Für einen Augenblick hing er schräg über den Felsen. Drei oder vier Meter unter ihm tobte die Brandung. Weiß schäumendes Wasser. Und er läge jetzt zerschmettert zwischen den Felsen oder triebe tot in der Brandung, wenn Gwenn nicht so schnell reagiert hätte. Nur ihr blitzschneller Griff bewahrte ihn vor der Verwesung und dem Verfall seines Körpers. Der Tod lauerte überall. Gwenn zog ihn zu sich.

»Was ist los mit dir?«, fragte sie. »Du wärst beinahe kopfüber auf die Klippe gestürzt. Du willst mir nicht sagen, warum du vor zwanzig Jahren einfach verschwunden bist?«

»Das ist der Grund. Wenn ich dir das erkläre, dann glaubst du mir nicht. Niemand kann das glauben.«

»Du redest ganz schön viel Mist, hat dir das schon mal jemand gesagt?«

Yann nickte. Es wäre fast wieder geschehen, weil sie seine Hand berührt, weil er zu lange an sie gedacht hatte.

Er wartete, bis Gwenn in eine der engen Straßen verschwunden war, dann drehte er um und ging den Weg zur Kirche zurück. Natürlich war es nur Mist, Gwenn hatte recht, es ergab ja auch keinen Sinn. Es war purer Aberglaube, aber er war fast über die Klippe gestürzt, hätte ihn Gwenn nicht festgehalten. Da war keine höhere Macht, kein hämischer Gott, der ihn aus lauter Langeweile sterben lassen wollte. An so etwas glaubten die Menschen in der Antike. Yann hatte die Vorstellungen der antiken Welt studiert, aber eben nur studiert, ohne sich vorstellen zu können, dass die Menschen vor dreitausend Jahren tatsächlich einmal ihre Welt so sahen. Wen hätte Yann auch dafür verantwortlich machen sollen? Die alten Götter gab es nicht mehr, und der große Gott, an den Christen, Moslems und Juden glaubten, schien ihm immer zu groß und beschäftigt, als dass er sich dafür Zeit nahm, ausgerechnet Yann über eine Klippe stürzen zu lassen. Warum hätte er dies tun sollen? Weil Gwenn seine Hand genommen hatte, weil er sich insgeheim wünschte, sie würde seine Hand nicht mehr loslassen? Weil er an nichts anderes denken konnte, als sie auszuziehen und ihren nackten Körper an sich zu spüren? Bestrafte ihn dafür irgendein Gott? Das war absurd. Und Yann hätte mit dem Gedanken an Schicksal und Fluch auch keine Zeit verschwendet, wenn ihn dies nicht seit Jahren auf Schritt und Tritt verfolgt hätte. Es war ein Fluch, dachte er sich. Doch ein Fluch war alles andere als wissenschaftlich. Ein Fluch war eine Schuld der Vergangenheit, die sich an der Gegenwart rächt. Yann hatte aber keine Erinnerung daran, wie er an irgendetwas schuldig geworden sein könnte. Nur den Zeitpunkt, wann er begonnen hatte, konnte er eingrenzen. Alles begann, nachdem seine Mutter auf dem Meer verschwunden war. Gwenn war wie er auf der Insel geboren. In Gefangenschaft geboren, sagte Gwenn, wenn ihr jemand erklärte, welches Glück sie doch habe, diesen Felsen ihre Heimat nennen zu können. Mit neun Jahren hatte Gwenn ein Jahr länger auf der Insel gelebt, was ihr nicht nur ein paar Zentimeter mehr an Körpergröße brachte, sondern auch die Erkenntnis, dass kein Mensch es auf Dauer ertrug, nur von Wasser umgeben zu sein. Wenn Yann sich an die Zahl kleiner Unfälle erinnerte, die er hatte, seitdem das Meer seine Mutter geholt hatte, dann war Gwenn immer dabei. Richtig bewusst wurde ihm dies aber erst, als er mit ihr eines Nachts schwimmen war. Er war inzwischen sechzehn, und Gwenn überragte ihn zwar nicht mehr, doch an dem einen Jahr, das sie länger lebte, hatte sich nichts geändert. In dieser Nacht sah er Gwenns straffen Körper, der ganz die Formen einer Frau hatte. Das Wasser war nie wärmer als sechzehn Grad, doch in dieser Nacht spürte Yann die Kälte nicht. Sie schwammen nahe am Ufer, um nicht von den gefährlichen Seitströmungen erfasst zu werden. Nach hundert Metern kletterten sie auf einen flachen Felsen, der nur bei Ebbe zu sehen war. Das Meer bewegte sich kaum. Gwenn legte ihre Beine flach auf den Fels. Jede Bewegung schien Yann wie ein Verrat an der Unendlichkeit des Meeres. Er spürte, dass Gwenn ihn ansah, als schien sie auf etwas zu warten. Die Erinnerung jedoch an den folgenden Augenblick hatte sich in sein Gedächtnis sekundenweise eingebrannt. Er konnte nicht sagen, wie lange es dauerte, ob sie dort Stunden oder nur Minuten saßen. Die Zeit trieb selbst im Rhythmus der Wellen, als wäre sie Wasser, und je flacher und öliger die Wellen waren, desto zäher wurde jede Sekunde. Er spürte Gwenns Hände an seinen Wangen und dann den salzigen Geschmack, den der Atlantik auf ihren Lippen zurückgelassen hatte. Das Wasser ist Zeit. Sie fließt, schlägt Wellen, und manchmal steht sie still. Gwenn drückte ihn nach unten. Ihre dunkle Silhouette hob sich kaum ab von den Felsen. Doch weder Fels, Himmel noch Meer waren wirklich. Die Dekoration eines Augenblicks, mehr nicht. Der Rückweg führte über die steilen Felsen, oder sie mussten schwimmen. Die Flut hatte eingesetzt, und der Felsen, auf dem sie lagen, bereitete sich darauf vor unterzutauchen. Es war Zeit zurückzuschwimmen. Gwenn sprang vom Felsen in die Mitte der Bucht. Tagsüber leuchtete das Wasser grün, und sie konnten die Bewegung des Seegrases beobachten, das wie in Trance in der Strömung wankte. In der Nacht schien alles ausgelöscht zu sein. Gwenn verschwand für Sekunden in einem schwarzen Loch. Sie tauchte auf und winkte ihm zu.

Damals hatte Yann noch keinen Gedanken daran verschwendet, ob es etwas mit Gwenn zu tun hatte, wenn er sich an einer Fischgräte verschluckte oder auf den Stufen zur Kirche stolperte und mit seinem gesamten Gewicht auf den Hund von Madame Trevois stürzte. Yann hatte sich gefragt, ob er nicht gestolpert wäre, wenn Gwenn nicht hinter ihm gestanden hätte. Die Frage war absurd, weil es nichts war, was er jemals hätte überprüfen können. Yann sah sich noch in seiner Erinnerung über die Felsen balancieren, um zwei Meter weiter ins Wasser zu steigen. Gwenn rief ihm etwas zu. Gwenns Stimme war in der Brandung kaum zu hören. Später wusste er, dass sie ihn warnen wollte, doch da war er schon in dem kalten Wasser. Yann hatte sich kaum von dem Felsen abgestoßen, als er seinen Fehler erkannte. Er war einem Felsvorsprung gefolgt, der zu weit draußen lag. Zwei Züge, dann spürte er, wie die Strömung ihn wegzog. Die Flut hatte eingesetzt, und mit der Flut luden die Strömungen sich auf wie elektrisch erzeugte Wirbel. Es gab Stellen, an denen das Meer so stark war, dass es selbst Badende ins Wasser zog, die nur bis zu den Knien im Wasser waren. Die Strömung rotierte in einem großen Wirbel vor der Bucht, in der sie vorher geschwommen waren. Hätte er Gwenn erzählen sollen, dass er an einen Fluch glaubte. Es gab keinen Beweis dafür, doch als Gwenn ihm an seinem sechzehnten Geburtstag einen Kuss auf den Mund gab, da fühlte er es wieder, und fünfundzwanzig Minuten später wäre er fast an einer Erdnuss erstickt. Er war bereits blau angelaufen, als ein Fischer im Donvor Yann einen solchen Schlag auf den Rücken versetzte, dass es die Nuss aus seiner Luftröhre schleuderte. Yann konnte nicht sagen, warum gerade ihm das passierte und was dies mit Gwenn zu tun hatte. Es geschah, und dies mit beängstigender Verlässlichkeit. Noch nie war er Gwenn so nah gekommen, noch nie hatte er sie so ausgestreckt, nackt neben sich liegen sehen, und noch nie war er so erregt wie in dieser Nacht. Wenn ein Kuss schon fast seinen Erstickungstod nach sich zog, was wartete dann jetzt auf ihn? Er musste vorsichtig sein, oder war er nur einer Reihe von Zufällen auf den Leim gegangen? Niemand sonst auf der Welt würde einen Zusammenhang zwischen dieser Erdnuss oder einer Fischgräte und seinen Gefühlen für Gwenn herstellen. Kein Mensch bei gesundem Menschenverstand. Es war eine Reihe von Zufällen, dachte er, als Gwenn ihn zum nächtlichen Schwimmen eingeladen hatte. Nichts weiter. Die Bucht entfernte sich, dann zog es ihn aufs Meer hinaus. Gwenns Stimme. Sie rief ihm etwas vom Ufer zu.

»Nicht dagegen anschwimmen.«

Sie war auf einen der großen Felsblöcke am Eingang zur Bucht geklettert. Ihre nackte weiße Gestalt entfernte sich, und Yann fühlte, wie die Kälte in seine Glieder fuhr. Er spürte nicht, wie die Strömung ihn fortzog, lediglich die Position von Gwenns weißer Gestalt verschob sich. Die Strömung hatte ihn ungefähr fünfzig Meter ins Meer hinausgezogen. Etwas berührte seine Beine. Eine Qualle, ein Hai oder nur Seetang. Er kraulte zwei- oder dreimal, spürte aber, wie sein Puls zu rasen begann. Die Richtung der Strömung hatte sich geändert. Er trieb nun nicht mehr weg, sondern auf die Insel zu. Gwenn war weiter über die Felsen geklettert. Sie rief ihm etwas zu, doch die Brandung an den Felsen war zu laut. Entweder war es eine Täuschung, oder er trieb nun tatsächlich auf die Felsen zu. Vor ihm hüpften ein leerer Plastikkanister und abgerissene Schiffsbojen in den Wellen. Als der Kanister ungefähr zwanzig Meter vor ihm seine Richtung leicht veränderte und sich nun wieder seitlich zum Ufer bewegte, versuchte Yann, gegen die Strömung anzukämpfen. Drei oder vier Meter hatte er geschafft, dann driftete auch er seitlich ab. Er hatte nur etwas Zeit gewonnen, indem er in einen äußeren Orbit des Strudels gelangt war. Wieder kraulte er seitlich gegen die Strömung, und er hatte den Eindruck, dass er erneut auf den Felsen zutrieb. Gwenn stand auf dem äußersten Felsen, der bereits von der Flut überschwemmt war.

»Nimm meine Hand«, rief sie ihm zu, doch er war zu weit weg. Er wollte schwimmen, doch seine Arme waren starr. Sein Kopf geriet unter Wasser. Er schluckte Wasser. Das Salz brannte in seinem Mund und in seinen Augen. Ein Meter hatte gefehlt, nur ein Meter mehr, und er hätte Gwenns Hand packen können. In einer letzten Anstrengung drehte er sich auf den Rücken, um noch etwas Luft zu bekommen. Da spürte er, wie ihn etwas am Fußgelenk packte. Gwenn schwamm auf dem Rücken und zog ihn mit einer Hand hinter sich her. Die Strömung hatte sie erfasst, doch sie schaffte es, mit einer Hand einen Felsen zu greifen, der knapp unter der Wasseroberfläche war. Als er den harten Fels unter seinen Füßen spürte, wusste er, dass er Gwenn vergessen musste, wenn er leben wollte.

Daran änderte sich auch nichts, als er Hunderte von Kilometern entfernt in Paris lebte und Gwenn in sein innerstes Archiv legte, das wie ein langer Gang mit vollgestopften Regalwänden war. Erinnerungen konnte man nicht einfach löschen. Einmal im Kopf, pochten sie auf ihre Existenz. Glücklich war, wer vergessen konnte. Doch Yanns Gedächtnis schien kein Vergessen zu kennen. Es gab nur unterschiedliche Beleuchtungsgrade in den tiefen Gängen seines Archivs. Und seine Erinnerung an die Insel hatte er in einen düsteren Gang geschoben, mit flackernden Glühbirnen, in der Hoffnung, dass sie eines Tages ganz ausfielen. Aber leben hieß auch, nicht vergessen können.

Er zog die Tür auf und trat in die Finsternis der Kirche. Von den schmalen Fenstern, die mit Gittern verstärkt waren, damit der Wind sie nicht eindrückte, fiel ein schwacher Schimmer in den kargen Steinbau. Yann fand die Statue. Er bückte sich, um die Knieleiste der Gebetsbank vor der Statue zu untersuchen, doch es war zu dunkel. Er aktivierte das Display seines Handys. Die Buchstaben waren an den Rändern glatt, aber immer noch gut lesbar.

Y ♥ G

Sie hatten sich in der Ecke unterhalb der Heiligen Jungfrau versteckt, nachdem Gwenn ihn gerettet hatte. Die Statue war die Schutzheilige der Fischer, doch aus dem Meer gezogen hatte ihn Gwenn. Ohne sie wäre er nie nach Paris gegangen, hätte nie Archäologie studiert und wäre auf dem Friedhof hinter der Kirche begraben, auf dessen schmalen Wegen nur der Wind herumschlich. Salzig und kalt war das Wasser, das er eingesogen hatte.

Yann fröstelte. In der Kirche war es kalt. Kerzen flackerten in roten Plastikzylindern. Wer sie aufgestellt hatte, hoffte auf mehr als nur eine schwache Beleuchtung einer Statue. Damals hatte er Gwenns Hand gehalten. Sie würde es nur einmal in ihrem Leben sagen, und dies sei eben jetzt. Yann konnte nur nicken, dann sagte er verlegen und als wäre er seinen eigenen Worten nicht gewachsen: »Ich liebe dich auch.«

Im Donvor saßen schon die ersten Touristen und unterhielten sich über den Sturm. Als Rose ihn sah, kam sie hinter dem Tresen hervor und gab ihm zwei Schlüssel.

»Der eine ist der Schlüssel zum Hotel, und mit dem anderen kommst du in die Wohnung. Jacques schläft unten auf der Couch.«

Zwei Touristen betraten in Windjacken die Bar. Yann konnte hören, dass morgen und wahrscheinlich auch übermorgen keine Fähre zwischen der Insel und dem Festland verkehren würde. Das Hotel war voll belegt. Am Empfang war niemand. Auf einer Insel, auf der kaum mehr als zweihundert Menschen wohnten, brauchte man keine Angst vor ungebetenen Gästen haben. Am Ende eines langen Ganges, an dessen Wänden überall Familienfotos hingen, waren eine Tür und ein Schild *Privat*. Der Schlüssel passte, was jedoch unnötig war. Die Tür war offen. Im Erdgeschoss plapperte ein Fernseher vor sich hin. Davor, in eine graue Decke eingewickelt, Jacques. Er schien ihn nicht bemerkt zu haben. Jacques' Zimmer war im ersten Stock. An der Tür war kein Schloss. Rose hatte das Bett bezogen. Er zog nur die Schuhe aus und ließ sich auf das Bett fallen. Die rostigen Bettfedern ächzten unter seinem Gewicht. Als er die Lampe auf dem Nachttisch anschaltete, sah er plötzlich, dass die Zimmertür weit offen stand. Das Licht der Lampe ließ gerade einmal den Türrahmen erkennen. Dahinter war die Dunkelheit wie ein schwarzer Samtvorhang. Er hatte die Türe geschlossen, dachte er und stand auf, als sich ein Schatten auf ihn zubewegte. Jacques stand vor ihm.

»Heute vor dreißig Jahren ist sie gesunken, in diesem Sturm.«

»Der schlimmste Sturm.«

»Denkst du noch manchmal daran?«

»Ich war noch ein Kind.«

»Und jetzt bist du keines mehr, weil du alles vergessen hast?«

»Ich erinnere mich, dass meine Mutter in dieser Nacht nicht mehr nach Hause kam.«

»Sie hätte niemals rausfahren dürfen, nicht mit diesem Schiff, nicht bei diesem Sturm.«

Kapitel 2

Seine Mutter war in den Sturm hinausgefahren, wo nur der Tod auf sie wartete. Als Kind hatte er es nicht verstehen können, und als Erwachsener konnte er nicht glauben, was sein Vater und alle auf der Insel dachten. Auf seinem Geburtstagskuchen waren acht Kerzen, als sie verschwand. 1985 war ein Jahr mit vielen Stürmen. In einem versank die Liberty. Eine Zehn-Meter-Yacht, auf der seine Mutter war. Die ersten Wochen hoffte er, sie würde einfach wieder in der Küche stehen, am Morgen sein Müsli zubereiten und ihm den Schulranzen geben. Doch sie kam nicht wieder. Das Meer hatte sie verschluckt. Die Rosen im Garten, die seine Mutter gepflanzt hatte, hielten dem Wind, der über die kahlen Felsen der Insel wehte, nicht lange stand.

Yann stellte sich vor, wie seine Mutter ihn zur Welt gebracht hatte. Kein Mensch hatte Erinnerungen an seine Geburt. Jeder Mensch erlebte die Geburt, doch keiner wusste davon. Alles, was der Mensch von seiner eigenen Geburt wissen konnte, wusste er von anderen. Madame Petit, die zwei Häuser weiter wohnte, war die einzige Zeugin, die ihm von seiner Geburt berichten konnte. Madame Petit zog auf die Insel. Ihr Mann starb in einem U-Boot. Reaktorleck. Es hieß, sein Leichnam sei so radioaktiv verstrahlt gewesen, dass man ihn wie andere Strahlenabfälle habe entsorgen müssen. Für Yann war Madame Petit schon als Witwe geboren, als hätte ihr Leben erst begonnen, als sie auf die Insel kam. Sie behauptete, dass ihr Mann noch lebe und von einer geheimen Regierungsorganisation in einem Bergwerk gefangen gehalten werde. Die Witwe Petit hegte auch keine Zweifel daran, dass der Untergang der Liberty kein Unfall war. Irgendwann zwischen seinem neunten und zehnten Lebensjahr klärte die Witwe Petit Yann über die Machenschaften der Organisation auf. Es sieht immer wie ein Unfall aus, und sie sagen niemals die Wahrheit. Sie sei auf die Insel geflüchtet, sagte sie, weil dies der einzige Ort sei, an dem die Organisation sie noch leben lasse. »Ich war dabei, als Abigale dich zur Welt brachte«, sagte sie. »Die Hebamme wollte sie ins Krankenhaus bringen. Doch der Sturm war schon zu stark, die Überfahrt zu unsicher, und der Hubschrauber flog auch nicht. Dein Vater war zum Glück Arzt. Aber er hatte Angst, das sah ich ihm an. Deine Mutter lag auf dem Küchentisch, als Mathieu mich zu Hilfe holte. Jemand musste ja deine Mutter beruhigen. Die Hebamme aus Brest fluchte vor sich hin und schrie deine Mutter an, die vor Schmerzen schrie. Du bist in diesem Geschrei geboren.« Warum hatte es die Natur so eingerichtet, dass er sich nicht an seine Geburt erinnern konnte? Weder der Sturm noch das Geschrei der Hebamme, noch die Schreie seiner Mutter waren Teil seiner Erinnerung. Er konnte sich nicht einmal sicher sein, ob er überhaupt geboren worden war. Vielleicht hatte ihn das Meer angespült?

Als ihn sein Vater das erste Mal aufs Festland mitnahm, war die Reise mit der Fähre nach Audierne eine Reise ins Unbekannte. Der Geruch von Diesel und rostigem Metall auf der Fähre, die salzige Luft und der Wind, der von allen Seiten zu kommen schien. Mit sieben kannte Yann nahezu jeden Stein auf der Insel. Er wusste, wo die Möwen brüteten, wo die besten Plätze waren, um sich gegen den Sturm und die Brandung zu schützen, und er kannte die Buchten, in denen die Brandung bei ruhigem Wetter flach war. Auf der Insel gab es nur einen Lebensmittelladen. Épicerie chez Claudia. Ihr Mann war Fischer, und als die Fischfabrik in Audierne schloss, beförderte er in den Sommermonaten Touristen und Lebensmittel. An Tagen ohne Touristen füllte er sein Boot nur mit Lebensmitteln. Man konnte bei ihm fast alles bestellen. Bis auf Gasflaschen. Die waren ihm zu schwer und zu gefährlich.

Als Yann das erste Mal die Verkaufshallen bei Leclerc betrat, dachte er, dass die gesamte Insel unter diesem Dach Platz hätte. Bei Claudia gab es ein oder zwei Käsesorten. In den Verkaufshallen des Supermarktes gab es ganze Straßen, deren Fassaden Kühlregale, gefüllt mit Käsesorten, waren. Bei Claudia betrat man den kleinen Laden, und wenn mehr als drei Leute vor dem Kühltresen standen, musste man die Türe offen lassen. Im Supermarkt war allein die Fleischtheke so lang wie der Hafen auf der Insel. Jede Woche liefen sie kreuz und quer, scheinbar ohne Plan in dieser Stadt umher, in Straßen aus Kühlregalen, Straßen mit Töpfen, Fahrrädern, Klamotten, Rasenmähern, und jede Woche schoben sie einen Einkaufswagen, bei dem immer ein Rad klemmte und der entweder nach rechts oder links zog. Es gab alles bei Leclerc, nur kein Tageslicht. Yann wurde auch später das Gefühl nicht los, sich in einer Höhle mit blauem Licht zu befinden. Wieder zurück auf der Insel, zog sich die Welt wieder zusammen. An die Stelle der geraden Linien der Kühlregale rückten wieder kantige Felsen, deren Form sich kein Mensch einprägen konnte.

Am Ende der Route de Phare gab es eine Stelle, von wo aus man die Liberty das letzte Mal gesehen hatte, bevor sie sank. Am Abend spiegelte sich die Sonne auf den Wellen, und Yann glaubte, den Bug eines Segelbootes zu sehen und eine Frau, die ihm vom Heck aus zuwinkte.

Doch das Einzige, was wieder zurückkam, waren die Stürme. Seine Mutter verschwand wie ein Luftzug.

Sie galt offiziell als verschollen, und sein Vater hatte sich lange geweigert, einen Grabstein für seine Mutter aufzustellen.

Von diesem Tag an las Yann die Vermisstenanzeigen in der Zeitung und sah im Fernsehen Sendungen über vermisste Personen an. Jedes Jahr verschwanden Menschen einfach spurlos. Jedes Jahr erhöhte sich die Zahl derer, die wie er jeden Tag darauf warteten, dass ein vermisster Mensch in der Tür stand.

Als seine Mutter nicht mehr zurückkam und sein Vater ihm sagte, er müsse jetzt stark sein, da fragte Yann sich, warum niemand nach seiner Mutter suchte. Die Liberty sank im Sturm. Warum suchte die Gendarmerie nicht länger nach ihr? Der Sturm war zuverlässig, wenn es um verschwundene Menschen ging. Die Gendarmerie war mit zwei Rettungsschiffen auf dem Meer, musste jedoch die Suche wegen des Sturms abbrechen. »Nein«, antwortete ihm sein Vater, als Yann auf die Idee kam, mit seinem Taschengeld eine Vermisstenanzeige für seine Mutter aufzugeben. Yanns Vater gab keine Annonce auf, er machte sich nicht auf die Suche, sondern machte den Ton des Fernsehers aus.

»Ich vermisse sie auch«, sagte sein Vater.

»Wenn du sie vermisst, dann müssen wir zur Polizei«, sagte Yann. »Ich weiß, dass dort vermisste Personen gemeldet werden.«

Sein Vater atmete tief ein.

»Das ist etwas anderes, Yann. Wir vermissen deine Mama, und ich vermisse sie auch, aber deine Mama ist tot. Sie schläft jetzt auf dem Grund des Meeres.«

»Aber keiner hat sie tot aufgefunden.«

»Das ändert nichts. Wir wissen, dass das Boot, auf dem sie war, im Sturm gesunken ist.«

»Ich vermisse sie, und die Polizei sucht sie nicht, du suchst sie nicht. Niemand sucht nach Mama. Das ist nicht richtig.« Yann warf sich in die Kissen, die seine Mutter bestickt hatte. »Warum war sie auf diesem Boot?«

»Ein schrecklicher Unfall«, sagte sein Vater. Mehr würde er von seinem Vater nie erfahren. Nichts sagen oder einfach über das Wetter und die Verspätung der Fähre reden, so trauerte sein Vater, dachte Yann. Bis heute. Sein Vater verschwieg ihm nicht nur ein paar Details aus dem Leben seiner Mutter. Er verschwieg ihm alles.

»Warum?« Mit dieser Frage löcherte Yann seinen Vater, die eigentlich keine Frage war, sondern nur die Unzufriedenheit ausdrückte, dass es nichts mehr zu reden gab. Es gab einen Grund, dachte er, warum seine Mutter auf dieser Yacht war, in einem Sturm. Es musste immer einen Grund geben, sonst hätte die Welt keinen Bestand. Der Regen fiel aus den Wolken, weil das Wasser in ihnen kondensierte, die Sonne schien nicht in der Nacht, weil die Erde sich drehte, nichts geschah ohne Grund.

In dieser Nacht fiel der Winterregen genauso gleichgültig auf den Schmutz des Sommers, und die Stürme verwandelten die stillen Wellen der Buchten in tosende Wassertiere, die unaufhörlich gegen die Felsen stürmten.

Die Tage danach schienen ihm wie ein langer, nie endender Tag. Er hatte den Eindruck, immer ein und denselben Tag zu durchleben. Ein Morgen, der anbrach, und eine Nacht, in der die Sonne nie ganz verschwand. Er sah vor sich sein Kinderzimmer, in dem er saß wie der letzte Stern eines erkalteten Universums. Er ging nicht nach unten, wo sein Vater den Tisch gedeckt hatte, weil er wusste, dort stand ein Teller weniger. Warum sollte sein Vater auch für seine Mutter den Tisch decken? Sie würde nicht kommen, nie wieder. Yann wusste, was der Tod ist. Mit sieben Jahren hatte er den Tod gesehen, als die Marianne sank und die beiden Fischer, Vater und Sohn, ertranken. Yann konnte sich an ihre Gesichter erinnern, als man sie auf das Boot der Küstenwache brachte. Ihre Gesichter waren weiß und blutleer, und in den offenen Augen hatte sich die Nacht gesammelt. Wer tot war, der kam nicht wieder zurück, nie wieder. Der Tod war eine Reise ohne Wiederkehr. Doch in der Kirche predigte Pater Manois, dass es einen Ort gebe, an dem sich alle wiedersähen.

Er redete vom ewigem Leben, der Seele, er redete aber nicht vom unerträglichen Dasein eines fehlenden Tellers.

Yann konnte seinen Blick nicht von ihrem Stuhl abwenden, der ebenfalls leer dastand. Sein Vater hatte einfach einen Teller weniger hingestellt. Das war seine Antwort auf das Leben, das nicht mehr war. So einfach war also der Tod. Einen Teller weniger, die Schuhe werden in den Keller gestellt, und ein Stuhl bleibt leer.

Einige Wochen später zog Rykel zu ihnen, und aus dem Haus verschwanden die Gegenstände, die seiner Mutter gehörten. Erst das Ehebett, dann die Hochzeitsfotos, Fotoalben, alles, was seine Mutter in diesem Haus gekauft hatte. Rykel hatte ein Gespür dafür. Sie änderte sogar die Tapete in Yanns Zimmer. Sie war zu alt, sagte sein Vater, aber er wusste nur zu gut, dass Rykel auf alles Jagd machte, was Yanns Mutter jemals berührt hatte. Das Einzige, was noch an seine Mutter erinnerte, war er selbst.

Yann schob anfangs Rykels Teller auf die linke Seite. Seine Mutter war immer rechts von ihm gesessen, und es war, als müsste er den leeren Raum zwischen Stuhllehne und Tisch wie einen Eingang verteidigen. Du hast kein Recht, hier zu sein. Wie oft kam ihm dieser Gedanke, wenn er allein war und Rykels Stimme hörte. Wie war es möglich, dass ein Mensch verschwand und ein anderer sofort nachrückte. Rykel breitete sich aus wie Wasser, das aus dem Boden nach oben drückte und nicht wieder ablaufen konnte. Er war der letzte Rest Erinnerung, der noch schmutzig im Haus klebte. Das hätte er Rykel am liebsten entgegengeworfen. Es gab genügend Gelegenheiten, wenn sie wieder überdimensional nett zu ihm war, ein Staubsaugerverkäufer hätte das nicht besser gekonnt. Yann hatte sich gefragt, ob es nicht besser war, seiner Mutter zu folgen. Einfach zu sterben. Tot sein. Doch zwischen dem Tot-Sein und dem Sterben lag so viel technisches Detail. Es war nicht schwer, sich zu töten, theoretisch. Er könnte einfach aufs offene Meer hinausschwimmen. Die Strömung würde ihn mitreißen, im Winter würde er sowieso nicht lange überleben. Oder er könnte über die Brüstung des Leuchtturms klettern und auf den Felsen aufschlagen. Sein Kopf würde aufplatzen wie eine reife Melone, und die Möwen hätten seinen Schädel leer gefressen, noch bevor jemand einen Arzt rufen konnte. Pulsadern schnitt man der Länge nach auf, und man musste tief genug schneiden, sonst erwischte man die Arterie nicht. Erhängen ging sehr schnell. Schließlich starb man nicht durch Ersticken, sondern weil die Blutzufuhr zum Kopf unterbrochen wurde. Oder das Genick brach, wenn man aus dem Fenster sprang und das Seil an einer Heizung festband. Was geschähe schon nach seinem Tod? Sein Vater würde einfach noch einen

Teller weniger hinstellen und seine Spielsachen in Kisten verpacken und in den Keller stellen. Sein Tod wäre kein Erdbeben, für niemanden. Jeden Tag starben Menschen auf diesem Planeten. Sie zerplatzten wie Regentropfen. Jeder zerplatzt, jeder kommt irgendwann einmal unten an.

Worüber unterhält man sich mit einem alten Mann, der seit Jahren vor dem Fernseher sitzt und dessen einzige lebensverändernde Macht die Fernbedienung in seiner Hand ist? Yann klopfte an die offene Tür. Jacques hockte auf der Couch, mit offener Hose, die Beine auf dem mit leeren Chipstüten belagerten Glastisch. Die Fernbedienung hatte er in eine Plastikfolie gewickelt und mit einem Gummiband zugebunden. Schließlich musste sie noch eine Weile halten, und jeder wusste, wie empfindlich Fernbedienungen waren. Jacques gehörte zu den überall auf der Welt verstreuten Weisen, die wussten, wie sie Gegenstände vor dem sicheren Verfall retten konnten. Sie waren Hüter über Fernbedienungen, Sofabezüge, Sitzpolster, Autositze, Essbesteck und Telefonkabel, die grundsätzlich an ganz speziellen Stellen brachen und so Wackelkontakte verursachten. Jacques hatte seine Gegenstände im Griff. Yann setzte sich auf einen Stuhl neben Jacques. Er wechselte das Programm. Jacques schien ihn überhaupt nicht zu bemerken.

»Überall dasselbe Programm«, sagte er und schaltete im Schnelldurchlauf weiter, »ich kenne das. So kontrollieren sie unsere Aufmerksamkeit. Sie wollen wissen, ob wir auch wirklich zuhören.«

»Schrecklich.«

»Sie hat dir das Zimmer gegeben«, sagte Jacques und griff mit zittrigen Fingern nach ein paar Erdnüssen in einer zur Hälfte aufgerissenen Blechdose.

»Dein Zimmer?«

Jacques lachte heiser. »Es ist nur ein Zimmer in meinem Haus. Aber dieses Zimmer hat einen Vorteil. Sie geht da nicht mehr hinein. Seit Jahren nicht. Ich bin der Einzige, der dort lebt. Erdnüsse?«

Yann schüttelte den Kopf. Sein Blick fiel auf eine herausgerissene Seite einer alten Zeitung. Bootsunglück. Frau vermisst. Er nahm den Artikel in die Hand und überflog die Zeilen. Es war eine Kurzmeldung der Gendarmerie von 1985, ein Tag nachdem seine Mutter verschwunden war.

»Rose hat alles weggeworfen«, sagte Jacques, »meine ganze Sammlung an Zeitungen. Sie glaubt, das zieht Ratten und Mäuse an. Als ob Ratten Zeitung lesen würden.«

»Warum hast du das aufgehoben?«

»Warum sollte ich es wegwerfen«, antwortete Jacques und nahm Yann das vergilbte Papier aus der Hand, »schließlich haben sie Abigale nie gefunden.«

»Sie ist tot.«

»Heute vor dreißig Jahren. Und jetzt Mathieu.«

»Du erinnerst dich noch an den Tag, als meine Mutter starb?«

»Wir Seeleute reden nicht von sterben. Wenn jemand nicht mehr zurückkommt, dann ist er auf dem Meer geblieben, und wenn man ihn nicht mehr findet, dann bleibt er verschwunden.«

»Für die Hinterbliebenen kommt das auf dasselbe raus.«

»Für die Toten nicht. Es gibt Tote, die wollen nicht mehr gefunden werden.«

Jacques stand auf und zog einen Schuhkarton unter einem Stapel alter Fernsehzeitschriften hervor. Er öffnete den Deckel.

»Alles Artikel über das Unglück von damals. Die Vermutung der Gendarmerie war, dass der Sturm die Liberty auf die Felsen geschleudert hatte. Sie haben Taucher runtergeschickt. Die Liberty liegt in ungefähr hundert Meter Tiefe. Da ist es schon stockdunkel, doch sie haben keine Leiche entdeckt. Deine Mutter war nicht alleine auf dem Boot.«

»Es gab diese Gerüchte.«

»Das sagt jedenfalls die Gendarmerie. Es gab Zeugen.«

»Welche Zeugen?«

»Keine Ahnung. Das ist lange her. Es gibt bald kaum noch jemand, der sich an das Unglück erinnert und an all das, was danach kam.«

»Was danach?«

Doch Jacques hatte sich schon wieder dem Fernseher zugewandt.

Die Sonne war bereits hinter dem Horizont versunken. Um diese Uhrzeit war die Küste in Dunkelheit gehüllt. Die Sonne geht unter und lässt uns zurück in der Dunkelheit, dachte Yann. Morgen geht sie wieder auf, über dem Land, doch für viele Menschen würde die Sonne nie wieder aufgehen. Er musste an seine Mutter denken. Sie blieb irgendwo da draußen in der Dunkelheit.

Der Wind rüttelte an den Fensterläden. Die Holzbalken knarrten, und es schien, als würde das ganze Haus zum Leben erwachen. Yann erinnerte sich an die langen Nächte, wenn draußen der Sturm die Wellen hochpeitschte und das Tosen der Brandung so laut war, dass sein Vater den Fernseher ausschalten musste. Laut Wetterbericht würde der Wind in der Nacht zunehmen, und wenn das Zentrum des Sturmes seinen Weg beibehielt, dann erreichte er die Insel morgen Abend. Jetzt erst wurde ihm klar, dass sein Aufenthalt auf der Insel seinen Zweck verfehlt hatte. Als er vom Tod seines Vaters erfahren hatte, war er gleich darauf in den TGV nach Rennes gestiegen. Gwenn hatte ihn angerufen. Doch warum hatte sie ihn angerufen? Nur um ihn über den Tod seines Vaters zu informieren? Wusste sie nicht schon zu dem Zeitpunkt, als sie ihn anrief, dass der

Tod seines Vaters kein Unfall oder Selbstmord war? Yann hätte seinen Vater sowieso nicht beerdigen können. Er musste auf das Ergebnis der rechtsmedizinischen Untersuchung warten. Doch was würde er so lange auf der Insel machen? Warum wollte Gwenn, dass er auf die Insel kam?

Die Leiche seines Vaters musste sie erst nach Audierne oder Brest bringen. Du kannst ja inzwischen schon den Papierkram mit Rykel erledigen, hatte sie gesagt. Ein Inzwischen, das Gwenn so aussprach, als wäre es ein kalkulierbarer Zeitraum, den man überwinden konnte, indem man nur wartete oder wie Jacques in den Fernseher schaute. Doch dieses Inzwischen erschien ihm plötzlich anders. Es hatte keine Form und keine Ausdehnung, es konnte nur einen Moment dauern oder eine Ewigkeit. Das Unangenehme daran war, dass es nicht einfach verging. Er musste es durchqueren wie eine Moorlandschaft, in der jeder Schritt unsicher war. Morgen früh würde er sich ein Zugticket nach Paris buchen, wenn eine Fähre ging.

Er betrat das Donvor über einen Seiteneingang, der die Gästezimmer mit der Bar verband. Rose tauchte Gläser in Wasser und trocknete sie ab. Die Barhocker hatte eine Gruppe von Sturmtouristen besetzt. Sie unterhielten sich über Windgeschwindigkeiten, Wellenhöhe, atmosphärischen Druck, Tidenhub und den Klimawandel. Am Tisch vor dem Fenster saß ein weiterer

Mann über einem Glas Bier. Yann fiel auf, dass über dem Tisch keine Lampe brannte. Das dunkle Fenster vermischte sich mit den Schatten, die von den Wänden wie organisches Gewächs wucherten.

»Hat Jacques dich genervt?« Rose stellte die trockenen Gläser in einer Reihe auf.

»Wir haben uns prächtig unterhalten. So ruhig kenne ich Jacques gar nicht.«

»Er kann nicht mehr tun, als vor der Glotze zu hocken und alle zwei Minuten das Programm zu wechseln. Darin unterscheidet er sich wahrscheinlich nicht einmal von vielen anderen. Mehr wird er in diesem Leben auch nicht mehr erreichen.«

»Jacques ist immerhin dein Mann.«

Das kurze Lachen, das Rose wie einen Hustenanfall ausstieß, war der über Jahre einstudierte Gegenentwurf zu einer Liebeserklärung.

»Wie hat er mich genannt? Fette Drecksau? Nutte mit Plattfüßen? Die einzige Pflanze, die dumm genug ist, um auf dieser Insel zu wachsen?«

»Nichts dergleichen«, entgegnete Yann und ihm gefiel nicht, in welche Richtung das Gespräch ging, »warum sollte er dich beleidigen?«

Ein Windstoß drückte die Türe auf, und ein Schwall feuchtkalter Luft ließ die Unterhaltungen verstummen. Die Sturmtouristen drehten sich um, als wäre ein Geist eingedrungen, der es auf sie abgesehen hatte.

»Die Böen haben jetzt schon Windgeschwindigkeiten von bis zu 120 Stundenkilometer«, sagte einer der Sturmtouristen. Regen prasselte auf die geschlossenen Sonnenschirme und die zusammengeklappten Stühle und Tische. Jemand aus der Spieltischecke stand auf und drückte sich gegen die Tür. Er taumelte kurz zurück, als ein Windstoß sich von der anderen Seite gegen die Tür warf. Erst als das Schloss wieder einrastete und der kalte Luftstrom unterbrochen war, nahm das Raunen der Unterhaltungen wieder seinen gewohnten Lauf. Der Mann, der aufgestanden war, hatte ihn nicht bemerkt. Dafür hatte Yann ihn wiedererkannt. Roland Peronac, der Bürgermeister der Insel, Gwenns Vater. In Yanns Erinnerung glich er schon immer einem uralten Druiden, mit schneeweißem Haar und blauen Augen. Der Mann ohne Lachen, so nannte er ihn. Auch das hatte sich mit den Jahren nicht verändert. Wer keinen Humor hat, der bekommt ihn auch nicht im Alter. Über was sollte er auch lachen? Kurz nach der Geburt ihrer Tochter begann Gwenns Mutter herumzuirren, erst im Haus, dann auf der ganzen Insel. Als er dann seine Frau nachts mit dem Kind in den Armen auf den Felsen am Leuchtturm fand, mit leerem Blick in das Loch starrend, das sich nur für sie in der Dunkelheit aufgetan hatte, da beschloss er, sie nachts in einem Zimmer einzusperren. Gwenns Vater hätte sich vielleicht scheiden lassen und wäre in eine andere Stadt gezogen, um seinem Leben eine andere Aufgabe zu geben als die eines Kerkermeisters, der sich selbst an seine Gefangene gekettet hatte, wenn er nicht auf der Insel leben würde. Denn ein eisernes Gesetz der Bewohner der Insel war: Du lebst hier mit den Menschen, ob du willst oder nicht, bis zum bitteren Ende. Um seine Frau verlassen zu können, hätte Peronac sich erst einmal ein Leben jenseits der Insel vorstellen müssen, doch dies war eine Eigenschaft, die den Bewohnern fremd war. Wenn die Springflut ihre Häuser flutete, dann stapelten sie Sandsäcke und beteten. Keiner hätte jemals die Insel verlassen. Bis auf Yann und Gwenn.

Gwenns Vater nahm den Stapel Karten auf und verteilte sie. Der Rauch von filterlosen Gitanes wehte zur Bar. Einer der Touristen machte ein paar Bemerkungen über das Rauchverbot, das hier eigentlich auch gelten sollte, und über die Schädlichkeit von Tabak.

»Hier ist noch keiner an den Kippen gestorben«, sagte Rose.

»Ich meine ja nur, dass es ungesund ist. Ich denke da an Sie.«

»Ich werde genauso wenig am Rauch der Kippen sterben wie du. Trinkst du noch was?«

»Noch einen Cidre. Woher wollen Sie wissen, dass Sie nicht daran sterben?«

»Ganz einfach, weil auf der Insel niemand an Krankheiten stirbt.«

»Die Leute leben halt gesund, die salzige Luft soll ja gut für die Bronchien sein, die Sonne.«

»Nicht gesund, sondern nur kürzer. Hier stirbt man früher als sonst wo. Keiner weiß, warum. Die Leute sterben einfach ein paar Jahre früher als der Durchschnitt auf dem Festland. Bevor die Leute richtig krank sind, gehen sie ein.«

Yann musste an Jacques denken, der mit seiner Fernbedienung durch die bunte Welt digitaler Bilder und Töne zappte und dabei nichts anderes tat, als sich langsam auf seinen Tod vorzubereiten. Und wenn er an seinen Vater dachte, dann hatte Rose recht. Er wusste nicht, warum er gestorben war, doch sein Tod folgte Rosens Theorie, dass sein Leben genau dann aufhören würde, wenn all die Krankheiten begannen.

»Aber niemand kann sagen, woran man stirbt. Vielleicht sterbe ich nächstes Jahr am Lungenkrebs. Wer weiß? Vielleicht habe ich ihn schon?«

Rose schüttelte den Kopf und stützte sich auf die Zinkbar. Dieser Klugscheißer vom Festland war ihr zuwider. Nichtsdestotrotz war er ein zahlender Kunde, doch die Tatsache, dass er Zimmermiete bezahlte, gab ihm noch nicht das Recht, sie zu bevormunden.

»Du bekommst keinen Lungenkrebs«, wiederholte sie. »Wer auf eine Insel fährt, auf der ein Jahrhundertsturm angekündigt wurde, der kommt nicht in den Genuss, an einem Krebs zu sterben.«

Die beiden anderen Touristen lachten.

»Auf dein Wohl.« Sie hoben ihre Gläser in die Höhe. »Auf die Bescheuerten, die sich auf den Sturm freuen.«

Rose holte vier Schnapsgläser und stellte sie auf die Bar.

»Willst du auch einen?« Rose blickte zu Yann, der mit seinem Notizbuch mitten im Raum stand. Er nickte. Sie nahm ein weiteres Schnapsglas aus dem Schrank.

»Auf Jacques«, sagte Yann, doch Rose trank auf niemanden.

»Worüber habt ihr geredet, du und Jacques?«

»Über meine Mutter.«

»Viel gibt's da nicht mehr zu reden. Sie ist tot, und das war's.«

»Der Unfall war heute vor dreißig Jahren.«

»Hat er die schimmeligen Zeitungsfetzen rausgeholt?«

»Er hat sie wieder gelesen. Der Unfall muss ihm nahegegangen sein.«

»Jacques hat gar nichts gelesen. Er hat noch nie Zeitung gelesen. Er schaut sich die Überschriften und die Bilder an. Den Rest erfährt er von anderen, die ihm erzählen, was in der Zeitung stand. Ich glaube nicht, dass sich das geändert hat.«

»Er hat noch mehr Berichte gesammelt.«

»Jacques sammelt alles. Wenn es nach ihm ginge, dann wäre der Keller voll mit Zeitungen, von denen er nur die fettgedruckten Überschriften liest. Selbst wenn er heute die Schlagzeilen liest, am Abend hat er sie wieder vergessen. Jacques glotzt immer nur Fernsehen. Das Einzige, was ihm noch Freude macht, wahrscheinlich, weil er alles, was er sieht, auch ebenso schnell wieder vergessen hat.«

»Hast du noch Zeitungen von damals?«

»Habe den Ofen damit angeheizt. Was soll man sonst damit machen.«

»Den Ofen angeheizt?«

»Ich will diesen alten Kram nicht mehr im Haus haben.«

»Weißt du noch, mit wem meine Mutter damals rausgefahren ist?«

»Das ist zu lange her. Und was ändert es. Wer immer auch bei ihr war, liegt auch auf dem Grund des Meeres.«

»Doch niemand außer meiner Mutter wurde vermisst gemeldet.«

»Dann hat ihn niemand vermisst.«

»Von wem redest du?«

Rose schüttelte den Kopf.

»Man soll die Toten tot sein lassen, sonst holen sie die Lebenden.«

Da war er wieder, der Aberglaube, der in jedem zweiten Satz zum Vorschein kam. Die Toten zu den Toten. Doch warum sollten die Lebenden die Toten fürchten?

»Wer war derjenige, den niemand vermisste?«

»Ich habe nur von einem Monsieur Jojo gehört, mehr nicht.«

Dann schlug die Tür auf. Diesmal hatte der Wind jemanden mitgebracht.

Sie sah noch genauso aus, wie Yann sie in Erinnerung hatte, als er vor zwanzig Jahren die Insel verließ. Er hatte nicht vor, jemals wieder zurückzukommen. Nun, sein Vater hatte wohl recht. Eines Tages stehst du doch wieder am Hafen und wirst das Gefühl haben, dass es nicht weitergeht, weil du glaubst, angekommen zu sein. Odysseus-Phänomen nannte sein Vater dies. Yann hatte noch nie recherchiert, ob es diesen Begriff tatsächlich gab oder ob er nur eine Erfindung seines Vaters war. Yann bekam in seiner Kindheit öfter die medizinische Instanz seines Vaters zu spüren. Nur sein Vater hatte das Recht, medizinische Begriffe, Krankheiten und psychische Störungen in den Mund zu nehmen und Symptome festzustellen, ohne jemals auch nur eine Quelle nennen zu müssen. Wie sehr er der Macht der bloßen Instanz erlegen war, erkannte Yann erst auf der Universität, als er selbst lernen musste, wie man richtig zitiert und Quellen prüfte. Das Odysseus-Phänomen verband sein Vater mit einer genetischen Veränderung, die sich allmählich bei Menschen und Tieren bemerkbar machte, wenn sie auf einem übersichtlichen, begrenzten Gebiet lebten. Der Unterschied zum Festland war am Verhalten und an der geistigen Haltung zu sehen. Die Tatsache, von Wasser umgeben zu sein und einen Flecken dieser Erde zu bewohnen, den man schon in wenigen Stunden umrunden konnte und dessen Einzelheiten man schon bald kannte, veränderte das Gehirn. Davon war sein Vater überzeugt, genauso, wie er davon überzeugt war, dass Kinder nicht in einen Gottesdienst gehörten, weil sie Wirklichkeit und Einbildung noch nicht unterscheiden konnten. Zurück blieben, erklärte ihm sein Vater, geistig verwirrte Erwachsene. Aber war es schließlich nicht das, worauf Religion abzielte: geistig verwirrte, aber dafür hörige Menschen zu erzeugen?

Yann konnte nicht sagen, ob es nun seine Gene waren, die ihn zurückkommen ließen, oder die Nachricht vom Tod seines Vaters. Er war hier, und er hatte das Zugticket von Paris bis nach Audierne gekauft, er war auf die Fähre gestiegen, und nicht seine Gene.

Rykel zog sich die Mütze vom Kopf. Der Wind hatte ihre Wangen gerötet. Sie scheint überhaupt nicht gealtert zu sein, dachte Yann. Auch die Gene. Sie nickte Rose zu. Yann sah Rose kurz an, doch die bevorzugte ihre Gläser und Spültücher. Höchstwahrscheinlich hatte Rose sie angerufen.

»Willst du mir nicht einen Kuss geben?« Rykel hatte sich ihre Willkommensstimme zurechtgelegt wie eine

Schauspielerin, die ihren Text vom Blatt ablas. Er fühlte die Blicke vom Spieltisch. Der verlorene Sohn kehrte zurück, und sie fragten sich, ob er noch derselbe war oder ob er da draußen in einem Labor des bunten Lebens zwischen Kaufhäusern und Billigrestaurants ausgetauscht worden war. Yann küsste sie auf die Wange, flüchtig, aber sichtbar.

»Warum hast du nicht angerufen?«, fuhr Rykel fort und legte ihren nassen Mantel auf eine Stuhllehne.

»Ich wusste nicht, ob ich komme.«

»Dein Vater ist tot, und du wusstest nicht, ob du kommst?«

»Ich habe einen verantwortungsvollen Job, da kann ich nicht einfach so weg.«

»Ich weiß, mein Sohn, du kannst dies nicht und das nicht. Du hast dich nicht verändert.«

»Und etwas hat sich auch nicht verändert.«

Sie lächelte ihn falsch an.

»Und was?«

»Ich bin noch immer nicht dein Sohn.«

»Nein, entschuldige, ich habe dich nur seit deinem achten Lebensjahr wie meinen Sohn aufgezogen. Gut, das haben wir nun geklärt. Wie schon so oft. Dieses Gespräch führten wir schon unzählige Male.«

»Warum lässt du es dann nicht einfach bleiben. Ich habe einen Vornamen.«

»Mach dich nicht lächerlich.«

»Ich will nicht mit dir streiten«, antwortete Yann und ging an den Sturmtouristen vorbei zu einem freien Tisch.

Rose wischte ihre Gläser eifriger, sodass der Lappen quietschende Geräusche auf dem trockenen Glas machte.

»Ich nehme auch so was«, sagte Yann und zeigte auf das Glas eines Sturmtouristen.

»Einen doppelten Whiskey.«

Rykel schüttelte den Kopf. Rose zögerte.

»Du willst dich doch nicht betrinken, solange ich hier bin.« Rykel ließ nicht locker. Rose hatte das Glas in der Hand, wagte aber nicht einzuschenken.

»Bekomme ich jetzt einen?«

Rose füllte das Glas und stellte es hörbar auf die Bar.

Eine kurze Stille füllte den Raum. Für den Bruchteil einer Sekunde sprach niemand, setzte das Tropfen des Wasserhahns aus, flaute der Wind ab, knarrte kein einziger Balken des Hauses, bewegte sich kein Tier, summte keine Fliege, regte sich kein Organismus, lag die Brandung so flach, dass sie in der Dunkelheit ungehört zerfloss. Solch ein Augenblick musste vor der Entstehung des Universums geherrscht haben, kam es Yann in den Kopf, kurz bevor alles anfing. Der Anfang war der kürzeste aller vorstellbaren Momente, doch vor ihm war eine noch kürzere Stille.

»Wer hat dir gesagt, dass ich hier bin?«

»Das ist eine Insel mit zweihundert Einwohnern, drei Kneipen, zwei Hotels und im Sommer ein paar Fischrestaurants für Touristen.«

»Ich habe sie angerufen«, sagte Rose hinter dem Tresen.

»Dein Bett hatte ich aber schon vorher bezogen.«

»Mach dir keine Umstände. Ich bleibe nicht lange. Morgen nach der Beerdigung fahre ich zurück nach Paris.«

Rykel hob entwaffnend ihre Hände.

Yann ging die Lüge glatt über die Lippen. Sein Vater lag in einem Sarg in der Kirche, doch auch Tote müssen sich gedulden, bis der Gerichtsmediziner sie freigab. Gwenn hatte also Rykel noch nichts von der Untersuchung gesagt.

»Wir sehen uns morgen bei der Beerdigung.«

Rykel nahm ihren Mantel und strich Yann über die Wange. Dabei sah er ihr in die Augen, und wieder schien ein Ruck durch die fühlbare Welt zu gehen, die aus lauter Türen bestand, und jede von ihnen schloss sich, kaum hatte er sie angesehen.

»Wie sehr du deinem Vater ähnelst, als er noch jung war.« Rykel musterte ihn. Sie hatte sich schon zum Gehen bereit gemacht, als Rose ein Glas in der Hand zerbrach. Sie fluchte. Eine der Scherben hatte sich in ihren Daumen gebohrt. Blut tropfte ins Spülbecken, und Yann musste an den denken, den niemand vermisste.

»Kanntest du einen Monsieur Jojo?«

Rykel hatte ihren Mantel genommen und hatte sich nur umgedreht.

»Wer war Jojo?« Keine Regung war in ihrem Gesicht zu sehen. Noch bevor Rykel die Tür aufzog und in die Nacht aus Wind und zerstäubter Brandung zurückging, nahm sie seine Hand und legte sie in ihre beiden Handflächen. Es könnte eine zärtliche Geste sein, wenn Yann sie nicht schon so oft an Rykel erlebt hätte. Gleich darauf kam der Kuss auf die Stirn. Sie küsste ihn wie eine Mutter, was Yann ihr nie verzeihen konnte. Mutter verschwand in den Wellen und lag auf dem Grund des Meeres, ein Skelett, zwischen Felsen eingeklemmt, von Schlamm umgeben. Gib Rykel eine Chance, sagte sein Vater. Sie hat es verdient. Doch Rykel umgab etwas, das Yann sich nicht erklären konnte. Sie war wie ein Mensch, der nur zweidimensional auf einem dunklen Papier existierte. Was man an Rykel als Wirklichkeit sah, waren nur die variierenden Kopien dieser Strichmännchenexistenz. Yanns Frage nach dem Mann, der mit seiner Mutter verschwunden war, hatte Rykel in ihrer flachen Existenz verletzt. Jeder andere Mensch wusste, was man mit Fragen zu tun hatte. Man antwortete darauf, oder man ließ es bleiben. Ein Mensch, der nichts zu verbergen hatte, fasste Fragen nicht als Angriff auf oder als Beleidigung. Rykel konnte Fragen nicht ausstehen. Wer sie etwas fragte, der nötigte ihr die

Verpflichtung auf, antworten zu müssen oder eine Ausrede zu finden, nicht zu antworten.

»Wer war Jojo?« Yann konnte nicht einmal mit Sicherheit sagen, ob Rykel den Sinn seiner Frage verstanden hatte, ob sich in ihr Erinnerungstüren öffneten oder ob sie nur die Frage gereizt hatte. Yann hatte sich schon oft gefragt, wie Rykel es geschafft hatte, dass sein Vater mit ihr schlief. Yann hatte sie nachts gehört, wenn das Bettgestell quietschte und daneben Rykels ersticktes Stöhnen. Er überlegte, ob sein Vater vielleicht die Augen schloss und an seine tote Frau dachte. Wie konnte sein Vater erst eine Frau lieben und dann kurze Zeit später eine andere?

In den Jahren nach dem Unfall bekam Yann eine Vorstellung davon, wie wahre Macht wirkte. Es war eine Kraft wie die Gravitation. Sie wirkte dauernd, sodass man sie kaum mehr bemerkte. An Rykels Eigenart, in Befehlen zu reden oder Sätze wie Marmorsäulen aus dem Nichts zu schaffen, vor denen Yann als Kind tagelang und manchmal sogar wochenlang zurückschreckte, hatte er sich gewöhnt. »Ich kann das tun, glaube mir, ich kann all das tun, weil ich es so will.« Rykel hatte eine Vorliebe für ihren Satz: »Ich kann das tun.« Es gab unzählige Varianten davon. Sie brauchte ihn nicht zu sagen, um trotzdem klarzumachen, was gemeint war. »Das ist besser für dich« oder »Es bleibt alles wieder an mir hängen« oder »Gib mir keinen Grund, anders von dir zu denken«. Ein weitere Variante war es, einfach wegzugehen, nachdem sie das letzte Wort gesagt hatte. Dabei war es unwichtig, was sie gesagt hatte. Ihre Stimme war als Letztes erklungen und hatte alles andere begraben. Mit ihrem befehlenden Ton fand sie jedoch wenig Freunde. Auf der Insel fürchtete oder hasste man sie. Auf den Elternversammlungen der Schule sprach sie gerne im Namen der anderen Eltern. Die meisten trauten sich nicht, selbst das Wort zu ergreifen, und waren froh, dass Rykel dies für sie tat, und so war sie es auch, die dann den Schlusspunkt der Versammlungen setzte. »Alles ist gesagt worden.« Rykel hielt das Schweigen der anderen Eltern wahrscheinlich für Zustimmung, zumindest konnte sie mit Sicherheit sagen, dass keiner sich gegen sie gestellt hatte.

Yann konnte nicht sagen, warum er nicht gerne in Rykels Nähe war. Schon als Kind zog sich sein Magen zusammen, wenn sie sich von hinten über ihn beugte und er ihren Atem in den Haaren spürte. Nur woher kamen diese Gefühle. Sie war schließlich nicht schuld daran, dass seine Mutter auf dem Grund des Meeres lag. Niemand hatte sie gezwungen, im Sturm aufs Meer rauszufahren. Rykel hatte nie abfällig über seine Mutter gesprochen, jedenfalls nicht in seiner Gegenwart. Yann konnte nicht sagen, was nicht stimmte, er konnte nur sagen, dass etwas falsch klang. Warum hatte er Rykel nie geliebt? Weil sie den Platz seiner Mutter eingenommen hatte? Weil er als Kind nicht verstehen wollte, dass Menschen von dieser Welt gingen und andere dafür kamen? In all den Jahren suchte er nach einer Erklärung, warum ihn fröstelte, wenn sie ihn berührte, und sei es nur, um ihm vor dem Einschlafen noch einen Kuss zu geben. Yann vermied jede versteckte Geste und Regung, die sie für sich als Zärtlichkeit hätte in Anspruch nehmen können. Rykel ließ ihn sich wie einen Eisberg fühlen. Gwenn war die Einzige, die ihn daran hinderte, völlig bis in den Kern seiner Existenz abzusterben. Sie war es, begriff er Jahre später, als er schon in Paris lebte, die ihn am Leben erhalten hatte. Ohne Gwenn wäre er zu einem der Felsen erstarrt, den weder Tag noch Nacht, Kälte oder Wärme interessierte. Er war nur da, bis ihn Wind und Meer zu Staub geschliffen hatten.

»Was hast du ihr gesagt?«, wollte Rose wissen und schüttelte den Kopf.

»Ich habe sie gefragt, ob sie diesen Monsieur Jojo kannte.«

»Als ob du das nicht wüsstest.«

»Woher soll ich wissen, wer mit meiner Mutter auf dem Schiff war, als es unterging?«

»Jojo war Rykels Verlobter«, sagte Rose und blickte zur Tür, wo noch eben Rykel gestanden hatte.

Rykel hatte ihren Auftritt gehabt.

»Ich werde sie morgen kurz besuchen«, sagte Yann, nur Rose zuliebe. In ihren Augen hatte Rykel ihn wie einen Sohn aufgezogen.

»Sie liebt dich«, sagte Rose, »obwohl du es ihr nicht leicht machst.«

»Warum hat sie nie erzählt, dass sie einen Verlobten hatte?«

»Weil sich hier niemand gern an die alten Geschichten der Vogelinsel erinnert. An diesen Schriftsteller vom Festland, den Rykel angeschleppt hatte, die Liberty und das Unglück. Wenn Abigale nicht mit Rykels Verlobten auf die Insel gefahren wäre, wenn …«

Rose senkte schlagartig die Stimme, als der Bürgermeister vom Spieltisch aufstand. Yann sah, wie der alte Mann auf ihn zuging. Wie die Flut, die kam und ging. Die Menschen konnten daran nichts ändern. Peronac trat ganz nah an Yann heran. So nah, dass Yann einen Schritt zurückweichen musste, um sein Gesicht klar zu sehen.

»Ich hatte nie etwas gegen dich«, sagte er, »aber du solltest erst gar nicht damit anfangen, Unfrieden auf die Insel zu bringen. Begrabe deinen Vater und dann verschwinde wieder.«

»Habt ihr es eilig, meinen Vater zu begraben?«

»Hör jetzt auf damit«, sagte Peronac, »die Toten sind tot. Und die anderen leben. Es gibt nur die Toten und

Lebenden, und Mathieu hat sich entschieden, zu den Toten zu gehören. Aus welchem Grund auch immer.«

»Wenn er entschieden hatte.«

Der Bürgermeister legte ein paar Münzen auf den Tresen, dann warf er sich seinen Regenmantel um. Die Kapuze ließ sein Gesicht noch knöcherner aussehen.

»Ich habe dir einen gut gemeinten Rat gegeben«, sagte er, »es liegt an dir, ob du ihn befolgst.«

In Paris erwachte Yann jeden Tag um dieselbe Zeit. Kurz vor sieben Uhr, wenn der Verkehr sich auf der Rue de Rivoli zu stauen begann. Nicht der Verkehr weckte ihn, sondern das, was in diesem Rauschen war. Das Rauschen der Brandung, die ebenso zeitlos war wie der Verkehr in Paris. Yann schlug seine Augen auf. Seine erste Nacht auf der Insel, seit er vor zwanzig Jahren weggegangen war. Durch die Wolkendecke brachen einige Sonnenstrahlen, als ekelten sie sich, die Erde zu berühren. Sie berührten die schwarzen Felsen, wie man ein totes Tier anstößt, um sich zu vergewissern, ob es noch lebt. Die feuchten Steinformationen funkelten. Von der Vogelinsel waren nur die Schwärme der Möwen zu erkennen, die über den nackten Felsen schreiend kreisten. Die Möwen gaben dem Felsen vor der Insel seinen Namen.

Yann setzte sich auf und öffnete das Fenster. Kein Wind. Doch etwas war an diesem Morgen anders. Er wusste nicht, was geschehen war, aber irgendetwas fehlte, als hätte jemand einen bestimmten Farbton aus einem Ölgemälde gestrichen.

Yann zog sich eilig an. Sein Zimmer war nicht geheizt. Das Fenster war stellenweise beschlagen. Von unten hörte er Stimmen. Es hörte sich an wie ein Streit, jemand weinte, dann Geschrei, gefolgt von Musik. Die Stimmen gehörten niemandem, sie kamen aus dem Fernseher. Jacques saß in unveränderter Haltung vor dem Bildschirm. Mit der Fernbedienung unterbrach er Bilder und Stimmen.

Jacques drückte die Bilder weg, Schreie vertauschten sich mit Gelächter, spielende Kinder gegen ein Autorennen.

»Waren das die Nachrichten?«, wollte Yann wissen. Jacques reagierte nicht. Wie ein Schlafender, der in Träumen fernsieht, saß er mit halb offenen Augen da und wechselte die Programme im Sekundentakt. Solange Yann Jacques kannte, stand er mit schwarzem Wollpullover auf seinem Boot, sortierte die Netze oder stapelte bunte Plastikkisten, in denen sie den Fisch lieferten. Äußerlich schien er zufrieden. Er lag entspannt auf dem Sofa, und mit den Szenen auf dem Bildschirm spannten und entspannten sich seine Gesichtsmuskeln.

»Du solltest zum Frühstück runter«, sagte er, ohne seinen Blick vom Bildschirm zu nehmen. »Rose kann es nicht ausstehen, wenn man zu spät kommt.«

»Ich habe keinen Hunger.«

»Rose kann es trotzdem nicht ausstehen, wenn man zu spät kommt. Was geht's mich an, ob du Hunger hast oder nicht.«

Eine Tasse Kaffee, schwarz. Mehr wollte Yann am Morgen nicht. Der Fischer zielte mit der Fernbedienung auf Yann, dann drückte er. Yann sah ihn verwundert an.

»Du solltest mal dein bescheuertes Gesicht sehen, wenn ich dich umschalte. Klick, nächstes Programm, laut, leise. Nur bei Rose geht es nicht mehr. Ich schalte sie immer ab, schon so oft, aber sie redet einfach weiter. Ich denke, die Batterien sind schwach. Bei dir geht's noch. Dein Flundergesicht hängt ja nur so aufgeklebt auf den Knochen.«

Yann suchte nach Worten, mit denen der alte Fischer wieder zu dem werden würde, was er einmal war, als würde sich Jacques nur hinter der Maske eines senilen Greises verstecken, der nichts anderes mehr machte, als jeden Herzschlag mit der Fernbedienung zu ersticken. Yann bot ihm an, ihn zum Leuchtturm zu begleiten. Jacques schaute ihn an, als wäre dies eine Beleidigung gewesen, und hielt sich die Fernbedienung an den Kopf. Wieder drückte er. Er grinste, verzog sein Gesicht. Dann spürte er den Griff des Fischers. Seine knochigen Finger schnitten sich in die Muskeln seines Unterarms.

»Besser, du verschwindest …«, flüsterte er und blickte sich um, ob sie auch wirklich alleine waren. »Begrabe deinen Vater und verlass die Insel.«

»Das habe ich schon einmal gehört.«

»Sonst geht es dir wie deiner Mutter.«

»Du redest von dem Unfall?«

»Ich rede davon, dass dieser Mann aufgetaucht ist. Rykel hat ihn mitgebracht.«

»Monsieur Jojo?«

»Welchen Namen er auch immer hatte. Er fuhr mit deiner Mutter raus, damals in der Nacht. Und keiner von ihnen wurde jemals wieder gesehen.«

Yann zog seinen Arm aus der Umklammerung. Jacques stand auf und kramte in einer Schublade mit alten Zeitungen.

»Was ist das?«

Jacques hielt ihm das zerknitterte Notizheft hin.

»Ich will es nicht mehr. All die Jahre habe ich es aufbewahrt … Ich habe versprochen, es niemandem zu geben, außer – der Polizei. Und die hat sich nicht für den Tod deiner Mutter interessiert. Deine Mutter hat es mir gegeben. Es sind nur Notizen … nur Notizen eines Lebens. Ich will das nicht mehr. Du weißt nicht«, fuhr er fort, »was das für eine Wohltat ist. Sich abschalten. Ich kann hier sitzen, ohne Schlaf, mit offenen Augen. Wenn ich mich ausschalte, dann niemals ganz. Kein Traum, nichts, was mich stört, nichts, was mir Angst macht. Schlaflos, ohne Müdigkeit. So etwas hätte ich früher gebraucht, in den langen Nächten auf dem Meer, wenn die Motoren ausgefallen sind und wir warteten, bis jemand uns in den Hafen schleppte. Schlafen, träumen, ich drück auf Aus und bin nur da, wie der Leuchtturm.«

Yann zog sich seine Regenjacke an und ging nach unten. Vor dem Eingang zum Donvor lief er Rose über den Weg.

»Na, gut geschlafen«, rief sie ihm zu. Aus einer Entfernung, in der eigentlich ein Flüstern ausgereicht hätte. »Schon was anderes, die Luft hier.«

»Die Pariser Luft fehlt mir.«

»Tonnen von Dreck, eingeatmet von zehn Millionen. Aber nirgends ist es so schön wie zu Hause, oder?«

»Zu Hause.«

»Du kannst trotzdem bei deiner Mutter, ich meine, bei Rykel vorbeischauen. Immerhin ist dein Vater tot. Sie hat ihn geliebt, und wie sie ihn geliebt hat, schon seit sie ein Kind war.«

Rose machte eine Geste, als verscheuchte sie eine Fliege. »Lassen wir die Vergangenheit, wo sie ist, und du solltest das auch tun.«

»Das habe ich gestern Abend schon öfter gehört.«

»Gute Ratschläge von unserem Bürgermeister. Er weiß alles, fast alles, was auf der Insel geschieht.«

»Ich muss ihn noch sprechen.«

»Warum willst du ihn sprechen? Dein Vater ist tot. Wir warten, bis ihn jemand aus dem Leichenraum holt, dann begraben wir ihn. Alles folgt seinem normalen Gang.«

»Mein Vater hatte mir gesagt, er habe Rykel erst durch meine Mutter kennengelernt.«

Rose schüttelte den Kopf.

»Rykel kam mit zehn Jahren auf die Insel. Ihre Eltern kauften das einzige Haus mit Balkon und Blick auf den Hafen. Es brannte leider ab. Kurz bevor die Banken es pfänden konnten.«

»Rykel hat ihre Jugend auf der Insel verbracht?«

»Wie Mathieu. Und auf der Insel ist es unmöglich, sich nicht zu kennen.«

»Warum hat er mir nie davon erzählt?«

»Weil er Abigale kennenlernte. Danach war alles anders. Die schöne Pariserin aus wohlhabendem Hause. Dein Vater wusste, wie er den Frauen den Kopf verdreht. Wäre ich jünger gewesen«, lachte sie, »vielleicht wäre ich dann deine Mutter.«

»Kennst du jemanden, der noch mit dem Boot rausfährt?«, fragte Yann.

»Der Wind hat nachgelassen, aber das heißt gar nichts. Die meisten haben ihre Boote fest vertäut oder in einen sicheren Hafen gebracht. Der Schuldirektor hat eine Barkasse. Wohin willst du?«

»Zu der Ruine raus.«

»Zur Vogelinsel? Außer Möwen ist da nichts. Sie hocken auf den paar Steinen und paaren sich, jedes Jahr werden es mehr, und das geht endlos so weiter.«

»Ich war noch nie auf der Vogelinsel.«

»Bei Ebbe kannst du auch laufen.«

»Muss ich den Bürgermeister um Erlaubnis fragen?«

»Warum den Bürgermeister? Die Insel ist privat.«

»Wem gehört sie?«

Rose machte ein ungläubiges Gesicht und legte ihren Kopf zur Seite.

»Du nimmst mich auf den Arm. Sie gehört dir, ich meine deinem Vater und Rykel. Mathieu hat sie beim Kauf des Hauses erworben.«

Wenn er sich beeilte, dann schaffte er es bis zum Leuchtturm in fünfundzwanzig Minuten. Die Flut kam langsam. Yann holte seine Regenjacke und verließ das Hotel. Das Licht des Morgens schmerzte in den Augen. Es brach sich wie in einem Kristall und reflektierte von jedem noch so unbedeutenden Ding auf dieser Insel. Alles streckte sich ins Licht, als wäre das Licht die einzige Möglichkeit zu existieren. Er hatte den Hafen hinter sich gelassen. Die kargen Büsche und sandigen Hügel hatten sich verändert. An diesem Morgen war etwas anders. Erst als er die Brandung sah, wusste er, was fehlte. Die Möwen auf den Felsen. Kein einziger Vogel war zu sehen. Normalerweise saßen sie auf den

Felsen zu Tausenden. Ihre Schreie mischten sich in die Brandung. Doch nur die brechenden Wellen mischten sich in die Stille, aus der jedes Leben gewichen war. Wo waren die Vögel hin?

In seinen Erinnerungen gab es in seiner Jugend höhere Dünen. Vielleicht täuschte er sich auch nur. Als Kind war er kleiner, und die Welt um ihn schien ihm größer. Überhaupt kam ihm die Insel noch schmaler und begrenzter vor. Der Leuchtturm schien jetzt zum Greifen nah. Doch zwischen ihm und dem weißen Turm war noch eine flache Senke schroffer Felsen. Als Kind spielte er mit Gwenn Verstecken in dem Labyrinth spitzer Steinzähne. Der Weg wurde steiler. Er hatte kein Schuhwerk für eine Wanderung auf kantigem Felsen, und erst recht hatte er nicht geplant, über den glitschigen Felsen bis zur Vogelinsel zu laufen. Die Felsen waren an dieser Stelle schroff und vom Wind zu bizarren Spitzen geformt. An einer windgeschützten Stelle lehnte er sich an. Im Windschatten des Felsens schienen die Naturgewalten plötzlich keine Macht mehr zu haben. Yann nahm das Notizbuch aus der Tasche. Die Handschrift seiner Mutter. Sie kam ihm vertraut vor, doch hatte er keine klare Erinnerung daran. Die Seiten waren liniert wie bei einem Schulheft, doch die Schrift sprang wild hin und her. Kurze verstümmelte Sätze, gefolgt von kurzen Anmerkungen, die quer an den Rand geschrieben waren.

Manche Notizen waren mit Kugelschreiber, andere mit Bleistift geschrieben. Eine Windbö verirrte sich und riss ihm das Heft aus der Hand. Es fiel flach auf den Boden. Yann nahm es und las die ersten Zeilen der Notiz:

Heute mit Rykel und ihrem Verlobten zum Essen verabredet. Rykel kam nicht. Sie ließ mich alleine mit ihrem Verlobten. Die Liberty brachte uns raus zur Vogelinsel. Zwischen den Ruinen Licht, das L'Or du Temps. Yoyo … (unleserlich. Yann drehte das Heft. Am Rand standen noch zwei Wörter: *Philosoph, Schriftsteller …*)

»Wohin gehst du?«, rief jemand. Yann sah erst niemanden. Er blickte gegen das Licht der Sonne. Aus dem Licht kam eine Gestalt auf ihn zu. Erst ein Schatten, und jetzt konnte er die Stimme auch einem Namen zuordnen. Gwenn hatte nur einen Pullover und Jeans an, in der Hand einen Pappbecher.

»Rose hat mir gesagt, dass du wahrscheinlich zum Leuchtturm gehst. Ein kleiner Besuch bei deiner Stiefmutter?«

»Rykel.«

»Ich weiß, du magst es nicht, wenn man sie Mutter nennt. Aber sie ist nun einmal ganz offiziell deine Stiefmutter.«

Rykel war die Angelegenheit seines Vaters. Sie war schließlich bei ihm eingezogen. Yann hatte nichts mit

Rykel zu tun. Sie war nicht seine Mutter, keine Ersatzmutter, keine Stiefmutter. Doch seitdem seine Mutter verschwunden war, tat alle Welt so, als müsste sie unbedingt ersetzt werden.

»Hast du gewusst, dass die Vogelinsel meinem Vater und Rykel gehört?«

Gwenn zuckte mit den Schultern.

»Mein Vater hat sie gekauft.«

»Warum sollte jemand ein Stück Felsen kaufen, den man vor lauter Vögeln nicht betreten kann?«

»Wegen des alten Hotels, dem L'Or du Temps?«

»Die paar Ruinen? Soviel ich weiß, wurde das Hotel am Ende des Zweiten Weltkriegs bombardiert. Die Deutschen.«

»Nicht die Deutschen«, sagte Yann, »die Alliierten hatten es zerstört, weil sie glaubten, dass dort einige Nazigrößen verkehrten.«

»Aber seit dieser Zeit gab es dort nichts mehr außer Wind und Möwen. Und ab und zu überschwemmt eine Springflut den Felsen.«

»Zwischen der Zerstörung Ende 1944 und 1985 muss es jemanden gegeben haben, der dort ein Restaurant betrieben hat.«

»Davon hätten wir doch gehört«, entgegnete Gwenn. »Oder erinnerst du dich an irgendwelches Treiben auf dem Felsen. Ich kann mich nicht erinnern, dass dort jemals ein Boot oder Mensch war. Außer ein paar Naturschützern, die dort Möwen zählten und ihre Plastikschilder mit Vogelschutzgebiet aufstellten. Schilder, die dann beim nächsten Sturm im Hafen oder mit den Strömungen bis nach Brest trieben.«

»Wir waren nur tagsüber auf dem Felsen«, sagte Yann. »Vielleicht war das L'Or du Temps nur nachts offen.«

Gwenn schüttelte abermals den Kopf. Yann folgte dem Weg. Gwenn folgte ihm. Mit ihren festen Schuhen hatte sie wesentlich mehr Halt auf dem felsigen Untergrund. Nebliger Dunst hüllte die Küste ein. Das Grollen der Brandung war stärker zu hören. Zu ihrer Linken flachte das Gelände ab. Hinter einer Düne, die mit einem Zaun gesperrt war, lag ein gleichmäßig schmaler Strandabschnitt. Der Strand sah aus wie künstlich eingefügt. Doch bis auf den Hafen hatte nie jemand etwas an der Form der Insel geändert. Die Strömung hatte Sand und feines Gestein in eine Felsbucht geschwemmt. Verborgen im Dunst, hörte er die Wellen, wie sie den Sand bewegten. Es durften mehr als fünfhundert Meter gewesen sein, als ein Weg sich wie eine Narbe in die rot-grüne Dünenvegetation schnitt. Nach hundert Metern wichen die harten Gräser dunkelbraunen Flechten, bis nur noch der harte Fels vorhanden war. Der Ort, wo das Leben aufhörte, war fließend und dennoch sichtbar. Die Felsen verteidigten sich gegen die Invasion des grünen Lebens mit Salz, Wind und

Wasser. Dann sah er die Ruinen. Von oben konnte er sehen, dass noch ein zweiter Weg nach unten zu dem Felsgrat führte, der bei Ebbe oberhalb der Wasserlinie lag.

»In einer Stunde ist der ganze Felsrücken überflutet«, sagte Gwenn, »und der Weg ist glitschig.«

»Es muss noch Spuren von dem Restaurant geben. Stühle, Tische oder elektrische Kabel.«

»Wie willst du noch irgendetwas in den Ruinen finden, und woher willst du wissen, dass es nicht zu dem ursprünglichen Hotel vor dem Krieg gehörte?«

»Es ist mein Beruf, so was herauszufinden. Ich bin Archäologe.«

»Du wirst nie wissen können, was hier wirklich einmal war. Selbst wenn du hier nichts findest, kann es das Restaurant gegeben haben, das deine Mutter erwähnt. Doch du kannst auch nur behaupten, dass da etwas gewesen sein muss, ohne jemals auch nur den kleinsten Beweis zu finden.«

»Ich nehme an, dass meine Mutter vor dreißig Jahren dort war. Die Vergangenheit gibt es nicht mehr. Sie ist immer schon etwas Verschwundenes. Und wenn ich als Archäologe auf die Reste blicke, dann versuche ich, aus diesen Scherben und Spuren die Verbindung zu unserer heutigen Zeit herzustellen.«

»Wer hat dir das gesagt?«

»Rose.«

»Aber nichts deutet darauf hin, dass es das Restaurant dort vor dreißig Jahren gegeben hat.«

»Nichts beweist, dass es Geschichte jemals gegeben hat«, entgegnete Yann. »Die ganze Welt ist eine einzige, ständig revidierte und veränderte Wahrheit.«

»Nur du gehst davon aus, dass diese Wahrheit nicht gefälscht ist.«

»Ein Archäologe sucht Spuren und zieht daraus seine Schlüsse.«

»Und ein Ermittler sucht nach Lügen und versucht, daraus die Wahrheit zu rekonstruieren.«

»Warum sollte Rose mich anlügen?«

Yann musste sich auf den Weg konzentrieren. Er ging gebückt und balancierte mit ausgestreckten Armen über den von Algen überzogenen Granit. Er wollte Gwenn von dem Notizbuch erzählen, ließ es aber in seiner Tasche.

»Vielleicht hat sie auch nur die Wahrheit vergessen.«

Das Wasser war schon gestiegen, und schwache Wellen brachen sich an der natürlich gewachsenen Brücke. Nach zehn Minuten stieg der Felsen wieder an, und sie standen auf der Vogelinsel. Wie oft hatte er als Kind zu dieser Insel geschaut und gedacht, sie gehörte tatsächlich den Vögeln, um heute zu erfahren, dass dieser flache Brocken seinem Vater und Rykel gehörte. Die Vögel interessierte das Eigentum der Menschen nicht, und überhaupt änderte es gar nichts, wenn Menschen sich künstliche Grenzen ausdachten. Sie kletterten auf eine schräge Verwerfung, die aussah wie flach aufeinandergestapelte Bücher.

»Ich kann mich noch an den Tag erinnern, als die Nachricht vom Tod deiner Mutter kam.« Gwenn hatte als Erste den noch intakten steinernen Torbogen der Ruinen erreicht. »Mein Vater kam zu euch. Niemand traute sich recht, es auszusprechen. Meine Mutter sagte mir, es sei ein schrecklicher Unfall passiert.«

»Nur das Boot erwähnten sie«, sagte Yann, als auch er an dem Torbogen stand, der der Eingang zu einem Haufen durcheinandergestürzter Steine war. Nur der Torbogen und die Steintreppen, die ins Nichts führten und senkrecht abgebrochen waren, nährten die Vorstellung, dass hier einmal mehr als nur Wind über schwarzgrauem Felsen existiert haben musste. »Niemand sagte etwas vom Tod meiner Mutter. Das hat mir mein Vater erst später gesagt. Ich wusste damals schon, was der Tod bedeutete. Ich hatte die toten Fische im Hafen gesehen oder die toten Möwen, deren Körper in der Sonne in Felsspalten verwesten. Aber das war noch nicht der ganze Tod. Ich erinnere mich, dass mein Vater mir noch Wochen später sagte: ›Mama kommt nicht wieder. Nie wieder.‹ Und da hatte ich verstanden, was der Tod bedeutete.«

»Was hat Rose so Wichtiges erzählt?«

»Dass meine Mutter kurz vor ihrem Tod einen anderen Mann getroffen hatte. Rykels früheren Verlobten.«

»Deine Mutter?«

»Sie musste ihn kurz vor ihrem Tod kennengelernt haben.«

»So was wäre doch auf der Insel gleich an die große Glocke gehängt worden. Auf der Insel wächst und gedeiht nichts. Erst recht keine Geheimnisse. Mein Vater hätte doch sicher etwas erzählt, wenn da ein Mann gewesen wäre.«

»Es blieb auch kein Geheimnis«, sagte Yann. »Dafür sorgte dieser Mann.«

»Hat der auch einen Namen?«

»Rose nannte ihn Monsieur Jojo. Ein Schriftsteller.«

»Nie gehört. Bekannt ist er wohl nicht.«

»Seltsame Zufälle. Mein Vater wird tot im Hafen gefunden, und kaum bin ich auf der Insel, erfahre ich, dass meine Mutter vor dreißig Jahren nicht die Einzige war, die mit der Liberty verschwand.«

»Ich glaube nicht an den Zufall. Nicht in meinem Beruf.«

»Für einen Archäologen ist der Zufall einfach nur eine fehlende Seite in der Geschichte. Ich frage mich, warum Rykel mir nie erzählt hat, dass sie die Verlobte von diesem Monsieur Jojo war. Nach dem Tod meiner Mutter fragte sich jeder, wie es zu dem Unfall hatte kommen können, doch niemand fragte danach, was eigentlich aus dem Verlobten Rykels geworden war. Kam er bei dem Unglück ums Leben? Warum schrieben die Zeitungen nicht über das Verschwinden des Schriftstellers?«

»Ich werde mit Rykel einmal sprechen. Ganz offiziell.«

Yann sah sich um. Der Grundriss des Gebäudes war gewaltig gewesen. An der Stelle, an der vor langer Zeit eine ausladende Terrasse über die Klippe ragte, klaffte nun ein Loch. In vier oder fünf Meter Tiefe schlug die Brandung gegen Steinquader, die von Muscheln übersät waren. Gwenn hatte recht. Viel war nicht mehr übrig. Die Seitenflanken ließen erahnen, dass hier einmal ein prächtiges Gebäude gestanden haben musste. Der Weg durch die Ruine war beschwerlich. Yann musste klettern, um in die weiter hinten liegenden Gebäudeteile zu gelangen. Einmal rutschte er ab und schnitt sich an einer Felskante. Wie Rasierklingen. Das Hotel oder vielmehr, was noch davon übrig war, schien aus dem Fels gewachsen zu sein, als hätten Wind und Meer die Felsen so geformt, dass sie diese Mauern ergaben. Der Eingang war noch da und auch die Steintreppen. Die Aussicht musste früher phänomenal gewesen sein. Hinter den Mauern war ein Großteil des Bauwerks zusammengebrochen und in die Tiefe gestürzt. Yann ging ein paar Schritte durch den Eingang und versuchte, sich vorzustellen, wie die Empfangshalle oder der Speisesaal ausgesehen haben mochte. Vor dreißig Jahren hatte sich hier seine Mutter mit dem Verlobten Rykels getroffen? Ein Speisesaal mit Theaterlogen? Dort, wo früher einmal Tanzschritte über die Steinfliesen glitten, klaffte ein Loch. Der Fliesenboden war in der Mitte geteilt, dahinter gähnte Leere, aus der die Brandung dunkel rief. Auch wenn es hier vor dreißig Jahren besser ausgesehen haben mochte, ein Restaurant gab es damals hier bestimmt nicht mehr. Das L'Or du Temps war im Krieg zerstört worden, vor mehr als siebzig Jahren. Es brauchte viel Fantasie, sich vorzustellen, dass hier noch jemand vor dreißig Jahren ein Restaurant betrieben haben konnte. Hatte Rose die Ruine auf der Vogelinsel gemeint? Yann stand in einem Bereich des Hauses, der früher einmal als Küche gedient haben musste. Ein Kamin, geschwärzte Steine.

Gwenn winkte ihm zu und deutete auf die Wellen. Das Wasser hatte den Übergang schon an einigen Stellen überschwemmt. Der Wind schluckte Gwenns Stimme. Er wusste, was sie in den Wind rief: »Los. Ich habe keine Lust, die nächste Ebbe auf diesem Stinkfelsen abzuwarten.«

Die Außenmauern mussten damals noch gestanden haben und auch ein Teil der Terrasse. Möglich, dass der Sturm die Mauern zum Einsturz gebracht hatte. Die Marmorfliesen waren nicht nur zersprungen, sondern zu Staub zerborsten. Bruchstücke aus Marmor warteten, als wären sie aus der Zeit gefallen, zwischen den Trümmern. Gwenn rief wieder. Yann hatte eine andere

Idee. Er kletterte über die Trümmer zur Seeseite, tastete mit seinem Blick über jeden Stein, ohne genau zu wissen, wonach er eigentlich suchte. Dann sah er etwas. Es war zu hoch, um angeschwemmt worden zu sein. Es sei denn, ein Sturm hatte es an den Felsen geworfen und es mit einem Felsblock festgeklemmt. Metallverstrebungen. Rostiges Blech, verbogene Rohre, die aussahen, als hätten sie einmal zu einem Stuhl gehört. Darüber der Fuß eines Tisches, eine in der Mitte zerbrochene Tischplatte, die entweder aus Stein oder Keramik war. Sie befand sich auf der windabgewandten Seite, was ihren guten Zustand erklärte. Er nahm sein Handy heraus und versuchte, einen guten Winkel zu erreichen. Er drückte den Auslöser, noch einmal. Noch zweimal. Er hatte keine Zeit mehr. Die Tischplatte konnte hier auch schon siebzig Jahre liegen. *L'Or du T* stand auf dem Rest der Tischplatte. Um das zu erfahren, müsste er hinunterklettern und den Tisch genauer untersuchen. Doch die Zeit hatte er nicht.

Sie muss hier gewesen sein, dachte Yann und kletterte über die Trümmer zurück. Gwenn wartete auf dem Übergang, der in der Mitte schon unter Wasser war. Die Wellen waren nicht hoch. Nasse Füße ließen sich nicht mehr vermeiden.

»Bist du taub? Komm jetzt!« Gwenn griff nach seiner Hand, weil er mit seinen Schuhen auf dem grünen

Schlamm kaum Halt fand. Wie warm ihre Hand war. Ein Gefühl kam, das er nicht genau bestimmen konnte. Gleichzeitig sah er Gwenn wieder, nackt, ausgestreckt auf dem Felsen. Sein rechter Fuß rutschte weg, er verlor den Halt. Bei Ebbe wäre er einen Meter auf den Felsen gestürzt. Er hatte noch mehr Glück, dass er genau in dem Augenblick fiel, als eine größere Welle sich auf dem Felsen brach. Er klatschte ins Wasser. Du weißt, was geschieht. Es ist immer geschehen. Irgendwann bringt es dich um. Als er sich wieder aus dem Wasser gezogen hatte und den Felsen hochgeklettert war, streckte ihm Gwenn ihre Hand entgegen. Er sah sie kurz an, griff aber dann nach dem Felsen. Fass sie nicht an. Begrabe deinen Vater und fahre wieder zurück nach Paris. Obwohl sein rechtes Knie und seine aufgeschürften Handflächen schmerzten, hatte er etwas gefühlt, was ihn jeden Schmerz und die Kälte der nassen Kleider vergessen ließ. Und er überlegte, ob es sich dafür zu sterben lohnte.

Rose zog die Kette fest, die Stühle und Tische miteinander verband. Mehr konnte sie nicht tun. Wenn der Sturm sie holte, dann war es so. Als sie Yanns durchnässte Gestalt sah, schüttelte sie nur den Kopf. Als Gwenn mit Yann die Tür zu den hinteren Zimmern aufzog, ließ sie ihre Kette fallen und folgte den beiden in die Bar.

»Aber nicht aufs Zimmer«, rief Rose, »solange ihr nicht verheiratet seid.«

»Rose, du weißt doch, wer ich bin.«

»Wir haben Regeln, und die müssen eingehalten werden. Sonst geht es hier zu wie auf dem Festland. Wir Bretonen haben Gesetze, um den Göttern zu gefallen.«

»Und ich bin von der Gendarmerie Nationale.«

»Gwenn, ich kenne dich, seit du laufen kannst. Du bist die Tochter des Bürgermeisters. Du bist Bretonin. Die Gendarmerie interessiert hier keinen.«

Gwenn überließ Rose ihrem Gegrummel, das wie der Großteil von dem, was Menschen tagtäglich von sich gaben, wie Rosens Spülwasser in einem Loch ohne Bedeutung verschwand.

Jacques saß in seiner gewohnten, breitbeinigen Haltung vor dem Fernseher und zappte zwischen Fußball und den Nachrichten.

Yann hatte nur ein anderes Paar Wechselunterwäsche dabei. Gwenn stand an der Tür seines Zimmers und musterte seinen nackten Körper. Ihre Blicke fühlten sich warm an.

Yann trocknete sich schnell ab. Nicht schnell genug. Gwenn kam auf ihn zu. Ihr Atem war auf seinem Hals. Ihre Hand strich über seinen Bauch. Er machte einen halben Schritt nach hinten.

»Hat es etwas mit mir zu tun?«

»Nein, es ist nur.«

»Du schuldest es mir.«

»Ich kann nicht.«

»Alle Menschen tun es. Es gibt keine Sekunde auf dieser Welt, in der nicht zwei Menschen aufeinanderliegen. Sie tun es wie der Regen, der aus den Wolken fällt. Verstehst du, das ist nichts Besonderes.«

»Warum willst du es?«

»Weil ich es mit dir will.«

»Wir müssen doch nicht alles tun, nur weil wir Lust dazu haben.«

»Es sieht nicht danach aus, als ob du keine Lust hättest.«

Yann sah an sich herab und fragte sich, warum sein Penis wie der Zeiger einer Sonnenuhr abstand. Er konzentrierte sich und versuchte, das hart gewordene Stück Fleisch, das er sonst zum Pinkeln verwendete, seinem Willen zu unterwerfen. Sein Arm hob und senkte sich genauso, wie er seine Beine bewegen konnte, sogar seinen Atem konnte er anhalten, und beim Pissen hatte er ebenfalls noch mehr Kontrolle. Doch sein Penis gehorchte anderen Gesetzen.

»Das hat nichts damit zu tun.«

»Das hat sehr wohl damit etwas zu tun. Du hast ein ernstes Problem, wenn du dich gegen deine Natur wehrst.«

»Ich habe ein Problem, wenn ich es nicht tue.«

Yann suchte sich frische Unterwäsche aus seinem Rucksack und zog sich an.

»Schwul bist du nicht«, sagte sie, »das sieht man ja.«

»Kannst du nicht einfach damit aufhören?«

»Erst wenn du mir sagst, dass ich dich anwidere. Dann lasse ich dich in Ruhe.«

Yann strengte sich an, Gwenn zu hassen und ihr dies so an den Kopf zu werfen. Er brauchte nur einen Satz zu formulieren, doch er konnte Gwenn nicht sagen, was in ihm vorging. Sie würde es nicht verstehen.

»Seit Jahren warte ich auf diesen Augenblick«, sagte sie, »seitdem du die Insel verlassen hast.«

Gwenns Augen waren feucht, ihre Stimme zitterte. Yann blieb stehen, dann hob er die Arme. Gwenn stieß ihn weg.

»Ich kann nicht.«

»Du willst mich nicht. Dann sag es doch einfach.«

Yann schüttelte den Kopf.

»Selbst wenn ich wollte. Ich würde alles verlieren.«

»Ich verstehe kein Wort.«

»Ich glaube, es gibt Menschen, für die ist die Liebe wie eine Krankheit. Sie sterben daran.«

»Niemand stirbt an der Liebe.«

»Ich schon.«

Dann erzählte Yann, warum er von der Insel geflohen war. Sie habe es ja selbst miterlebt. Er wäre fast ertrunken. Heute war er ausgerutscht. Das waren Warnungen. Gwenn betrachtete ihn. Als sie nichts sagte, fuhr er fort mit der Reihe seiner Unfälle. So erfuhr Gwenn von Charlotte, in deren Gegenwart er in ein Glas gebissen hatte, die Scherben schluckte und nur durch eine Not-OP gerettet wurde. Gwenn erfuhr von Annabel, der Pergament-Restauratorin, die er bei der Arbeit im Louvre getroffen hatte und wie er sie an vierundvierzig Stellen ihres Körpers berührt hatte, immer darauf wartend, dass etwas geschah. Als das Haus nicht über ihm zusammenbrach und er auch an nichts erstickte, verabredete er sich mit ihr. Doch sie kam nie in das Café. Eine Woche später erfuhr er, dass sie auf dem Weg vor die einfahrende Metro gestürzt war. Die Brigade Anti-Criminalité tauchte bei ihm auf. Erst aus den Fragen der Beamten konnte Yann schließen, dass die junge Restauratorin sich vor die Metro geworfen hatte. Und er erfuhr auch, dass sie der jungen Frau schon länger auf der Spur gewesen waren. Sie konnten nur nichts beweisen. Beiläufig vor dem Kaffeeautomaten, mit einem Plastikbecher in der Hand, sagte der Schreibtischpolizist, dass all ihre Liebschaften und Männer innerhalb eines Jahres an merkwürdigen Unfällen gestorben seien. Annabel, die Frau mit dem stillen Lächeln und den glatten schwarzen Haaren. Was wäre geschehen, wenn er sich in sie verliebt hätte?

»Aberglaube«, sagte Gwenn, »nichts als finsterer Aberglaube.«

»Aber die Dinge geschehen«, erwiderte Yann, »ob ich nun daran glaube oder nicht.«

»Sie geschehen, weil du willst, dass sie geschehen.«

»Ich weiß nur, dass sie geschehen, und ich weiß, dass es hier angefangen hat, hier auf dieser Insel.«

»Du wirst nicht sterben. Nicht an der Liebe. Mein Gott, du lebst seit Jahren wie ein Mönch.«

»Mönche sterben nicht, wenn sie sündigen.«

»Wenn du dich nur selbst hören könntest. Lass uns deinen Vater beerdigen und dann von der Insel verschwinden.«

»Erst muss ich wissen, was mit meiner Mutter geschehen ist.«

»Lass das die Polizei machen.«

»Für die Polizei ist meine Mutter bei einem Bootsunglück verschollen. Doch da ist dieser Schriftsteller, mit dem sie auf dem Boot war. Er musste eine Zeit lang auf der Insel gelebt haben. Doch keiner hatte ihn jemals erwähnt. Aber wenn er auf der Insel gewesen ist, dann muss ihn jemand gesehen haben. Auf der Insel lässt sich nichts verheimlichen.«

Pater Manois hatte das Alter, um zu wissen, was mit dem L'Or du Temps geschehen war, er hatte das Gedächtnis, und er stammte nicht von der Insel. Manois las einmal die Woche die Messe. Am 30. Dezember trug er die Statue der Heiligen Jungfrau aus der Kirche, hinter ihm die Prozession der Anwohner, die an diesem Tag der Ertrunkenen gedachten. Die Taufen waren selten geworden, und es gab Bewohner der Insel, die am Sonntag aufs Festland fuhren, um dort bei Leclerc einzukaufen, anstatt seine Messe zu hören. Dass ausgerechnet der Lehrer und der Direktor der Schule zu diesen Ungläubigen gehörten, war ein Skandal. Frankreich und seine laizistischen Verirrungen waren eine Sache, die Bretonen gingen in die Kirche. Die Kelten waren schon immer ein spirituelles Volk. Daran änderte auch die Französische Revolution nichts. Yann erinnerte sich daran, dass sein Vater, gemeinsam mit dem Bürgermeister, dem Lehrer ins Gewissen redete. Vergeblich. Der Lehrer blieb eisern. »Kein Mensch mit gesundem Verstand geht heute noch in eine Kirche«, rief er ihnen zu. »Und die Schule ist ein Ort ohne Hokuspokus und all den Hinterwäldler-Ritualen.« Der Lehrer setzte nie einen Fuß in die Kirche. Nur einmal, als die Insel unter Wasser stand. Die Kirche stand auf dem höchsten Felsen der Insel.

Gwenn hatte darauf bestanden, Yann zu begleiten. Yann setzte seinen Fuß auf die Steintreppe zur Kirche, als Gwenn ihn zurückhielt.

»Warum beschäftigt dich jetzt der Tod deiner Mutter? Das ist dreißig Jahre her?«

»Ich habe nie aufgehört, darüber nachzudenken …« Er nahm das Notizheft aus seiner Jackentasche. Gwenn nahm es und blätterte darin. Sie schaute ihn an und fragte, was das sei.

»Das Notizbuch meiner Mutter … Vielleicht schrieb sie noch mehr, doch diese Notizen sind die einzigen, die übrig geblieben sind.«

»Viel von dem Gekritzel lässt sich gar nicht entziffern«, sagte Gwenn. »Es sieht gehetzt aus, als hätte sie das alles im Laufen geschrieben. Von wem hast du das?«

»Jacques hat es aufbewahrt.«

»Warum hat er es damals nicht der Polizei gegeben?«

»Weil er wie die meisten Bretonen kein Vertrauen in die Polizei hat.«

Gwenn überging die letzte Bemerkung und blätterte die gelblichen Seiten durch.

»Von wann sind die letzten Eintragungen?«

»Es gibt nur ein Datum, auf der ersten Seite. Das ist vier Tage vor dem Unfall.«

»Die Liebe ist das Schlimmste, was uns geschehen kann«, las Gwenn laut. *»Jojo Philosophie* … Der Rest ist gar keine Schrift mehr. Kreise und Striche, wie jemand, der beim Telefonieren kritzelt.« Gwenn blätterte bis zur letzten Seite. Sie blickte durch Yann hindurch, als hätte sich hinter ihm plötzlich eine Tür geöffnet. Yann nahm das Heft. Auf der letzten Seite standen nur die Worte: *Besuch bei Ankoù.*

»Hat deine Mutter Bretonisch gesprochen?«, fragte sie.

»Meine Mutter kam nicht aus der Bretagne … Warum fragst du?«

»Weil deine Mutter auf der letzten Seite etwas auf Bretonisch schreibt.«

Yann hatte alte Sprachen studiert. Altgriechisch, Hebräisch, Latein, Babylonisch. Nur nicht Bretonisch. Es hatte sich spärlich entwickelt, wie ein wildes Kind, das in der Wildnis groß geworden war. Er hatte es von den Alten im Donvor gehört, in den hinteren Bänken der Kirche, in der Épicerie und in den Liedern. Wer Ankoù war, wusste jedes Kind. Wahrscheinlich auch seine Mutter.

»Besuch bei Ankoù«, sagte Yann, »und Tage später war sie tot.«

Ankoù tauchte an den Fassaden der Kirchen auf, in der Gestalt eines Skelettmannes, der eine Sense in seiner Hand hielt, eingehüllt in eine Kutte, oder als schwarzer Hund. Manche nannten ihn den Gevatter Tod. Er reiste in einem Wagen mit hölzernen Rädern.

»Erinnerst du dich«, setzte Yann fort, »wie die Alten, die vor dem Friedhof in der Sonne saßen, immer zusammenzuckten, wenn sie das Geräusch von Ketten oder von einem Leiterwagen hörten, der über die Steine polterte?«

»Alle hatten sie Angst vor ihm«, sagte Gwenn, »denn wer ihn sah, der war des Todes. Und wenn sie in der Kirche einnickten …«

» … dann hatten sie diesen Ausdruck des Entsetzens, kurz bevor ihr Kopf zur Seite sank oder auf das Holz der Lehne knallte.«

»Sie hatten Angst, nie wieder aufzuwachen.«

»All die Angst bringt nichts … Ankoù holt sie alle.«

»Holt uns alle«, fügte Gwenn hinzu und klopfte erneut an die Tür des Priesters. Als er nicht öffnete, folgten sie der Steinmauer. Ein schmales Tor, darüber ein Steinblock, der den oberen Teil des Bogens ausmachte. Yann trat als Erster in den Garten. Sie fanden den Priester, wie er Steine aufschichtete. Garten hätte man den Flecken hinter dem Pfarrhaus gar nicht nennen dürfen. Mehr als ein paar Gräser wuchsen darin nicht. Anstelle von Kräuterbeeten hatte Manois Hunderte Steintürmchen aufgerichtet. Wie ein wankender Koloss stand er inmitten der Türmchenlandschaft. Er verzog seinen Mund, was sowohl ein Lächeln als auch eine Grimasse sein konnte. Manois hielt zwei glatte Steine in der Hand, die er so aufeinanderlegte, dass sie vertikal in ruhigem Gleichgewicht blieben.

»Das L'Or du Temps gibt es schon lange nicht mehr«, antwortete der Pater, als Yann ihn nach dem Hotel auf der Vogelinsel fragte.

»Waren Sie einmal dort?«

Der Pater lachte.

»Keinen Fuß würde ich dorthinein setzen, selbst wenn es noch existieren würde.«

»Jetzt ist es nur noch ein großer Haufen vermooster Steine.«

»Steine sind nicht nur Steine«, antwortete der Pater und setzte mit zwei Fingern einen faustgroßen Stein auf die Spitze eines anderen Steins. Das Gebilde schien in der Luft zu wanken. »Das Ganze sieht wacklig aus, wie ein Scherz. Aber Steine verstehen keine Scherze. Sie hören nur zu.«

»Meine Mutter hat dort noch zu Abend gegessen.«

Manois machte eine fahrige Bewegung. Ein Steintürmchen geriet ins Wanken und fiel um. Der Pater versuchte noch, die Steine aufzufangen, doch es war zu spät. Weitere Türmchen fielen wie Dominosteine.

»Gott. Ich brauche Ruhe, nur Ruhe. Ohne Ruhe keinen Frieden.« Er sagte dies zu den Steinen, die in gewohnter Unordnung erstarrt waren. »Abigale war niemals im L'Or du Temps«, fuhr er fort. »Sie war noch nicht einmal geboren, als die Bomben der Alliierten das Haus auf den Felsen in Trümmer verwandelt hatten. Seitdem gibt es dort nur noch Möwen.«

»Sie hat dort vor dreißig Jahren zu Abend gegessen, mit einem Schriftsteller.«

Der Pater stand dicht vor ihm. Yann konnte den scharfen Geruch von Pisse und Schweiß riechen.

»Was auch immer dich so sicher macht, es ist falsch. Mit wem war deine Mutter dort?«

»Mit einem Schriftsteller, der sich Jojo nannte.«

Der Pater nahm einen Stein und setzte ihn vorsichtig auf einen anderen. Seine Hand zitterte.

»Nie gehört.« Die Antwort kam überraschend schnell.

»Vielleicht existierte das Restaurant noch länger und verfiel erst Jahre später?«

»Nicht in dieser Welt, und Gott hat für uns nur eine geschaffen. Das L'Or du Temps hörte auf zu sein am ersten Juni 1944, um zwölf Uhr und dreiundfünfzig Minuten. Die Bomben sollten Nazigrößen treffen. Es hieß, Nazigrößen wie Himmler hätten hier frischen Hummer gegessen. Die Insel ist bekannt für ihren Hummer und Muscheln. Das sagten die Generäle der Alliierten, nachdem sie ihre Bomben abgeworfen hatten. Ich frage mich, ob sie wussten, dass sich dort nur Dichter und Philosophen vor den Nazis versteckt hatten. Sie zerstörten mehr als nur ein Haus. Das L'Or du Temps war nicht nur ein Hotel und Restaurant. Es war ein Treffpunkt für Intellektuelle, Dichter, Maler. Es hatte den Krieg gut überstanden. Bis amerikanische Generäle dort einen Ort ausmachten, den es zu vernichten galt.«

»Hat man das Hotel vielleicht nach dem Krieg wieder aufgebaut?«

»Nein, niemand wollte diesen Ort, wo so viele Menschen starben. Geblieben sind Ruinen und Möwen. Ich war lange nicht mehr beim Leuchtturm. Von dort aus sieht man zur Vogelinsel. Der Weg dahin ist zum Teil weggebrochen und gesperrt. Die Reste stehen noch auf den Felsen, doch nach jedem Sturm bricht mehr davon ab und stürzt ins Meer. Es ist ein Ort des Todes.«

Wenn Bomben das L'Or du Temps zerstört hatten, dann konnte seine Mutter dort nicht vor dreißig Jahren mit diesem Monsieur Jojo zu Abend gegessen haben. Entweder täuschte sich Pater Manois, oder seine Mutter war in einem anderen Lokal.

Manois begann von Neuem, die runden Steine aufeinanderzusetzen. Stein auf Stein, bis das Türmchen ruhig stand.

»Und wenn dort etwas anderes war vor dreißig Jahren?«

»Unmöglich, unmöglich. Alles ist verbrannt. Das L'Or du Temps ist ein Ort des Todes. Keiner geht dort freiwillig hin, außer er will sich umbringen.«

Yann hätte den Pfarrer gerne noch gefragt, ob sein Vater davon gesprochen habe, sich das Leben zu nehmen, doch Gwenn zog ihn sanft zur Seite. Pater Manois vertiefte sich wieder in das Aufeinanderstellen der runden Steine. Er murmelte Sätze, die ebenso Gebete wie Flüche hätten sein können. Auch das war so eine Eigenart auf der Insel. Die Menschen redeten mit sich selbst. Sie hatten den Monolog zu einer Kunstfertigkeit getrieben, die es sonst nirgends gab.

»Man kann das Reden auch verlernen«, sagte Yann, als sie das Pfarrhaus verließen. »Er war schon immer ein komischer Kauz.«

»Sonst wäre er wohl kein Priester geworden.«

»Seit wir Kinder waren, stellt er Steine im Garten des Pfarrhauses aufeinander. Außer predigen macht er sonst nichts. Der Heilige Geist und Steinhäufchen bauen.«

»Als Kinder fanden wir das lustig. Wir sind über die Mauer geklettert und haben ihn beobachtet, wie er mit den Steinen spricht.«

»Ist dir schon einmal in den Sinn gekommen, dass Priester eigentlich gar kein Beruf ist?«

Gwenn sah ihn verwundert an.

»Du bist Archäologe geworden. Sammelst alte Scherben ein und klebst sie wieder zusammen. Was ist das für ein Beruf?«

»Ich habe es wenigstens mit Scherben zu tun, die es wirklich gibt.«

Gwenn zuckte mit ihren Schultern. Der Wind schlug ihnen entgegen. Yann hatte vergessen, wie die salzige Luft im Gesicht schmerzen konnte.

»Und Manois erzählt den Menschen, was sie hören wollen, und wenn es eine Geschichte über das L'Or du Temps ist.«

»Was willst du mit dieser Ruine?«

»Meine Mutter war dort vor dreißig Jahren. Kurz bevor sie verschwand.«

»Sie ist tot«, sagte Gwenn, »und jetzt auch noch dein Vater.«

»Es ist kein Zufall, dass der Tod meines Vaters fast mit dem Todestag meiner Mutter zusammenfällt.«

»Wenn du es genau nimmst«, sagte Gwenn, »dann hat alles einen Grund.«

Im Schutz der Häuser ließ der Wind kurz von ihnen ab. Wie ein hungriger Wolf schlich er um die eng aneinandergedrängten Häuser.

»Du schläfst im Haus deiner Eltern?«, fragte Yann. Er sah ihr an, dass sie nicht antworten wollte. Er sah ihr aber auch an, dass sie nicht einfach nichts sagen konnte.

»Auf der Couch im Wohnzimmer.«

»Nicht in deinem früheren Kinderzimmer?«

»Das ist jetzt das Zimmer meiner Mutter. Es ist das einzige Zimmer mit vergittertem Fenster.«

Rose hatte den Mittagstisch im Donvor gedeckt. Zwei Gedecke, als wüsste sie schon, dass Gwenn bei ihm war. Wie damals, als sie noch Kinder waren und Rose ihnen Bonbons schenkte. Yann ging in sein Zimmer. Er hängte seine nasse Windjacke über den Stuhl. Gwenn stand noch eben in der Tür, die jetzt geschlossen war. Er trocknete sich das Gesicht ab. Als er das Handtuch vom Gesicht nahm, trug Gwenn ihre Dienstwaffe nicht mehr, auch die rote Binde fehlte. Sie hatte gar nichts mehr an. Yanns Puls beschleunigte sich. Als er das letzte Mal in Paris eine nackte Frau berührte, erstickte er fast an einer Erdnuss. Er streckte seine Hand nach Gwenn aus.

»Du glaubst«, flüsterte sie, »dass das alles nicht passiert, dass ich eine Erscheinung aus der Vergangenheit bin.«

»Dein Körper … Er ist wie früher, wie ich ihn in Erinnerung hatte.«

»Hast du von mir geträumt?« Sie stand jetzt vor ihm. Seine Hand hätte sie berühren können, doch er zog sie zurück. Seine Erinnerung spielte ihm einen Streich. Seine Erinnerungen besuchten ihn jede Nacht. Sie schlichen sich in seine Wohnung und lauerten in den kalten

Schatten seiner Bücher, der Stehlampe, die er auf dem Flohmarkt gekauft hatte, der Marduk-Nachbildung, die er sich mit einem CAD-Computer anfertigen ließ. In seiner Pariser Wohnung gab es so viele Schatten, die nur darauf warteten, dass er das Licht ausmachte, um zu schlafen. Wenn er jetzt sagte, dass er von Gwenn geträumt hatte, wenn alles, was er jemals für eine Frau empfunden hatte, sich in den Stunden auf den Felsen abgespielt hatte, wenn seine Gefühle dort in der Ewigkeit des Ozeans und der Nacht auf den kalten Granit festgeschmiedet waren, dann wäre er verloren.

»Gib es zu, du hast all die Jahre an mich gedacht, so, wie ich an dich denken musste, wenn ich mit einem Kerl im Bett war«, flüsterte sie. »Ich habe dich verflucht, weil du einfach gegangen bist. Ohne ein Wort. Du bist auf die Nachmittagsfähre gestiegen, mit deinem Rucksack. Du hast dich nicht einmal umgedreht, sonst hättest du mich gesehen. Ich stand dort, bis die Fähre im Nebel verschwunden war. Und dann nichts mehr, all die Jahre.«

»Ich konnte nicht.«

»Weißt du, was man von Liebenden sagt, die sich auf der Insel getroffen haben?«

Gwenn lachte, setzte sich auf sein Knie und legte ihren Arm um seinen Hals.

»Man sagt, dass ihre Seelen auf der Insel für immer gefangen bleiben. Sie können die Insel verlassen und getrennte Wege gehen, aber sie werden nie wieder lieben können. Sie können weiterleben, aber nur als halbe Menschen. Um ihre andere Hälfte wiederzufinden, müssen sie auf die Insel zurück.«

»Das hast du erfunden.«

»Bretonische Sagen. Hat dir deine Mutter nie von den Sagen der Insel erzählt?«

»Möglich«, sagte Yann, »das ist alles schon so lange her.«

Seine Hand legte sich auf ihre festen Hüften.

Gwenn schob seine Hand weg und stieg von seinem Schoß. Ohne ein Wort zu sagen, sammelte sie ihre Kleider wieder ein, band ihre Haare wieder zu einem Zopf, zog sich an und legte ihre Dienstwaffe wieder an, als wäre nichts geschehen.

»Ich habe mich getäuscht«, sagte sie, »all die Jahre.«

Yann hatte nicht mehr die Zeit, etwas zu entgegnen. Er hätte ihr gern ein paar Worte gesagt, die ihr gefallen hätten, doch er hatte nicht die kleinste Idee, was man zu Frauen sagt, um ihnen zu gefallen. Was wollte Gwenn hören? Die Tür zum Donvor schlug laut zu. Eine Minute später stand Rose in der Tür.

»Ist alles in Ordnung? Gwenn ist gerade an mir vorbeigerannt, als wäre sie auf der Flucht.«

Yann nickte. Ich wollte das nicht, dachte er, ich wollte nicht, dass sie geht. Als wäre um ihn ein Bühnenstück im Gange, dessen Sinn er nicht begriff, schüttelte er den Kopf. Rose musste dies als Antwort auf eine Frage verstanden haben, die sie schweigend gestellt hatte.

»Du hast keine Ahnung von Frauen. Hast du jemanden in Paris?«

»Ist das ein Verhör?«

»Du weißt doch, hier auf der Insel weiß jeder alles vom anderen.«

»Zum Glück bin ich weggegangen.«

Rose lächelte.

»Niemand verlässt die Insel«, antwortete sie, »nicht wirklich.«

Rose ging zurück zur Bar. Windböen schüttelten das Haus, draußen rumpelte ein Tisch. Yann konnte hören, wie der Wind ihn über die Hafenpromenade trieb. Vom Fenster konnte Yann auf die Anlegestelle der Fähre sehen. Zwei Fischerboote hatten festgemacht und ein Schiff der Küstenwache.

»Die Ratten verlassen die Insel«, sagte eine schnarrende Stimme hinter ihm. »Und jetzt kommt die Preisfrage. Sie können auch den Joker wählen.« Jacques war auf seiner Fernsehcouch versunken und hatte die Füße auf dem Tisch.

»Wer will die Millionen gewinnen? Kennst du das? Ich schaue es seit Jahren, und ich wäre schon fünf oder sechs Mal Gewinner geworden.«

»Dann melde dich doch an«, sagte Yann.

»Und was soll ich dann mit der Million?«

»An zu viel Geld ist noch keiner gestorben.«

»Da täuschst du dich, mein junger Freund.«

»Du könntest reisen. Noch was erleben.«

Yann hatte keine Lust, Jacques' Stimmung zu teilen. Aber er glaubte in der Tat, dass es Menschen gab, die sich zufriedengaben, das Glück greifbar nah zu haben. Aber es reichte ihnen das Wissen, dass sie könnten, wenn sie nur wollten. Manchmal reichte ihnen die Illusion aus, um ihr Leben zu verbringen. Jacques hatte mit dieser Illusion sein Haus tapeziert. Im Fernsehen sah er Menschen, die dümmer waren als er, aber in weißen Yachten in Saint-Tropez auf und ab fuhren. Sie holten keine Netze ein und kannten nicht das Gefühl, wenn das Wasser so eisig war, dass einem die Hände abstarben. Und wenn er Jacques gefragt hätte, dann hätte er sicher auch erfahren, dass Jacques seit Jahrzehnten Lotto spielte, aber den Zettel nie abgegeben hatte. Hätte er gewonnen, dann wäre es nur ein Gewinn auf dem Zettel gewesen.

»Erleben.« Jacques stieß ein heiseres Lachen aus. Er machte den Ton im Fernsehen lauter. »Klar, ich würde mein Leben vielleicht anders leben, wenn ich die Wahl hätte. Klar, ich wäre wahrscheinlich nicht Fischer geworden. Aber mein Vater war nun einmal Fischer, und von ihm bekam ich das Boot. Ich habe schon oft darüber nachgedacht, was ich wohl wäre, wenn ich nicht der Sohn meines Vaters wäre und kein Fischer. Nun, ich wäre nicht der, der ich bin. Aber warum soll ich mir dann den Kopf über jemanden zerbrechen, der ich nicht bin?«

»Du könntest mit Rose wegziehen.«

»Was Rose eines Tages macht, ist mir egal. Es war mir immer egal. Mich bringt niemand von hier weg, nicht einmal der Sturm. Sieh nur die Ratten, wie sie laufen. Der Schullehrer, der Direktor der Schule setzen sich aufs Festland ab. Ich höre sie schon den ganzen Morgen. Sie glauben, die Insel ist die Titanic. Die Ratten verlassen das sinkende Schiff.«

»Die Küstenwache hat ein Schiff geschickt. Wahrscheinlich wird der Sturm stärker als erwartet.«

»Du solltest schauen, dass du von hier wegkommst«, sagte er und drehte sich zu ihm. »Das habe ich Mathieu auch gesagt, aber er hat es nicht begriffen.«

»Was hat mein Vater nicht begriffen?«

»Dass die Wahrheit schwerer ist als Wasser, sie geht unter.«

Kein Sturm würde ihn von der Insel verscheuchen, erklärte Jacques einem Mann der Küstenwache. Er sei schon bei viel schlimmeren Stürmen noch rausgefahren. Es war zwecklos, Jacques zum Verlassen der Insel zu überreden. Zwar könnte die Gendarmerie die Insel mit Gewalt räumen lassen, doch die Préfecture setzte auf die Vernunft der betroffenen Bewohner. Gegen die bretonische Sturheit war allerdings kein Kraut gewachsen. »Landei«, bekam der Mann von der Küstenwache zu hören, als er Jacques stehen ließ.

»Kein Gepäck«, rief ein Mann mit Leuchtweste einer Gruppe zu, die mit Schubkarren Koffer zum Quai schoben. »Nur die Kleidung, die Sie tragen.« Die Frau des Schuldirektors griff nach einer Schachtel auf dem Schubkarren. Der Mann von der Küstenwache zog sie am Arm zurück. »Kein Gepäck.«

»Da ist Schmuck drin«, rief die Frau, »uralter Familienschmuck.«

»Sie können mitkommen oder bei Ihrem Schmuck auf der Insel bleiben.«

»Und wenn ich jemanden finde, der hierbleibt«, sagte sie, »dann ist doch Platz für meinen Schmuck.«

Die Frau des Schuldirektors drehte sich zu einer gebückten Gestalt um. Yann konnte verstehen, dass sie einen Preis bot, wieder feilschte, es sein ließ und weiterlief. Dann war sie die Letzte auf dem Quai. Der Wind rupfte ihre Haare durcheinander. Sie legte den Herzkoffer auf den Schubkarren, und als sie auf den Mann von der Küstenwache zuging, schlug eine Welle über die Hafenbefestigungen. Für einen Augenblick war die Luft aus Wasser. Yann fühlte, wie seine Beine weggerissen wurden, er klammerte sich an irgendetwas. Sekunden später sah er sich am Boden liegend, wie er sich an der betonierten Sitzbank festhielt, auf der an sonnigen

Tagen Touristen auf die Fähre oder Möwen auf Fischabfälle warteten. Die Frau des Direktors lag am Boden. Der uralte Familienschmuck lag im Hafenbecken. Sie riss sich los.

»Ich bleibe beim Schmuck meiner Ahnen.«

Nach zwei Anrufen bei der Fnac in Paris versicherte ihm der Buchhändler, dass er keinen Autor mit dem Namen Jojo kenne und auch keinen Roman ohne Titel. Das gleiche Ergebnis bei der Nationalbibliothek. Er hatte es mit den unterschiedlichsten Schreibweisen versucht. Seine Mutter hatte in ihrem Notizbuch JoJo geschrieben. Aber auch unter YoYo oder Yoyo war kein Autor bekannt. Mit wem war seine Mutter damals aufs Meer rausgefahren?

Möglich war noch, dass Jojo unter einem anderen Pseudonym bekannt war. Rose war sich jedoch sicher, dass Jojo ein Schriftsteller war. Vielleicht war der Autor vor Jahren nur als lokaler Autor bekannt? Wenn jemand über bretonische Musik, Bücher und Souvenirs Bescheid wusste, dann Lucilla. Ihr Laden hatte sich, seit er denken konnte, nicht verändert. In der Auslage waren noch immer das Modellsegelboot und die lackierten Muscheln. Er musste über eine Reihe Sandsäcke steigen. *Fermé*. Kein Licht brannte. Yann klopfte, drückte gegen die Tür. Sie war offen. Es roch penetrant nach Patschuli und feuchtem Stoff. Lucilla blickte auf.

»Wir haben geschlossen. Kommen Sie morgen wieder. Sie sollten schauen, dass Sie wegkommen.«

»Ich möchte ein Buch kaufen.«

Ein Windstoß trieb eine Welle quer über den Hafen. Das Schaufenster erzitterte.

»Ich sollte das Fenster zunageln. Sie haben gesagt, so einen Sturm habe es noch nie gegeben.«

»Jahrhundertsturm«, sagte Yann, »das sagen sie vom Marineamt.«

»Der Klimawandel hat den Sturm weit draußen auf dem Ozean zusammengebraut. Eine riesige Küche, in der ein Hurrikan brodelt. Und vor Tagen hat der Bürgermeister Sandsäcke verteilt und meinte, jeder soll sie füllen und vor seine Türe legen. Sandsäcke. Dann kann man auch versuchen, einen Waldbrand auszupusten. Was wollen Sie?«

»Ein Buch kaufen.«

Lucilla zeigte auf einen Tisch. Daneben war ein Regal mit Reiseführern der Bretagne, Bildbänden der Insel, doch kein einziger Roman. Yann nahm einen Vogelführer heraus, dann stellte er ihn wieder zurück.

»Der Autor heißt Jojo.« Yann sprach den Namen langsam aus.

Lucilla kam hinter dem abgebeizten Tischchen hervor und setzte ihre Brille auf.

»Nie gehört. Ausgefallene Sachen habe ich hier nicht.«

»Vielleicht hatten Sie mal etwas da?«

»Das wüsste ich. Ich lese nicht. Und Touristen interessieren sich nur für Reiseführer, in denen steht, wo sie die besten Muscheln essen können und wo sie ihr superbes Urlaubsfoto schießen können. – Wer soll das sein?«

»Jojo. Er war vor dreißig Jahren mit Rykel verlobt und verschwand an dem Tag, an dem auch meine Mutter verschwunden ist.«

Lucilla sah ihn an wie ein exotisches Insekt. Die Anspannung ließ das alte Gesicht aussehen, als wäre darauf über Jahrzehnte jede Frage eingeritzt.

»Du bist es? Yann? Nicht der beste Augenblick für Familienbesuche.«

»Ich bin da wegen der Beerdigung.«

»Ach ja. Seit gestern spricht jeder davon. Aber ich verstehe es.«

»Was verstehst du?«

»Dass er sich umgebracht hat. Nach der Rente. Was gibt es da noch zu tun, außer sich umzubringen?«

»Irgendjemand muss doch von Jojo gehört haben?«

»Mein Gott, das ist zu lange her. Aber ich glaube, mich an etwas zu erinnern.«

»Hast du ihn gesehen?«

»Nein, aber an ein Buch ohne Titel.«

»Weißt du noch, wo du es bestellt hast?«

»Deshalb erinnere ich mich ja. Ich hatte es nicht bestellt. Jemand hat mich darum gebeten.«

»Wer?«

»Na, deine Mutter.«

»Abi hat dich …«

»Pardon, nicht Abigale. Rykel. Sie kümmerte sich ja um dich nach dem Tod deiner Mutter. Wenn du mehr wissen willst, dann frag deine … ich meine, Rykel.«

Lucilla biss auf ihrer Unterlippe herum.

»Bleibst du auf der Insel?«

»Ich hatte damals alles verloren. Der Sturm hatte alles geholt. Mich hat die Küstenwache in der Nacht vom Dach der Kirche gerettet. Dort saßen wir alle.« Sie schluchzte. »Ich hatte mir geschworen, nie wieder zurückzukommen auf diese Insel. Nie wieder. Wir saßen Stunden auf dem Dach, die Dunkelheit war so dicht, dass wir sie nicht mehr vom Meer unterscheiden konnten. Es dauerte Stunden, bis die Küstenwache uns mit Schlauchbooten rausholte.«

»Dann verstehe ich nicht, was du jetzt noch hier machst?«

»Die Versicherung zahlt nicht, wenn ich den Laden zurücklasse und aufs Festland gehe. Sie zahlt nur, wenn jemand auf den Laden aufpasst.«

»Damals hat die Versicherung nicht bezahlt?«

»Nicht einen Cent. Es steht in den Klauseln, dass der Versicherungsnehmer jederzeit in der Nähe des zu versichernden Objektes sein muss oder ein notariell bekundeter Vertreter. Und uns hat die Küstenwache von der Insel geholt.«

»Was der Versicherung reichte, um nicht zu bezahlen.«

Lucilla wischte eine Pfütze vom Boden auf. In einer Ecke plätscherten Wassertropfen in einen Blecheimer. Dieses Haus am Ende des Hafens, mit dem Schaufenster zur Straße, der blau angemalten Tür, den zwei oder drei Regalen mit Reiseführern und Souvenirs, der Registrierkasse und dem originalgetreuen Modell der Belem im Schaufenster, war das Einzige, was Lucilla in ihrem Leben besaß. Sie hatte diesen Laden mit seinen Kitschmuscheln und Leuchtturmtassen wie eine Festung gegen all die Dunkelheit gebaut, die über das Meer kam. Solange sie hier war, konnte ihr nichts passieren.

»Wäre Rykel nicht gewesen«, setzte Lucilla fort, »dann hätte ich den Laden nicht mehr. Sie hat mir nach dem Sturm geholfen, alles wieder aufzubauen.«

»Einfach so?«

Lucilla zuckte mit den Schultern. »Deine Mutter … ich meine, Rykel, ist großzügig. Sie hat vielen auf dieser Insel geholfen. Ich schließe sie jeden Tag in meine Gebete ein. Sie ist eine wahre Christin.«

»Hast du den Schriftsteller Jojo jemals gesehen?«

Sie schüttelte den Kopf, energisch wie ein Kind, das gleich zu weinen beginnt.

»Aber Rykel hat dich gebeten, seine Bücher bei dir auszustellen?«

»Du wirst es nicht bereuen, hat sie zu mir gesagt. Es ist so lange her … Ohne Rykels Hilfe gäbe es meinen Laden nicht mehr. Dann würde ich von der Sozialhilfe leben oder bei Leclerc an der Kasse sitzen.«

»Was hat sie zu dir gesagt?«

»Dass auf dem Tisch ein Stapel der Bücher liegen soll und ein Pappkarton mit Autorenportrait. Viel zu groß für meinen Laden. Doch sie bestand darauf, und ich musste jedem erzählen, dass dieser Schriftsteller die Neuentdeckung des Jahres sei.«

»Hat sie gesagt, warum?«

Lucilla schüttelte nur aufgeregt den Kopf.

»Es war ja kein Verbrechen, diese Bücher in meinem Laden zu verkaufen.«

»Aber es ist auch nicht üblich, dass du seine Bücher in deinem Laden, auf einer Insel mit ein paar verirrten Touristen, anbietest. Dazu noch ein Autor, von dem du noch nie etwas gehört hattest.«

»Ich habe ihr eine Freude gemacht, das ist alles.«

»Und Monsieur Jojo ist dir nie begegnet.«

»Ich konnte ja nicht ahnen. Das alles, was dann mit deiner Mutter geschah, mit deiner richtigen Mutter. Diese hässlichen Geschichten. Und dann ist das Schlimmste passiert.«

Lucilla hatte einen Weinkrampf, in dem sie für ein paar Augenblicke so zu ihm redete, als wäre er noch acht Jahre alt. Sie strich ihm über den Kopf: »O Gott.

Es tut mir alles so leid. So leid.« Ihr Weinkrampf hörte ebenso schnell auf, wie er kam. Sie wischte sich mit der Hand über die Augen und nahm ihren Regenmantel von dem Haken hinter der Tür.

»Ich muss mich jetzt um meine Kunden kümmern.«

»Viele werden bei diesem Wetter wohl nicht vorbeikommen.«

»Sie kommen ja gerade wegen des schlechten Wetters, wegen des Sturms.«

»Die paar verrückten Sturmtouristen, von denen jedes Jahr ein paar absaufen, weil jeder die höchste Brandungswelle fotografieren will.«

»Ich bin seit einem Jahr im Sturm-Guide-Geschäft. Das bringt mehr, als Postkarten und Muscheln zu verkaufen.«

»Die Küstenwache bringt die Leute von der Insel.«

»Als ob eine Insel untergehen könnte«, lachte Lucilla und zog die Kapuze ins Gesicht, dann ruderte sie gegen den Wind und ging zum Hafen.

Natürlich war es möglich, dass Jojo nicht sein richtiger Name war und er darüber hinaus seine Bücher unter einem ganz anderen Pseudonym veröffentlicht hatte. Seine Mutter konnte nicht mehr über den Schriftsteller Jojo erfahren haben als er, keines dieser Bücher war anscheinend jemals jenseits dieser Insel erschienen. Entweder war Jojo nur das unbekannte Pseudonym eines bekannten Autors, oder Jojo war ein Name, hinter dem jemand ganz anderes steckte. Rykel wollte unbedingt, dass die Bücher dort auslagen. Lucilla hatte wahrscheinlich selbst keine Ahnung, warum. Das war der Tag, bevor seine Mutter auf die Liberty stieg, die in einem Sturm unterging, der als der Jahrhundertsturm in die Geschichte der Meteorologie eingehen sollte, und bei ihr war ein Schriftsteller gewesen, den keiner kannte.

Yann stand auf einem Felsen, der sich drei oder vier Meter gegen die Brandung stellte. Ein natürliches Bollwerk gegen das Meer. Unter ihm ragten schwarze Klippen aus dem Wasser, die von der schäumenden Gischt verschlungen wurden, um gleich darauf wieder aufzutauchen. Über den Felsspitzen ragte die Vogelinsel in der Ferne aus dem Wasser. Meterhohe Brecher warfen sich gegen die kahlen Felsen. An sonnigen Tagen war die Insel weiß von unzähligen Möwen. Dann glich der tote Felsen mit seiner Ruine einer Vögel-Metropole. In jeder Nische hockte ein Vogel und verteidigte seinen Platz mit Gekreische und Schnabelattacken. Um die Felstürme kreisten schwerelos Vögel, andere suchten Nahrung im Meer. Doch heute war die Insel wie ausgestorben. Nur eine Handvoll Möwen saßen auf dem höchsten Punkt des Felsens und blickten wie gebannt zur Hauptinsel herüber. Wären es keine Vögel gewesen, dachte Yann, dann hätte er sich beobachtet gefühlt. So aber war es der beifallslose Blick einer Spezies, die mit dem Treiben einer anderen Spezies nichts anzufangen wusste. Die Möwen observierten die Evakuierung der Insel mit beunruhigender Gelassenheit, und Yann fragte sich, wer nun näher an der Natur war. Der Inselbewohner oder die Möwen. Doch wer auf der Insel nach etwas Natürlichem suchte, der fand nichts außer spröden Felsen. Es gab keine Natur auf der Insel. Kalter schwarzer Granit, vom Meer zerfressen und geschunden, vereinzelt Unkraut in einigen windstillen Ritzen und die Menschen. Die Inselbewohner waren die einzige Natur, die sich, abgesehen von den grünlichen Flechten, auf der Insel festgesetzt hatte. Die Möwen starrten von ihren Beobachtungsposten zu ihm. Wen sahen sie? Flügellose Wesen, die auf einem Stück Felsen im Meer ausharrten.

Yann war bis zum Leuchtturm gelaufen und wieder zurück. Der Weg über die rutschigen Steine fühlte sich an, als wäre er wieder acht Jahre. Damals, nach dem Tod seiner Mutter, lief er täglich zum Leuchtturm, um nachzusehen, ob die Liberty nicht wieder am Horizont auftauchte. Er war den Weg so oft gegangen, dass jede Biegung und jeder Punkt, von dem aus er den Horizont sehen konnte, Teil seines eigenen Körpers zu sein schienen. Doch am Ende zerbröckelte die Hoffnung wie alles, was die Zeit berührte. Das Schiff mit seiner Mutter kehrte nicht mehr aus dem kalten Nichts des Ozeans zurück. Es blieb eine Wirklichkeit, in der Schuhe sich an Felsen abreiben, Vögel im Flug sterben und vergessen abzustürzen und Menschen weinen, weil sie nichts an ihrem Schicksal ändern können. Der Horizont blieb ein ungedeckter Tisch, an dem niemand mehr Platz nahm.

Wenn er seinen Vater in der Kirche ließ und die Insel verließ, bis der Sturm vorbei war? Was hatte er auf diesem Felsen zu suchen, der im Sommer so stark nach Vogelkot roch, dass die ganze Insel davon eingehüllt war. Er könnte jetzt … Ja, was könnte er jetzt stattdessen machen? Er säße an seinem Schreibtisch und verglich die Bilder der Marduk-Statue mit den Bildern der Ausgrabung von 1934. In ein paar Stunden wäre er in seiner Wohnung und schaute auf den kleinen Platz mit dem griechischen Café. Menschen wären da, bis auf den Wirt und den Kellner niemals dieselben. Menschen in den Straßen trieben vorbei, immer andere Gesichter wie der Fluss, der sich jedes Mal ändert, wenn man ihn betritt. Was hatte ihn nur dazu gebracht, auf die Insel zurückzukommen? Yann dachte an den Sarg in der Kirche und an den Körper, der sich darin auflöste. Der Körper, der einmal sein Vater war und der Jahrzehnte gelebt hatte und aus dem er hervorgegangen war. Aus Zellteilung, dem

Austausch von Säften, neues Leben war entstanden, er wuchs im Körper seiner Mutter weiter, bis er groß genug war, um aus ihrem Körper gepresst zu werden. Acht Jahre später war seine Mutter verschwunden. Sie lag am Grund des Meeres. Aber der eigentliche Grund, warum er jetzt hier war, um seinen Vater zu beerdigen, war dieser eine Moment, in dem sein Vater mit seiner Mutter geschlafen hatte. Er hatte sie nie fragen können, wie sie sich dabei gefühlt haben und ob sie in diesem Augenblick wussten, was sie taten. Dieses Wissen war für immer verloren. Für den Fortgang der Menschenwelt war dies auch nicht von Bedeutung. Als Archäologe hatte er im Irak ganze Familiengräber ausgegraben, mumifizierte Leichen von Paaren, die gemeinsam, umschlungen in steinernen Sarkophagen lagen. Zwei Jahrzehnte lang tat er das, was er als Forscher zu tun hatte. Er sicherte die Reste längst vergangener Momente und fügte sie zu einer fiktiven Geschichte zusammen. Er datierte die Fundstücke und ordnete sie einer Epoche zu, als könnte er damit eine geschlossene Verbindung zu dem herstellen, der er heute war. Alles war klar. Bilder von den Ausgrabungsorten, Schriftzeichen auf Steintafeln, Überreste von Menschen, die keinen Namen mehr hatten. Yann erinnerte sich an den Moment, als er zum ersten Mal das Grab eines Paares entdeckt hatte. Er hatte zuerst Scham empfunden, als hätte er sie beim

Geschlechtsverkehr überrascht, dann fragte er sich, in welcher Stellung andere Archäologen ihn in tausend Jahren finden würden und ob sie sich wohl dafür interessieren würden, was er mit der Zeit seines Lebens gemacht hatte.

Ein Geräusch ließ ihn aus seinen Gedanken zurückkehren, als machte der Filmvorführer am Ende eines Films einfach das Licht an.

»Dein Vater hat es nicht geschafft, die Insel zu verlassen«, sagte jemand, von dem nur Füße und Socken zu sehen waren. Jacques lag ausgestreckt auf der Couch und kratzte mit dem Löffel den Rest eines Joghurts aus. Auf dem Tisch lagen verstreut leere Joghurt-Plastikbecher. Er schien sich von nichts anderem zu ernähren als von Joghurt. Ein Leben lang stand er im salzigen Wind auf den Planken seines Fischerbootes, er hatte es geschafft, bei schwerem Seegang nicht gegen die Riffe vor der Insel zu krachen oder mit seinen Schleppnetzen ein U-Boot der französischen Marine zu erwischen. Bis die Seilzüge gekappt waren, hatte das U-Boot das kleine Fischerboot schon in die Tiefe gezogen. Alles ging in Sekunden, Boot und Mannschaft verschollen. Davon hatte ihm Jacques erzählt, als ein Fischerboot aus Audierne spurlos verschwunden war. Übrig gebliebenen waren nur einige leere Styroporkisten. Auch Jacques blieb zurück wie die Kisten, die am Strand angeschwemmt wurden. Kein Atom-U-Boot hatte ihn erwischt, doch etwas in ihm blieb da draußen. Er presste auf den Knöpfen der Fernbedienung herum und starrte auf das Fernsehbild.

»Drecksprogramm. Damit vergiften sie die Köpfe. Weißt du, dass tägliches Fernsehen das Gehirn zerstört? Es gibt Leute, die glauben, dass es Strahlen gibt, die vom Bildschirm direkt über die Augen ins Hirn der Zuschauer gehen. Dort lösen sich dann Nervenzellen auf.«

»Ich habe keinen Fernseher.«

»Da hast du Glück. Aber ich sage dir, es sind gar keine Strahlen. Das sind alles Spinner, die so etwas sagen. Das Programm ist so stumpfsinnig, wenn man es täglich anschaut, dann löst sich das menschliche Gehirn von alleine auf.«

»Du solltest ihn erst einmal einschalten«, sagte Yann und zeigte auf den schwarzen Bildschirm.

»Wozu, ich weiß, was um diese Zeit läuft. Nichts ändert sich.«

»Wenn es schädlich ist, dann solltest du vielleicht lieber zum Fenster rausschauen.«

»Ich glaube, dass es nicht schädlich genug ist. Sonst würde ich schon etwas merken.«

»Was merken?«

»Dass ich vergesse, dass die Bilder verschwinden, all die hässlichen Bilder aus meinem Kopf. Ich habe gelesen, dass der Konsum von Joghurt über längere Zeit

Alzheimer verursacht. Geschwätz, es gibt einfach keine verlässlichen Rezepte, wie man diese Krankheit bekommen kann.«

Yann ging um die Couch, um Jacques sehen zu können.

»Kein Mensch will Alzheimer bekommen. Da läufst du aus dem Haus, weißt nicht mehr, wo du wohnst. Du wachst am Morgen auf und weißt nicht mehr, wer du bist.«

»Davon träume ich. Aufwachen und mich nicht mehr daran erinnern müssen, wer ich bin. Und auf der Insel, wo soll ich mich da schon verlaufen.«

»Was willst du vergessen?«

Jacques drückte auf die Fernbedienung und starrte auf den schwarzen Bildschirm.

»Einfach ausschalten, glaub nicht, dass ich nicht weiß, warum du gekommen bist.«

»Die Beerdigung meines Vaters.«

»Wie lange ist es her, dass du auf der Insel warst? Zwanzig, fünfundzwanzig Jahre?«

»Zwanzig.«

»Zwanzig Jahre … Nicht ein Besuch bei deinem Vater oder Rykel. Sie hat dich wie eine Mutter aufgezogen. Und jetzt kommst du zur Beerdigung deines Vaters? Auf einer Beerdigung kannst du nichts nachholen. Alles, was du bis dahin nicht gesagt hast, ist für immer eingefroren. Die Zeit ist unerbittlich …«

Er hatte die Fernbedienung auf den Tisch gelegt und war aufgestanden. Seine kantige Gestalt mit den breiten Schultern sah noch immer bedrohlich aus.

»Warum ist meine Mutter damals im Sturm rausgefahren?«

»Hast du das Notizheft gelesen?«

»Einige Stellen konnte ich bis jetzt entziffern«, sagte Yann, »und ich bin mir sicher, dass es mit der Zeit noch mehr wird.« Jacques hatte ihm das Notizheft nur deshalb gegeben, dachte Yann, weil er die Schrift selbst nicht lesen konnte.

»Dann weißt du, warum und mit wem sie noch aufs Meer rausfuhr.«

So dement Jacques sich auch gab, er wollte wissen, was in dem Heftchen stand. Yann stellte sich vor, wie Jacques, gebeugt im Schein seiner Lampe, über den unlesbaren Worten seiner Mutter saß.

»Du hast das Notizheft in all den Jahren nie gelesen?«

»Ich lese nicht … Was bringt es mir schon, wenn ich weiß, warum Abigale damals bei Sturmwarnung mit dem Schiff noch rausgefahren ist. Weißt du, warum ich all die Jahre zum Fischen rausgefahren bin? Ich sage es dir, weil das Meer nie Fragen stellt. Es ist absolut sprachlos. Wir Menschen sollten unsere Sprache wie andere Tiere nutzen, einfach nur, um vor Gefahren zu warnen oder zur Paarung. Doch ich sehe immer noch keinen Grund, warum die Natur so etwas wie Sprache hervorgebracht hat. Doch der Höhepunkt aller Dummheit ist, dass der Mensch noch aufschreibt, was er sich so denkt, und liest. Eine Geschichte reiht sich so an die andere. Es entstehen Bücher und Bibliotheken, in denen der Mensch nichts anderes getan hat, als sich selbst ständig neu zu erfinden, in unendlich fortlaufenden Geschichten. Und vor lauter Geschichtenerfinderei vergisst der Mensch, wer eigentlich dieser Mensch war und immer sein wird: ein Tier unter Tieren …« Er schaltete von einem Programm auf das nächste, ohne hinzusehen. »Vielleicht ist Abi auch absichtlich rausgefahren …«

»Meine Mutter hätte sich niemals umgebracht«, erwiderte Yann und hatte nicht bemerkt, wie er leicht mit dem Schuh gegen die Rückwand der Couch hämmerte.

»Hast du dich noch nie gefragt, warum Mathieu sie nie aufgehalten hat?«

»Mein Vater wusste nichts davon …«

Jacques lachte. Der alte Mann trug seinen Hohn offen zur Schau. Aus dem offenen Mund wehte der Geruch von Gebissreiniger. Yann fiel ein, dass er seinem Vater diese Frage nie gestellt hatte. Warum hatte er sie nicht aufgehalten? Die einfachste Erklärung wäre, dass er nichts davon wusste.

»Die Wellen waren noch nicht sonderlich hoch«, sagte Jacques, »mit einem normalen Schiff wäre wahrscheinlich auch nichts passiert.«

»Trotzdem ist ihr Schiff gekentert«, antwortete Yann.

Jacques schüttelte den Kopf, aber auf eine Weise, die weder Zustimmung noch Ablehnung bedeutete.

»Niemand hätte mit diesem Schiff rausfahren dürfen. Sie lag zu lange auf Land, ungepflegt, der Rumpf war nicht mehr dicht. Sie machte Wasser schon bei langsamer Fahrt.«

»Meine Mutter fuhr mit der Liberty raus, und sie war nicht alleine. Vor dreißig Jahren musste sie noch seetauglich gewesen sein.«

Jacques schüttelte den Kopf heftiger, als wollte er die Bilder in seinem Kopf durcheinanderwirbeln.

»Sie war schon Jahre vor dem Unglück seeuntüchtig. Peronac hat sie verrotten lassen. Dann eines Tages sehe ich sie im Hafen, wie sie ausläuft. Ohne Reparaturarbeiten. Ich konnte nicht sehen, wer auf dem Schiff war. Der Bürgermeister sagte mir nur, dass er den alten Klepper verkauft hatte.«

»Wer kauft schon ein Schiff, das nicht mehr seetauglich ist?«

»Jetzt veralberst du mich, oder?«

Jacques runzelte die Stirn und sah Yann von der Seite an. Er nahm die Fernbedienung wieder und richtete sie auf ihn. Zack, zack, Programmwechsel.

»Woher soll ich das wissen?«

»Weil Rykel das Boot gekauft hatte.«

Die Flut setzte ein und drückte das Wasser gegen die Quaimauern des Hafens. Seit drei Jahrhunderten hoben und senkten sich Boote in einem Rhythmus von ungefähr sechs Stunden im Hafen der Insel. Pytheas, der antike Seefahrer, beschrieb schon die periodisch wiederkehrenden Zusammenhänge von Gezeiten, Mondphasen und Jahreszeiten. Ihr Leben hing von diesem Wissen ab. Sie wussten, wann es gefährlich war, aufs Meer hinauszufahren, sie wussten, wann das Meer gefährlich war.

Der meteorologische Dienst hatte einen Orkan angekündigt. In zwei Tagen war Springflut. Die Anziehungskräfte der Sonne und des Mondes vereinten sich gegen die Wassermassen. Die Fenster der Schule waren schon mit Brettern verrammelt. Die meisten Fensterläden der Häuser waren geschlossen. Gwenn kam Yann entgegen. Sie lief schräg gegen den Wind.

»Wir sollten die Insel verlassen«, rief sie ihm zu.

»Ich bin doch erst seit ein paar Stunden auf der Insel.«

»Wir kommen nach dem Sturm wieder, um deinen Vater zu begraben.«

»Es geht nicht nur um meinen Vater. Es ging nie um ihn.«

»Du redest in Rätseln. Weswegen bist du sonst aus Paris gekommen?«

»Ich glaube, dass meine Mutter nicht bei einem Bootsunfall ums Leben kam.«

»Das ist dreißig Jahre her.«

»Wie lange brauchst du, um ein paar Informationen über das Bootsunglück zu prüfen?«

»Keine Ahnung. Kommt darauf an, ob jemand Lust hat, sich eine Staublunge in den Archiven zu holen.«

»Ich muss wissen, wer die polizeiliche Untersuchung damals geleitet hat und ob in den folgenden Tagen eine unbekannte Leiche angespült wurde. Alles ist wichtig, jeder tödliche Unfall.«

»Ich werde mal die Dienststelle der Gendarmerie in Rennes anrufen. Die Kameraden freuen sich immer, wenn sie alte Akten rauskramen dürfen.«

»Es ist aber wichtig.«

»Ja, aber kein Gericht befasst sich mehr mit dreißig Jahre alten Unfällen. Daher wird sich der Eifer in Grenzen halten.«

»Es geht um meine Mutter.«

»Sie ist tot, Yann. Du bist erwachsen genug, um das zu akzeptieren.«

»Und da gibt es noch einen Namen, den du überprüfen könntest. Einen Monsieur Jojo. Schriftsteller, obwohl ihn niemand in den Buchhandlungen und Bibliotheken kennt. Mehr habe ich nicht über ihn. Er muss ein paar Tage vor dem Tod meiner Mutter mit der Fähre auf die Insel gekommen sein.«

»Gut, ich lasse mir die Passagierlisten geben. Ich treffe dich dann im Donvor. Wenn wir vor Einbruch der Nacht nicht von der Insel kommen, dann sitzen wir im Sturm fest.«

»Wir sind auf dieser Insel aufgewachsen.«

»Hätte ich fast vergessen.« Gwenn winkte ihm noch kurz zu, dann wankte sie weiter durch den Wind.

Das Haus seiner Eltern stand auf einem Felssockel. Er hatte die Frau, die an die Stelle seiner Mutter getreten war, zwanzig Jahre nicht gesehen. Als sie vor ihm im Donvor gestanden hatte, spürte Yann, dass ihn über all die Jahre etwas mit dieser Frau verband. Sie hatte ihn angeblickt wie durch einen langen Tunnel, er wusste, wer sie war, doch die Dunkelheit zwischen ihnen war weitaus größer. Was hatte sein Vater nur für sie empfunden? Yann musste an die versunkenen Imperien denken, die Römer, die Perser, Menschen, die sich hassten, sich liebten, die von Gefühlen wie an Fäden durch die Geschichte gezogen wurden. Wer schuf all diese Gefühle, und gab es eine Sprache der Gefühle? Wenn es sie gab, was wollte sein Vater über Rykel sagen? Sie waren der Grund, warum er bei ihr geblieben war, all die Jahre. Warum lebte er mit dieser Frau, in diesem Haus? Warum hatte er sein Kind nicht einfach genommen und hatte die Insel verlassen?

Hundert Meter bis zum Haus. Die Schlieren des Regens zeichneten abstrakte Gebilde in die Luft. An den Felswänden tobte bereits ein mächtiger Krieg. Wasser gegen Fels, Gischt, die meterhoch über die Wege spritzte, auf denen im Sommer Touristen mit Ferngläsern Vögel beobachteten. Die Fensterläden waren offen, und im ersten Stock brannte Licht. Sie wartete auf ihn.

Als Kind öffnete er manchmal die Tür eines Hauses, schaute weder nach links noch nach rechts und lief einfach quer durch das Haus. Da die meisten Steinhäuser ähnlich gebaut waren, brauchte er meist nur wenige Schritte von der Hauseingangstür bis zur Terrassentür. Diese Art, durch Häuser zu gehen, hatte er nur auf der Insel ausprobieren können, weil die Türen nie abgesperrt waren. Die Kunst des Häuserdurchwanderns war, nicht bemerkt zu werden, auch wenn jemand im Haus war. Wenn man sich anstrengte und auf Zehenspitzen schlich, riskierte man am meisten, gesehen oder gehört zu werden. Eine Erklärung dafür hatte er nicht. Yann wusste nur, dass man am leichtesten Häuser durchwanderte, wenn man einfach hindurchlief und tat, als wäre man der Wind, der durch ein offenes Fenster ins Haus wehte. Er war schon quer durch das Wohnzimmer von Loïc und Margot Kadavis gelaufen, während die beiden am Mittagstisch saßen. Yann vernahm das Klappern des Bestecks und die karge Unterhaltung, die zwischen dem Kauen zu hören war. Alles dauerte nur Sekunden, dann war er durch ihr Haus geweht. Natürlich hatte das alte Ehepaar ihn gesehen.

Da er aber nicht anhielt und einfach weiterlief, dachten sie sich nichts und vergaßen es.

Später in Paris hatte er seine Wohnungstür abgeschlossen. Es dauerte eine Weile, bis er sich an die verriegelten Häuser und Innenhöfe mit ihren Digi-Codes gewöhnt hatte. Paris war eine verbarrikadierte Stadt. Die Einwohner vertrauten sich nicht. Yann war überzeugt, dass die Bewohner der Insel sich nicht mehr vertrauten als die Pariser. Wahrscheinlich war Vertrauen auch nicht das richtige Wort. Es gab keinen Grund, dem Nachbarn etwas zu stehlen oder ihm etwas anzutun, denn auf der Insel war jeder des anderen Nachbarn.

Yann klopfte und trat in den dunklen Vorraum. Früher standen hier seine Gummistiefel und die seines Vaters. Er zog die Tür hinter sich ins Schloss. Sofort legte sich Stille um ihn. Im Wohnzimmer war der schwache Schimmer des Kaminfeuers zu sehen. Die Treppe, die zu seinem früheren Zimmer führte, lag im Dunkeln. Als die erste Diele unter seinen Füßen knarrte, bewegte sich etwas in dem Ohrensessel, in dem sein Vater jeden Morgen seine Zeitung gelesen hatte. Rykel blickte wieder in die Glut und die fahlen Flammen, die aus den rot glühenden Holzstücken aufstiegen.

»Du kommst spät«, sagte sie, »ich habe für dich gekocht. Kig ha farz. Das mochte dein Vater am liebsten.

Erst letzte Woche haben wir zusammen gegessen und uns über dich unterhalten.«

»Ich werde nicht zum Essen bleiben, Rykel.«

»Weißt du, ich hätte mir nur einmal gewünscht, du hättest mich Mutter genannt.«

»Du bist es nicht.«

»Immer noch so hart, mein Kind. Habe ich das wirklich verdient?« Rykels Stimme klang weich. Sie mischte sich in das Knistern des Feuers, und wäre sie nicht die Frau gewesen, die den Platz seiner Mutter eingenommen hatte, dann könnte er dem Gedanken nachgehen, dass Rykel ihn verführen wollte, so, wie sie seinen Vater verführt hatte. Manche Stimmen spielten auf einer unsichtbaren Tonleiter, der man nicht widerstehen konnte. Sie beruhigte ihn, und fast hätte er eingewilligt, sich an den gedeckten Tisch zu setzen. Dort standen drei Teller.

»Erwartest du noch jemanden?«

Sie warf ein Scheit Holz ins Feuer. Funken stoben aus dem Kamin.

»Nur dich und deinen Vater …« Ihr Blick verlor sich in den Flammen. »Weißt du, dass wir die perfekte Familie waren? Hätte Gott eine Familie nur aus Liebe geschaffen, dann hätte er uns gemacht.«

»Hat er aber nicht«, entgegnete Yann, »er hat nur meine Mutter umgebracht. Es gibt nur eines, das mich tröstet: Es gibt ihn nicht.«

Rykel wandte sich zu ihm, in den Augen Tränen.

»Wenn dein Vater jetzt zur Tür hereinkäme, wie glücklich wäre er, dich hier zu sehen.«

»Vater habe ich gerade in der Kirche gesehen«, sagte Yann, »er lässt ausrichten, dass er unpässlich ist und nicht zum Essen kommen wird.«

»Dann müssen wir beide alleine essen.«

»Ich habe keinen Hunger.«

»Sei ein artiges Kind.«

»Rykel, ich bin kein Kind mehr.«

»Ich weiß, ich weiß. All die Jahre, in denen ich für dich gekocht, deine schmutzigen Hosen gewaschen und dir vorgelesen habe, da habe ich ein wenig mehr Dankbarkeit verdient. Findest du nicht?«

Sie lief um den Sessel. Die Flammen verlängerten ihren Schatten. Yann spürte ihre Hand auf seiner Schulter. Es fühlte sich erst kalt an, dann schmerzte es. Sein Herz schlug anders, es kam aus dem Takt. Er atmete stoßartig. Etwas war nicht mit ihm in Ordnung. Als Gwenn ihn berührte, hatte er ebenfalls dieses Gefühl, doch jetzt brannten seine Organe. Vielleicht verstand er es nicht, aber er starb in diesem Augenblick. Sein Herz. Rykel nahm ihre Hand von seiner Schulter. Der Schmerz in seiner Brust verschwand schlagartig. Von seiner Stirn perlte kalter Schweiß. Was war das? Er wollte etwas sagen, doch seine Zunge war noch unbeweglich, als wäre sie angeschwollen. Er ließ sich auf den Stuhl am Esstisch sinken. An diesem Tisch hatte er sein Müsli gegessen, während sein Vater Kaffee trank und Rykel ihm Brote einpackte. Der Tisch war viel länger, dachte Yann. Der Raum begrenzte ihn, so, wie ihn der Schreiner angefertigt hatte, doch er stand nur zur Hälfte im Raum. Die andere Hälfte ragte in die Zeit. Auf dem Stuhl seines Vaters saß noch immer der Mann, der selbst ohne weißen Kittel wie ein Arzt aussah. Yann konnte auf dem Tisch, der über so viele Jahre wie eine Brücke aus vernarbtem Holz ragte, all die Szenen einer glücklichen Familie sehen, ohne jedoch das Gefühl zu haben, jemals dazugehört zu haben. Nur eines konnte er an diesem Tisch nicht sehen. Seine Mutter. Ihren Stuhl nahm Rykel ein.

Sein Atem hatte sich beruhigt. Rykel servierte das Essen. Der Geruch von gekochtem Schweinefleisch, Kohl und Zwiebeln kam in trägen, unsichtbaren Wolken in seine Nase. Es vergingen Minuten, in denen Yann nur die Essgeräusche Rykels vernahm. Wäre sein Vater jetzt hier gewesen, dann hätte er ihm wieder erklärt, dass er nicht gerecht zu den Menschen sei, die ihm nur Gutes wollten. Du kannst ja nur so tun, als ob du zur Familie gehörst, war der Lieblingssatz seines Vaters. Zur Familie, dieses Wort hatte in den Jahren seit dem Tod seiner Mutter eine tödliche Erosion erlitten. Wörter sind denselben Gesetzen ausgesetzt wie Steine der Witterung. Yann empfand dieselbe Trauer, wenn er uralte Steintafeln in der Hand hielt, die Tausende von Jahren im Wüstenboden lagen und deren Schriftzeichen nicht mehr zu entziffern waren. Er wusste, dass ein Mensch dort eine Nachricht hinterlassen hatte, aber die Botschaft war verloren für immer. Dasselbe Gefühl hatte er, wenn er an Familie dachte. Die Botschaft war über die Jahre verloren gegangen. Rykel stand auf und schenkte in zwei Gläser Wein ein. Bleib einfach, wo du bist, dachte er sich.

»Santé. Auf meine große Liebe.« Sie stieß mit dem zweiten Glas auf dem Tisch an. »Warum bist du gekommen?«

Yann hatte keine Antwort. Sein Vater war gestorben. Es war das Mindeste, was er für seinen Vater noch tun konnte. Die Flammen verschlangen das Holzscheit. Es sank tiefer in die Glut, als würde es sich unter Schmerzen winden. Die Toten haben nichts mehr von ihrer Beerdigung. Wenn es eine Feier gab, dann um den Überlebenden die stille Hoffnung zu geben, dass noch jemand an sie denkt. Vom Festland kämen ein paar Kollegen seines Vaters, aber nicht bei dem Sturm. Zudem war niemand von der Friedhofsverwaltung da, der die Beerdigung organisierte. Irgendjemand musste ja das Loch graben, die Messe lesen und den Leichenschmaus vorbereiten. Roland Peronac hatte ihn bereits aus der Liste der Bewohner gestrichen. Der Einzige, der sich noch dem Verschwinden widersetzte, war der zerschundene Leichnam seines Vaters. Peronac war als Bürgermeister der Insel nicht nur Vertreter der polizeilichen Gewalt, er verwaltete ebenso die Toten. Yann fragte sich, warum sein Vater ihn unbedingt in Paris hatte besuchen wollen. Jemand musste davon erfahren und verhindert haben, dass er mit der Fähre aufs Festland übersetzte.

»Er hatte sich nichts mehr gewünscht«, sagte sie, »als dich zu sehen.«

»Vater wollte mich in Paris besuchen.«

»Das würde mich wundern. Er sagte mir, dass er deine Entscheidung respektiert. Du willst mit ihm und mit mir nichts mehr zu tun haben, dann ist das halt so. Warum sollte er nach Paris fahren?«

»Er hat einen Platz auf der Fähre und ein Zugticket reserviert.«

»Für die Reise, die dein Vater antreten wollte, braucht man keine Reservierung.«

»Vater hat sich nicht selbst umgebracht.«

»Jemand soll ihn ermordet haben? Du hast den Verstand verloren.«

»Warum glaubst du, dass die Gendarmerie jemand aus Rennes geschickt hat.«

»Gwenn«, lachte sie. »Sie ist wegen seiner Beerdigung gekommen. Sie hat mehr für deinen Vater übrig als du.«

»Sie ist dienstlich auf der Insel.«

»Und du?«

»Mutter verschwand damals nicht alleine.«

Rykel erhob sich und stellte sich zwischen ihn und das Feuer.

»Und wer erzählt dir solch aufregende Geschichten?«

Yann nahm das Notizheft aus seiner Jackentasche und hielt es ihr hin. Rykel wich kurz davor zurück. Sie fixierte das Heft, als würde von ihm eine tödliche Gefahr ausgehen. Sie nahm es und begann darin zu blättern. Mit einer hastigen Bewegung, die Yann ihr gar nicht zugetraut hätte, schleuderte sie das Heft ins Feuer. Yann stieß Rykel zur Seite, die zwischen ihm und dem Feuer stand. Er spürte die Hitze in seinem Gesicht. Der Kartoneinband des Heftes hatte sich bereits gewellt, und kleine grüne Flammen züngelten an den Ecken des Heftes. Ohne nachzudenken, griff er in die Flammen. Er bekam das Heft zu fassen und warf es auf den Boden, wo er die Flammen austrat.

»Du bist …«, fing er an, doch Rykel unterbrach ihn, wie sie es schon früher in seiner Kindheit getan hatte. Damals fügte sie noch hinzu, dass es besser wäre, wenn man schlechten Gedanken lieber gleich den Kopf abschlage, bevor sie sich in der Welt ausbreiteten.

»Abi ist seit dreißig Jahren tot …«

»Wer war Monsieur Jojo?«

»Das ist lange her. Können wir von etwas anderem reden?«

»Über was willst du denn reden, das Wetter? Oder warum Vater sich ein Zugticket gekauft hatte, um dann von der Fähre zu springen?«

»Ich muss oben die Fensterläden schließen.«

Er hörte, wie Rykel die Fensterläden zuzog. Der Windzug ließ das Feuer kurz auflodern. Dann blieb es ruhig. Nicht einmal die Dielen knarrten. Vielleicht wartete sie darauf, dass er ging. Er warf ein weiteres Scheit Holz ins Feuer und sah zu, wie die Flammen sich darüber hermachten. Es musste eine halbe Stunde vergangen sein, als Rykel wieder herunterkam. Sie trug ihr Haar offen.

»Er war mein Verlobter. Meine große Liebe«, sagte sie, nahm den Wein und schenkte sich nach.

»Warum hast du nie etwas von ihm erzählt?«

»Weil die ganze Insel davon wusste, dank deiner Mutter.«

»Dass du einen Verlobten hattest?«

»Nein, dass sie mit ihm gevögelt hatte.«

»Warum sollte Mutter so etwas tun?«

»Du bist jetzt erwachsen, Yann. Die Wahrheit ist selten schön. Aber deine Mutter war ein Miststück. Sie hat mir das genommen, was ich am meisten in meinem Leben geliebt hatte.«

»Wer war er?«

»Ein Dichter, Schriftsteller, er war alles, was eine Frau sich erträumen kann.«

»Niemand hat jemals von einem Schriftsteller mit seinem Namen gehört.«

»Ich habe seine Bücher gesehen«, erwiderte Rykel gereizt.

»Du hast Lucilla gebeten, seine Bücher in ihrem Laden auszulegen.«

»Daran erinnere ich mich nicht mehr. Was soll das alles?«

»Und meine Mutter war mit ihm auf der Liberty, als sie sank?«

»Frag bei der Gendarmerie nach. Dort findest du alles.«

Rykel wischte sich über die Augen. Hatte seine Mutter mit dem Mann ihrer besten Freundin geschlafen? Wollte sie mit dem Schriftsteller durchbrennen? Doch warum fuhr sie mit dem Boot raus, bei Sturmwarnung? Er versuchte, sich an sie zu erinnern, doch er sah sie immer nur am Tisch sitzen, Essen zubereiten und wie sie mit ihm am Strand Muscheln sammelte. Er hatte als Kind nicht bemerkt, dass seine Mutter ein anderes Leben wollte. Er dachte immer, sie wäre nur für ihn da.

»Habt ihr jemals drüber gesprochen?«

Rykel schüttelte den Kopf.

»Nein, deine Mutter hatte ihre Entscheidung getroffen. Da gab's nichts mehr zu reden.«

»Und am Tag, als die Liberty sank, warst du auf der Insel.«

»Wir bereiteten uns auf den Sturm vor. Das Meer hatte schon seine Farbe geändert. Es war gefährlich. Das wusste jeder, auch deine Mutter.«

»Sie fuhr mit der Liberty raus. Wo wollte sie hin?«

»Keine Ahnung. Es war mir auch egal.«

»Die Liberty war ein Wrack.«

»Was weiß ich.«

»Die Liberty gehörte dir. Du hast sie zwei Wochen vor dem Unglück von Peronac gekauft. Das geht nicht in meinen Kopf. Warum kauft jemand ein seeuntaugliches Schiff?«

»Wer sagt das? Jacques? Der senile Alkoholiker. Nach dem Unglück beschuldigte er erst Peronac und dann mich. Er stellte wirre Behauptungen auf.«

»Es passt einfach nicht, Rykel. Du hattest erfahren, dass meine Mutter eine Affäre mit deinem Verlobten hatte, und du gibst ihr dein Boot?«

»Ich wusste nichts davon, und ehrlich gesagt interessiert es mich auch nicht.«

»Vielleicht sollte sich die Polizei einmal dafür interessieren.«

»Was willst du damit sagen?« Sie war laut geworden.

»Mutters Unfall wurde nie untersucht. Niemand hatte sich je gefragt, warum sie auf einem seeuntauglichen Boot bei rauem Seegang aufs Meer rausfuhr. Mit deinem Boot, mit deinem Verlobten?«

Yann wusste, dass sein Besuch nicht spurlos an Rykel vorbeigehen würde. Im Badezimmer setzte er sich auf den hölzernen Toilettendeckel. Yann erinnerte sich an die Zeit, als seine Beine zu kurz waren, wenn er auf dem Klo saß. Er hielt sich an der Klobrille fest, um nicht hineinzufallen. Früher glaubte er, das Loch der Toilette sei ein tiefer Abgrund. Kaum etwas hatte sich im Bad verändert. Die Spiegelkommode, vor der sich seine Mutter die Haare geföhnt und sein Vater rasiert hatte. Auf der weißen Marmorplatte stand noch ein Set mit Rasierpinseln. Rykel hatte es ihm zum Geburtstag geschenkt. Sie schenkte immer praktische Dinge. Er blätterte in dem Notizbuch. Seine Mutter hatte kaum etwas über die wahre Identität Jojos geschrieben. Für sie war er einfach Jojo. Sie lernte ihn durch einen Zufall kennen. Nach der Beerdigung von Rykels Eltern verschwand Rykel für ein paar Wochen von der Insel. Dann eines Abends meldete sie sich. Seine Mutter verabredete sich mit ihr zum Essen. *Einen Monat Sendepause … und da stand sie wieder.* Rykel war wie ausgewechselt. Keine Spur von Trauer, als hätte sie niemals Eltern gehabt. Keiner wusste, wo sie gewesen war und was sie gemacht hatte. Keiner wusste, wer der Mann war, der sie begleitete. Rykel überredete seine Mutter, noch aus dem Haus zu gehen. Yann konnte sich nicht daran erinnern, dass seine Mutter jemals jemanden außerhalb der Insel getroffen hatte. Eigentlich sollte sie an diesem Abend Rykel treffen, doch die kam nicht. Nur ihr Verlobter. Am Hafen wartete die Liberty auf seine Mutter. Rykel kam nicht, nicht an diesem Abend und auch nicht an den darauffolgenden. Dafür hatte seine Mutter die Bekanntschaft von Rykels Verlobtem gemacht.

Rykel hatte mich einmal gefragt, wie mein Traummann aussehen würde. Mathieu war der Mann, den sie zu lieben lernte. Er war der Mann, an dessen Seite sie ihr Leben verbringen wollte …

Dein Leben ist doch mehr als das?

Wann hatte sie mit Rykel dieses Gespräch geführt? Seine Mutter hatte kein Datum über die Notizen geschrieben. Lediglich die Änderung der Schrift oder der Stiftfarbe verriet, dass die Aufzeichnungen nicht am Stück gemacht wurden und dass zwischen manchen Sätzen Tage, Wochen oder Monate lagen. Seine Mutter beschrieb, wie sie Mathieu kennenlernte und dass sie sich damals nie im Traum hätte vorstellen können, eines Tages auf einer Insel zu wohnen. Wie sollte er sein, schrieb seine Mutter. Viele Zeilen waren unleserlich. Yann verstand jedoch, dass der Traummann seiner Mutter genau das Gegenteil von seinem Vater war. Welche Träume hatte seine Mutter?

Jojo ist Philosoph, Poet … Von ihm weiß ich, dass wir alle nur in Erzählungen leben. Wir leben in Geschichten, manche sind verheißungsvoll, andere sperren uns ein wie Mauern. Die Welt gibt es gar nicht, es gibt sie nur in unseren Erzählungen.

Seine Mutter hatte einige Sätze unterstrichen. Ob sie von Rykel oder von ihrem Verlobten stammten, konnte Yann nicht sagen. Dann ein paar Seiten weiter:

Jojo hat versucht, mich zu küssen. Erst hielt ich mich zurück … Es ist Rykels Verlobter. Ich sage es mir immer wieder. Wir hätten uns nie begegnen dürfen. Was wäre, wenn Jojo die letzte Ausfahrt ist für mich, das letzte Ticket, um von dieser Insel wegzukommen? Wenn es für mich noch ein anderes Leben gibt als mein Leben auf der Insel?

Yann fühlte, wie seine Hände zu schwitzen begannen. Seine Mutter war vielleicht tatsächlich mit einem anderen Mann durchgebrannt. Warum nahm sie nicht die letzte Fähre und fuhr aufs Festland? Hatte sie vor, ihr einziges Kind einfach so zu verlassen? Was war zwischen Jojo und seiner Mutter geschehen.

So schnell kann man sich nicht verlieben. Und wenn es eine Liebe gibt, für die man alles aufgeben würde?

Yann klappte das Heft zu, wusch sich die Hände und ging nach unten. Er wusste, dass er das Haus, in dem er groß geworden war, nie mehr betreten würde. Wortlos verließ er das Haus.

Rykel stocherte in der Glut des Feuers herum, bis die schwachen Flammen wieder aufloderten. Sie ging kurz die Treppe hinauf, dann kam sie mit einem Karton wieder. Sie hatte die Alben sorgsam gepflegt und im ersten Stock aufbewahrt. Wegen der Überschwemmungen. Sie schlug das erste Album auf. Yann am Strand mit seinem Bagger. Mathieu baute eine Sandburg. Eines Tages wirst du alt sein, dachte sie in diesem Moment, und du siehst dann auf diese Fotos wie auf ein anderes Leben. Du hast diesen Traum gelebt. Dafür hatte sie die Fotos eingeklebt. Um sich zu erinnern und um sich zu vergewissern, dass sie das erlebt hatte. Sie kippte den Karton mit den Alben und losen Fotos ins Feuer. Ein dumpfes Geräusch, als die Glut zusammenbrach. Rauch stieg auf und zog durch den Kamin nach oben. Es dauerte, bis die Flammen sich über die Fotos und ledergebundenen Alben hermachten.

Du hast nichts falsch gemacht, sagte sie sich. Abi hat sich entschieden. Sie hatte die Wahl. Du hast sie nicht gezwungen, mit Jojo durchzubrennen. Sie hatte Abi in die Augen gesehen, als sie ihr am Strand begegnet war. Und Abi war nicht nur verlegen, weil sie mit ihm geschlafen hatte. Da war viel mehr in ihrem Blick. Da war Eifersucht. Sie rannte quer über den Strand wie ein beleidigter Teenager. Ja, dieser Mann gehörte mir. Das ist mein Mann.

Abi hätte es nicht tun müssen. Selbst wenn Jojo gar nicht der Mann war, für den Abi ihn hielt. Abi hatte sich entschieden. Sie war bereit gewesen, ihre Familie zu verlassen, für ihn. Es tat nichts zur Sache, ob Jojo wirklich der war, für den er sich ausgab. Entscheidend war, für wen Abi ihn hielt. Für Abi war Jojo ihr Verlobter. Sie hatte kein Problem damit, ihre Liebe zu zerstören. Abi hatte alles, einen Mann, einen Sohn, ein Haus. Sie hätte ihren Traum leben können, doch sie war bereit, ihren zu zerstören.

Ich hatte Abi nie zu etwas gezwungen, dachte sie. Sie hat sich für ihre Liebe entschieden. Dass dies nicht ihr Ehemann war, das lag ganz alleine bei Abi. Wer liebt, hat recht. Abi ist nur ihrer Liebe gefolgt. Dafür war ihr jedes Mittel recht.

Alles, was ich jemals getan habe, sagte sie sich, das habe ich aus Liebe getan. Hätte sich Abi anders entschieden, dann hätte ich es hinnehmen müssen. Davon war sie überzeugt, und sie hätte es mit Würde getragen. Sie hätte Abi nie mit Gewalt zu etwas zwingen können, oder sie hätte ihr nie etwas antun können. Liebe erzwingt man nicht, und man kann sie auf keiner Lüge aufbauen. Nein, alles geschah, weil Abi wollte, dass es so geschah.

Hätte sich Yann in diesem Augenblick umgedreht, dann hätte er das Flackern des Feuers gesehen, das die alten Steinmauern um den Kamin hell aufglühen ließ. Er hätte Rykel gesehen, wie sie mit zufriedener Miene Fotoalben und Briefe verbrannte. Das Feuer loderte auf, und Rykel redete in die Flammen, als käme aus ihnen eine alte Wahrheit. Wäre er nicht schon auf dem dunklen Weg zurück zum Hafen gewesen, dann hätte er erfahren, dass seine Mutter ihr Schicksal selbst gewählt hatte. Rykel hatte es nur hingenommen. Sie wusste, dass Liebe nur dann möglich war, wenn Abi aus freien Stücken fortging. Liebe braucht Freiheit, unendliche Freiheit. Und Abi hatte diese unendliche Freiheit. Diese Freiheit war heilig. Bilder aus einer glücklichen Zeit krümmten sich in der Glut, Papierfetzen und Reste von Fotos brannten grünlich, Funken und verkohlte Papierschnipsel flogen aus dem Feuer. Abi hatte sich entschieden, sprach Rykel in das Feuer. Sie hatte sich entschieden. Nur Abi glaubte, dass ihre Entscheidungen nicht gültig waren, als wäre nichts geschehen. Sie wollte alles haben. Und das konnte sie niemals zulassen. Als Yann das Haus schon nicht mehr sah, setzte sich Rykel an den Tisch und sprach ein Gebet zu einem Gott, der ihr immer geantwortet hatte und sagte, was sie zu tun hatte. In Yann hatte sie ihr Kind gesehen, das sie nie hatte. Er hätte ihr Kind sein können. Hatte sie es nicht jahrelang versucht, ihm eine Mutter zu sein? Die beste Mutter, die ein Kind haben konnte? Hatte sie nicht alles für ihn getan? Sie war nicht schwach und hätte ihr Kind nie zurückgelassen für einen anderen Mann. Sie kannte nur eine Liebe, und in dieser Liebe wäre ihre Familie gewachsen. Aus ihr wären Könige hervorgegangen. Sie hatte alles getan, nur erzwingen konnte sie die Liebe nicht. Abi hatte sich entschieden, Mathieu hatte sich entschieden, und nun hatte sich auch Yann entschieden. Gegen sie und gegen die Liebe. Sie wählte die Nummer, die sie auf die Unterseite einer Schublade geschrieben hatte. Ein Anrufbeantworter. Sie sagte ihren Namen, legte auf. Zehn Minuten später war die flüsternde Stimme in ihrem Ohr. Er sagte, was er vor ein paar Wochen gesagt hatte, als Mathieu sie verraten wollte, dieselben Worte, die er ihr auch schon vor Jahren am Telefon zugeflüstert hatte, und Rykel antwortete nur auf die einzige Frage, die er ihr gestellt hatte. »Die Bezahlung ... Natürlich, ich kenne den Preis. Ich weiß, was geschieht, wenn ich nicht pünktlich bezahle. Ja, ich kenne Ihren Preis, er war immer derselbe.«

Auf dem Tisch lag ein Zettel: Die Küstenwache bringt euch an Land. Boot kommt gegen 19 Uhr. Dein Vater. Gwenn nahm den Zettel und faltete ihn zusammen. Ihr Vater war schon Bürgermeister, als sie ein Kind war. Niemand wollte sich den Papierkram antun, die Telefonate mit der Préfecture, wenn wieder ein Tourist ertrunken war oder jemand sich auf den Felsen den Knöchel gebrochen hatte. Vor drei Jahren kam dann die Algenplage hinzu, die im Sommer die runden Kiesel am Strand mit einer grünen Schleimschicht überzog. Wissenschaftler aus Brest kamen und meinten, dass die Algen giftige Dämpfe verursachen könnten. An der Küste von Saint-Brieuc habe es einen Todesfall gegeben, ein Pferd, das in der Nähe des Strands weidete, sei tot umgefallen. Die Reinigung der Algen war auf dem Festland einfacher. Große Bagger und Lastwagen erreichten den Strand schnell. Auf der Insel musste alles von Hand gemacht werden.

Die Küstenwache war Teil der Gendarmerie. Ihr Vater hatte noch immer ein Problem damit, dass sie bei der Gendarmerie war. Frauen bei der Police Nationale, das war eine lächerliche Veranstaltung in den Augen ihres Vaters, aber Frauen bei der Gendarmerie, im Corps der Armee, das überstieg die Grenze des vorstellbaren Niedergangs der französischen Kultur. Als sie ihm sagte, dass sie dienstlich auf der Insel sei, hatte ihr Vater nur ein Murren übrig.

Das Haus war still. Ihre Mutter war weder oben noch im Wohnzimmer. Vielleicht hatte sie ihr Vater schon aufs Festland bringen lassen. Der Wind hatte nachgelassen. Im Haus roch es muffig, als wäre die Luft seit Jahrhunderten in diesen Mauern abgestanden und zu einer stinkenden Suppe vergoren. Als sie das letzte Mal das Haus ihrer Eltern betreten hatte, hatte sie gerade ihre Grundausbildung bei der Gendarmerie abgeschlossen. Damals war ihr der Geruch im Haus nicht aufgefallen. Sie rief den Namen ihrer Mutter. Keine Antwort. Im ersten Stock war niemand. Sie folgte dem schmalen

Gang, in dem in Plastiktüten verpacktes Zeug gestapelt war. Sie klopfte an der letzten Tür, das Zimmer ihrer Mutter. Früher war es Gwenns Kinderzimmer. Nachdem sie ausgezogen war und in der Kaserne wohnte, hatte ihre Mutter ihren Lesesessel dort platziert, dann, nach ihren nächtlichen Ausflügen, stellte ihr Vater auch ein Bett in das Zimmer. Die Tür war verschlossen. Der Schlüssel steckte außen. Sie drehte den groben Metallschlüssel und drückte die Tür nach innen. Der Geruch von Ammoniak, der entstand, wenn Urin vergor, war der erste Eindruck, den ihr Gehirn widerwillig wahrnahm. Dann sah sie die magere Gestalt auf dem fleckigen Möbelstück, das einmal der Lesestuhl ihrer Mutter gewesen war. Ihre Mutter trug ein Nachthemd. Ihre Haare hingen wirr ins Gesicht. Auf einem Tisch vor ihr stand ein Tablett mit vertrocknetem Essen, eine fettige Wasserflasche. Neben dem Besteck lag eine Rolle Toilettenpapier. Ihre Mutter reagierte nicht, bis Gwenn vor sie trat und ihr die Haare aus dem Gesicht strich.

»Hat er dich geschickt?«, wollte sie wissen und griff nach der Wasserflasche. Gwenn nahm sie ihr aus der Hand. Sie brachte das schmutzige Geschirr in die Küche und holte eine frische Wasserflasche.

»Nein, Papa hat mich nicht geschickt.«

»Ich meine nicht deinen Vater, sondern den Druiden. Hat er dich geschickt?«

»Welcher Druide?«

»Manois, der Priester. Er hat mir gesagt, dass du bei ihm warst.«

»Ich war bei ihm wegen der Sache mit Yanns Vater.«

»Ach ja, Mathieu, der Arzt. Hatte wohl keine Lust mehr, hier eingesperrt zu sein.«

»Was meinst du mit eingesperrt?«

»Hier auf der Insel. Wir sind alle Gefangene auf dieser Insel.«

»Wie lange bist du schon in diesem Zimmer?«

»Ein paar Jahrzehnte. Jahre, Monate. Ich weiß es nicht. Ab und zu kommt der Priester am Fenster vorbei und erzählt mir, was es Neues gibt.«

»Dich in ein kleines Zimmer zu sperren. Was hat er sich bloß dabei gedacht. Ich werde mit Vater reden.«

Ihre Mutter lachte heiser.

»Er hat Angst, dass er nachts aus dem Schlaf gerissen wird und ein Messer in seinem Auge steckt.«

»Was erzählst du da, Mama?«

»Ich erzähle dir, dass dein Vater der Verrückte ist. Ihn müsste man einsperren.«

»Ich rede mit ihm.«

»Was hat dir Manois noch erzählt?«

»Dass er den Arzt tot im Hafenbecken gefunden hat und dass die Polizei ermittelt.«

»Sonst nichts? Ein wenig Zukunft? Druidenkunst?«

»Manois ist Priester.«

»Er wird als Priester bezahlt, für den ganzen christlichen Zauber, der nichts bringt. In Wirklichkeit ist Manois ein Druide. Hast du seinen Steingarten schon gesehen?«

»Die Türmchen, die er im Hof aufgestellt hat?«

»Als Kind hast du mich einmal gefragt, warum überall diese Türmchen stehen. Hast du das vergessen?«

»Das hat keine Bedeutung, ist nur so ein Brauch.«

»Jeder Brauch hat eine tiefere Bedeutung. Nur manchmal ist die Bedeutung verloren gegangen. Manois kennt sie allerdings noch. Steine haben bei den Druiden eine große Bedeutung. Stonehenge, die Megalithen, die überall in der Bretagne herumliegen. Es sind Kultsteine. Nur die Druiden kennen ihre wahre Bedeutung.«

»Es sind Steine, Mama. Das ist alles finsterer Aberglaube.«

Sie lachte und wischte sich Speichel mit dem Ärmel ihres Nachthemds ab.

»Aberglaube, der funktioniert. Das ist der Unterschied zu der blöden Beterei der Leute in der Kirche. Auf die Schicksalssteine kann man vertrauen.«

»Welche Schicksalssteine?«

»Die Steine im Garten des Priesters. Jeder Steinhaufen steht für einen Ort hier auf der Insel oder manchmal auch Orte auf dem Festland. Manois stellt sie so zueinander, dass sie insgesamt am stabilsten sind, denn wenn so ein Türmchen umfällt, dann geschieht ein Unglück.«

»Oder auch nicht«, antwortete Gwenn und kramte in dem Kleiderschrank nach frischen Kleidern. Sie zog eine Stoffhose heraus und einen Pullover.

»Zieh dir was anderes an, Mama. Dein Nachthemd muss dringend in die Wäsche.«

»An den Gestank habe ich mich gewöhnt.«

»Ich werde dafür sorgen, dass Vater dich hier nicht mehr einsperrt.«

»Ich bin überhaupt nicht eingesperrt, mein Kind.«

»Vater hat die Tür von außen zugesperrt.«

»Und ich habe nicht versucht, sie aufzumachen.«

»Er kann dich nicht einfach in einen Raum einsperren.«

»Mich gibt es überhaupt nicht«, sagte ihre Mutter, während Gwenn ihr das nach Urin riechende Nachthemd über den Kopf zog. Der Körper ihrer Mutter war ausgemergelt und zeigte Anzeichen von Unterernährung. »Wenn ich aus dem Fenster sehe, dann sehe ich die Grenze des Papiers, auf dem mein Leben geschrieben steht. Ich bin nur ein Name, den jemand erfunden hat. Das Haus, die Mauern, alles nur Papier, gedachte Linien, die ganze Insel ist nur eine Erfindung.«

»Mama, du bist genauso hier wie ich auch.«

»Schau zum Fenster raus. Dein Vater hat Gitter anbringen lassen, aber dahinter beginnt keine Welt, verstehst du?«

»Ich verstehe kein Wort, Maman.«

»Es hat lange gedauert, aber eines Morgens habe ich gesehen, wie jemand einen Strich gezogen hat, und diesen Strich halte ich seitdem für den Horizont. Doch da ist gar kein Horizont, sondern nur eine Linie. Sie könnte auch genauso wenig da sein, und nichts würde sich ändern. Ich habe alles beobachtet. Die Linien kommen und gehen. Auch ich bin einfach nur gezeichnet. Eines Nachts dann spürte ich, wie mich jemand ausradierte. Das geht ganz ohne Schmerzen. Wer nicht mehr gebraucht wird, der hat auch keine Schmerzen mehr. Das musst du dir merken, für später, wenn du einmal älter bist. Wenn man dich vom Blatt nimmt.«

»Weißt du, wo Vater ist?«

»Wahrscheinlich bei ihr.«

»Bei wem?«

»Rykel. Der Arzt ist tot. Jetzt ist sie frei für ihn.«

»Was erzählst du da für Sachen, Maman.«

»Dein Vater und Rykel, sie waren einmal ein Paar.«

»Was sagst du da?«

»Ist auch schon Jahrtausende her. Da warst du noch gar nicht auf der Welt. Und die Liebelei hat auch nur ein paar Sekunden gedauert in der Zeitrechnung der Steine. Nur für deinen Vater war es das Ereignis seines Lebens.«

»Rykel und Vater.«

»Alte Geschichten, davon gibt es viele auf der Insel. Als ich deinen Vater geheiratet habe, da wusste ich, dass ich nur die zweite Wahl bin. Er hat sich nicht für mich entschieden, weil er mich liebte, sondern weil er sie nicht haben konnte.«

»Das glaube ich nicht.«

»Glaub, was du willst. Ich wusste genau, warum dein Vater wollte, dass ich mir die Haare dunkel färbe, warum er wollte, dass ich weiße Kleider trage, weil das Rykel gerne trug. Er wollte sie in mir sehen.«

»Aber Rykel ist Yanns Stiefmutter. Sie hat Mathieu geheiratet.«

»Nach dem Tod von Abigale. Was für ein Zufall.«

»Was hat Rykel mit ihrem Tod zu tun?«

»Rykel bekommt immer, was sie will. Ihre Eltern wollten sie nach Paris schicken, studieren. Sie wollten, dass sie die Bretagne verlässt, doch da hatte Rykel sich schon für Mathieu entschieden.«

»Maman, Rykel und Yanns Mutter waren befreundet.«

»Die junge Abi war naiv. Sie wusste nicht, wer da um ihre Freundschaft buhlte.«

»Das glaubst du doch selbst nicht.«

»Kann sein, doch sowohl Rykels Eltern als auch Abi starben bei einem Unfall.«

»Ich komme wieder, Maman. Dann reden wir über all das.«

»Jemand hat schwarze Flecken auf die Linie gemalt. Das sind Wolken. Du solltest von diesem Blatt Papier verschwinden, bevor es zu spät ist.«

Gwenn war wütend auf ihren Vater, und zum Glück lief er ihr nicht über den Weg, als sie das Haus verließ. Sie lief in Richtung Donvor, wo sie ihren Vater zu finden glaubte. In den schmalen Gassen hatte der Wind weniger Kraft. Aus einiger Entfernung sah sie eine Gestalt aus der Richtung des Leuchtturms kommen. Es war Yann. Obwohl der Wind an ihm zerrte und der Regen auf ihn einpeitschte, lief er aufrecht und bedächtig und nicht geduckt, wie man es bei diesem Wetter normalerweise erwartet hätte. Es schien ganz so, als wartete er darauf, dass der Regen ihm das Wasser ins Gesicht schlug. Gwenn wollte auf ihn zugehen, als er anhielt und sich gegen eine Hausmauer lehnte. Sie konnte es nicht richtig erkennen, doch es schien, als ob er mit der Faust gegen die Wand schlug. Gwenn zog ihre Kapuze hoch und stand schon mitten auf der Straße, als sie jemand an der Schulter zurückriss und gegen die Wand drückte. Ihr Vater.

»Was machst du noch hier?«

Für einen Moment war sie wieder das kleine Mädchen, das nicht aufgegessen hatte. Es vergingen einige Sekunden, in denen sie kein Wort herausbrachte. Sie fasste sich.

»Lass mich los.«

»Ich lass die Insel evakuieren. Hast du meine Nachricht nicht gefunden?«

»Ich habe sie gesehen, und nicht nur das.« Gwenn holte Luft und schob ihren Vater von sich weg. »Ich habe vor allem Mutter gefunden. Du hast sie eingesperrt wie ein Tier.«

»Deine Mutter ist krank.«

»Sie bekommt nichts zu essen, sie stinkt. Du lässt sie in ihrer Pisse verrotten. Ich werde sie von hier wegholen.«

Ihr Vater hob die Arme. »Oh, Madame Polizistin.«

»Madame Capitaine.«

»Wer hier geht und wer nicht, das bestimme ich. Ich bin der Bürgermeister dieser Insel.«

»Ich vertrete den französischen Staat, und ich leite eine Ermittlung. Herr Bürgermeister, du trittst jetzt zur Seite, sonst verhafte ich dich wegen Behinderung der Ordnungskräfte.«

»Wie redest du mit deinem Vater.«

»Pack Mutter ein paar frische Sachen ein und bring sie von der Insel.«

»Ich gehe nirgendwohin. Es gibt Leute, die bleiben. Sie brauchen mich.«

Gwenn sah zum Hafen, wo Yann gestanden hatte. Er war nicht mehr zu sehen. Die Wut gegen ihren Vater hatte sich in ihr aufgestaut. Am liebsten hätte sie ihn einfach nur angeschrien, so, wie sie manchmal gegen die Wellen schrie.

»Du hattest ein Verhältnis mit Rykel?«

Die Augen ihres Vaters verengten sich zu Schlitzen. Er machte einen Schritt auf sie zu. Gwenn wich reflexartig einen Schritt zurück.

»Hat dir das deine Mutter gesagt?«

»Sie meinte, ihr seid einmal ein Paar gewesen.«

»Das ist schon so lange her. Wir waren Jugendliche. Was hat deine Mutter noch gesagt?«

»Dass du immer noch hinter Rykel her seist.«

»Seit Jahrzehnten muss ich mir das anhören. Den größten Gefallen, den sie mir tun könnte, wäre, endlich zu sterben. Aber sie lebt einfach weiter, aus Bosheit. Es gibt Menschen, deren Lebenskraft nur aus Bosheit besteht. Sie nähren sich damit – mit jeder kleinen Gemeinheit, die sie anderen antun. Sie genießen die Momente, wenn sie wieder eine Schwachstelle des anderen gefunden haben. Das hält sie gesund.«

»Mutter ist pflegebedürftig. Das, was du ihr angetan hast, ist mehr als Vernachlässigung. Dafür kann man dich anklagen.«

»Wenn du glaubst, dass ich deine Mutter vernachlässige, dann täuschst du dich. Sie will nichts essen. Sie pisst sich an und behält ihre Kleider an, und nachts rennt sie zu den Felsen. Manchmal habe ich mir schon gedacht, ich lasse sie einfach. Vielleicht fällt sie von den Klippen ins Meer. Dann hätte ich endlich Ruhe, aber ich kann das nicht. Deshalb habe ich sie eingesperrt.«

»Wenn der Sturm vorüber ist, nehme ich sie mit aufs Festland.«

»Das hast nicht du zu entscheiden. Warum interessierst du dich jetzt für diese alten Geschichten?«

»Weil Mathieu nicht Selbstmord begangen hat. Er wurde ermordet.«

»Und du glaubst, dass ich etwas damit zu tun habe?«

»Im Augenblick versuche ich nur, die Zusammenhänge zu verstehen.«

»Du solltest aber wissen, wo deine Freunde sind. Du redest mit deinem Vater.«

Ein Windstoß warf eine Mülltonne um, Tüten und Küchenabfälle wirbelten durch die Luft. Vom Hafen tauchte eine Gestalt auf. Yann stand plötzlich hinter dem Bürgermeister.

»Erinnerst du dich noch an den Tod von Abi?«, fragte Yann.

»Das Schiffsunglück?«

»Ich weiß, dass meine Mutter dich um Hilfe gebeten hatte, kurz bevor sie verschwand.«

»Davon weiß ich nichts.«

»Bei der Gendarmerie in Audierne ging ein Notruf ein«, sagte Gwenn, »doch sie konnten niemand wegen des Sturmes rausschicken.«

»Deine Mutter hat sich nicht gerade den verschwiegensten Ort ausgesucht für ihre Schäferstündchen. Das war nicht mein Problem.«

»Sie hat dich um Schutz gebeten.«

Peronac wischte sich Regenwasser von der Stirn.

»Es ist schon lange her«, fuhr er fort, »damals mussten wir Maßnahmen treffen, um uns vor dem Sturm zu schützen. Ich hatte keine Zeit für die Hirngespinste einer Frau, die ihre Bettgeschichten nicht unter Kontrolle hatte.«

»Es wäre deine Aufgabe gewesen«, setzte Gwenn an. Für einen Moment dachte sie, ihr Vater würde die Beherrschung verlieren, doch er ließ sich nichts anmerken.

»Bei dem Sturm hatte ich noch mehr zu tun.«

»Vielleicht wäre meine Mutter noch am Leben.«

»Niemand hat sie gezwungen, bei Sturmwarnung mit dem Boot aufs Meer zu fahren.«

»Sie ist nicht freiwillig mit dem Boot rausgefahren, und sie war nicht alleine.«

»Davon weiß ich nichts. Der Einzige, der auf sie sauer war, das war Mathieu, schließlich hatte sie ihm Hörner aufgesetzt.«

»Rykels Verlobter war auf der Liberty.«

Peronac zuckte mit den Schultern. »Den habe ich nie zu Gesicht bekommen.«

»Scheinbar hat ihn niemand zu Gesicht bekommen«, sagte Yann, »doch einige auf der Insel glaubten, dass meine Mutter mit ihm ein Verhältnis gehabt hatte.«

»Dass die Leute sich das Maul zerreißen, das ist doch klar. Aber mehr auch nicht.«

»Meine Mutter ist aber in dieser Nacht mit einem Boot rausgefahren, trotz Sturmwarnung, und noch dazu mit einem Boot, das überhaupt nicht mehr seetüchtig war. Die Liberty sank im Sturm und wurde nie wieder gesehen.«

»Die Liberty«, sagte Gwenn, »das war dein Boot. Du wolltest es immer mal reparieren, was du aber nie gemacht hast. Es war ein Wrack.«

»Das du an Rykel verkauft hast.«

»Sie wollte es damals unbedingt haben. Hätte man den Rumpf überholt, die Aufbauten renoviert und ein wenig Technik reingesteckt, dann wäre die Liberty ein herrliches Boot gewesen.«

»Du hast ihr das Wrack verkauft, und es kam dir auch nicht seltsam vor, dass Rykel das Boot ein paar Tage später schon zu Wasser gelassen hat.«

»Ich habe es ihr verkauft. Es war nicht mehr mein Problem. Worauf willst du hinaus? Mir gefallen deine Fragen nicht. Du hast deinen Vater zwanzig Jahre nicht besucht, warst nicht einmal auf der Insel zu Besuch. Jetzt, wo er tot ist, tauchst du auf und stellst eine Reihe unverschämter Fragen.«

»Die Fragen stelle ich«, sagte Gwenn, »denn ich ermittle im Falle des Todes von Mathieu Schneider.«

»Ihr hört euch an wie Kinder, die Detektiv spielen.«

»Das ist kein Spiel. Menschen sind umgekommen.«

»Ich muss mich jetzt um den Sturm kümmern.«

Damit machte Peronac auf dem Absatz kehrt und verschwand in der engen Gasse, in der die Straßenlampen im Wind schwankten, als wären sie Papierlampions.

Gwenn sah ihm noch kurz nach, dann wandte sie sich Yann zu.

»Wir sollten irgendwohin, wo es nicht regnet.«

»Alles ist Wasser auf dieser Insel«, sagte Yann.

Das Donvor war von außen beleuchtet. Die Tische und Stühle waren festgekettet. Ein Sonnenschirm hing zerrissen zwischen zwei Mauerblöcken.

»Warte«, sagte Gwenn und hielt Yann zurück. »Kannst du dich noch an den Tod von Rykels Eltern erinnern?«

»Bruchstückhaft. Sie starben bei einem Unfall. In ihrer Sauna. Der Unfall wurde nie ganz geklärt.«

»Weil es nie eine Untersuchung gab. Defekter Schließmechanismus. Das war alles, was in dem Unfallbericht stand. Und im Totenschein stand: Kreislaufversagen aufgrund der Hitze. Sie waren mehrere Stunden in ihrer Gartensauna eingesperrt.«

»Gab es keine Autopsie?«

Gwenn schüttelte den Kopf. »Nur einen Totenschein, ausgestellt von dem einzigen Arzt auf der Insel. Deinem Vater.«

»Und ein Jahr später verschwindet meine Mutter auf einem lecken Boot, das Rykel von deinem Vater gekauft hatte.«

»Für relativ viel Geld, obwohl sie gar keines hatte.«

Yann war verwirrt. »Aber sie hatte doch ein Vermögen von ihren Eltern geerbt.«

»Die Fischfabriken in Brest und Audierne schrieben rote Zahlen. Sie standen kurz vor dem Konkurs. Als die Fabriken zumachten, holten sich die Banken erst alles, was sich noch zu Geld machen ließ, und was danach noch übrig war, das konnte man an einer Hand abzählen. Rykel blieb nur das Haus ihrer Eltern auf der Insel und ein wenig Barvermögen.«

»Dann kam dieser mysteriöse Schriftsteller, Monsieur Jojo, und erlöste die verarmte Rykel.«

Im Donvor hatte sich eine gedrückte Stimmung ausgebreitet. Am Tisch vor dem Fenster hockte Dantec und starrte durch das Fenster in den Sturm hinaus, der über das Meer heranrollte. Hin und wieder nippte er an seinem Bier. Er hatte nicht umsonst den Rücken zu all den anderen gedreht. Er wollte mit niemandem reden. Über Dantec kursierten die unterschiedlichsten Geschichten. Für einige war er ein Fischer im Ruhestand, andere glaubten, dass er ein ehemaliger Kapitän der Marine war, der zum Schweigen verpflichtet war. Das Einzige, was die Leute über ihn verlässlich wussten, war, dass kein anderer das Meer so gut kannte wie er.

»Wissen Sie, wer ich bin?«, fragte Gwenn und setzte sich auf den Stuhl neben Dantec. Der alte Mann sah nicht einmal auf. Er schob sein Bier weg, als wollte er es in Sicherheit bringen. Er schwieg und schaute weiter in die anbrechende Nacht und das schwarze Meer. Die Flut kam, die Strömung drehte sich. Manche Wellenkämme liefen nun spitz zueinander und stiegen noch höher auf. Die Segelboote im Hafen wankten. Masten klapperten im Wind.

»Der redet mit keinem«, rief Rose vom Tresen. »Unser geheimnisvoller Einsiedler Dantec, der auf seinem klapprigen Kahn wohnt. Du solltest dich mit deinem Kutter lieber in Sicherheit bringen.«

Dantec schaute auf seine Uhr, dann machte er auf der Tischdecke ein paar Striche, richtete seine Taschenuhr an einer der Linien aus und griff nach seiner Mütze. Yann stand noch hinter ihm, als Dantec sich plötzlich umdrehte und aufstand. Der alte Mann war größer als Yann und starrte Yann aus seinen wasserblauen Augen an. Dantec musterte Yanns Gesicht, als ob er etwas darin suchte.

»Ich will wissen, was mit meiner Mutter geschehen ist«, sagte Yann, »sie ist vor dreißig Jahren in einem ähnlichen Sturm ums Leben gekommen.«

Dantec schob Yann sanft beiseite. Wieder sah Dantec Yann an.

»Geh weg von hier.«

Rose stellte ihr geputztes Glas wieder zurück aufs Regal.

»Hat er was gesagt?« Rosens Stimme war schrill. Sie kam hinter dem Tresen hervor, als Jacques auftauchte, verschlafen, die Hose offen und in sehr angetrunkenem Zustand. Rose stieß mit Jacques zusammen, fluchte und schob ihn auf einen der Barhocker.

Dantec sah wieder auf seine Uhr, blickte zum Fenster hinaus und hatte es plötzlich eilig.

»Ich krieg von dir noch siebenfünfzig«, rief Rose quer durch den Raum. Dantec zog einen Zehner aus der Tasche und legte ihn auf den Tresen.

Yann folgte Dantec bis nach draußen. Vor dem Eingang zog er Dantec zurück. Dieser reagierte mit zusammengekniffenen Augen.

»Warum soll ich weg von hier?«

»Der Sturm ist nicht wie jeder andere Sturm«, sagte Dantec, »bring dich in Sicherheit. Sonst ergeht es dir wie deiner Mutter.«

»Was wissen Sie über meine Mutter?«

»Sie hatte nie eine Chance.«

Mit diesen Worten ging Dantec zum Hafen. Sein Boot, das gleichsam sein Zuhause war, rollte auf den Wellen wie ein verlorenes Stück Holz. Yann hätte ihn am liebsten festgehalten, doch der alte Mann verfügte wie Jacques über einen eisernen Griff. Jemand, der seit Jahrzehnten auf einem ausrangierten Kutter lebte, der ließ sich von niemandem festhalten. Was wusste er über das Verschwinden seiner Mutter?

Im Donvor stellte Rose die Stühle hoch.

»Was willst du von dem alten Gespenst?«

»Vielleicht will Yann nur wissen, was damals in der Nacht geschehen ist, als Abi verschwand«, sagte Jacques.

»Ach, sei doch still.«

»Ich halte meinen Mund, wenn ich das will, und wenn ich reden will, dann rede ich.«

»Du bist besoffen«, zischte Rose und wischte über den Tresen. Ihre Hand rubbelte auf der Stelle, als befände sich auf dem glänzenden Zink ein Fleck, den nur sie sehen konnte. Jacques grinste wie ein Sieger, der sich in einer täglichen Schlacht gegen Rose behaupten konnte.

»Wo sind die Sturmtouristen?«, fragte Gwenn.

Jacques zuckte mit den Schultern. Rose rieb auf dem Zink, das nicht noch mehr glänzen konnte.

»Einer hat mit dem letzten Schiff der Küstenwache die Insel verlassen. Habe ihn gesehen, wie er auf das Schiff stieg.«

»Und einen habe ich gesehen«, sagte Jacques und schenkte sich selbst ein Bier ein, »wie er in Richtung Leuchtturm ging.«

»Geh zu deinem Fernseher«, sagte Rose und verriegelte die Fensterläden.

»Sag ihnen doch, was damals geschehen ist.«

»Sei still, Dummkopf.«

»Nichts ist so, wie es scheint«, sagte Jacques, stieß einen Fluch in Richtung Rose aus und verschwand durch die Tür, die zum Hotel führte.

»Ich hasse ihn, wenn er getrunken hat. Dann redet er wirres Zeug.«

Gwenn griff in ihre Tasche und zog ihr Handy heraus. Der Empfang war schlecht. Gwenn fragte zweimal nach, wer dran sei. Die dicken Mauern hielten nicht nur den Sturm ab, sondern auch fast jede Art von Wellen. Gwenn ging näher ans Fenster. Sie machte Yann ein Zeichen, dass es dienstlich sei, und trat vor die Tür. Ein Windstoß fuhr durch das Innere des Donvor, als sie die Tür aufzog. Kaum hatte Gwenn die Tür geschlossen, stellte er sich Rose in den Weg. Sie schaute Yann fragend an.

»Du weißt, was mit meiner Mutter in der letzten Nacht geschehen ist?«

»Ein Sturm kam auf, und Abigale fuhr raus.«

»Aber was meinte Jacques?«

»Jacques hat sich seinen Verstand über die Jahre weggesoffen. Wenn du einen Rat von mir willst: Begrabe deinen Vater und verlasse die Insel.«

»Du weißt, warum meine Mutter rausgefahren ist.«

Rose konnte nicht ruhig stehen. Sie blieb in Bewegung, als hinge ihr Leben davon ab. »Jeder hat damals mitbekommen, was passiert ist. Die Insel ist kein guter Ort für Geheimnisse.«

»Für die Geheimnisse, die jeder begraben will, ist es der perfekte Ort.«

»Wenn du wissen willst, was vor dreißig Jahren am Morgen und in der darauffolgenden Nacht geschehen ist, dann frag Peronac. Aber es gibt noch einen, der weiß, was damals passiert ist.«

»Von wem redest du?«

»Von dir«, sagte sie, »du hast alles mitbekommen. Ich weiß noch, wie du ohne Regenmantel draußen rumgerannt bist. An die Nacht kannst du dich nicht mehr erinnern?«

Yann schüttelte den Kopf. Es war, als hätte er in dieser Nacht nicht existiert. Sosehr er versuchte, sich das Haus, den Sturm und seinen Vater vorzustellen – es verschwamm alles.

Die Tür flog auf. Gwenn winkte ihm zu. Yann griff seinen Regenmantel und folgte ihr.

»In Rennes waren sie fleißig. Viel gab es nicht. Die Liberty sank aufgrund des Sturmes, ein paar Badeunfälle und noch ein Taxifahrer, der über die Klippen gerast war. Dafür habe ich die Passagierlisten. Nichts Auffälliges, bis auf einen Namen. Der Unfall mit dem Taxi war nicht unter Unfall abgelegt, sondern unter nicht geklärtes Tötungsdelikt. Die Gendarmerie hatte eine Untersuchung eingeleitet. Ein Taxi war aus unerklärlichen Umständen über die Klippen ins Meer gestürzt, nicht weit von Audierne. Warum interessiert dich der Unfall? Er geschah einige Tage vor dem Bootsunglück.«

»In ihrem Notizbuch fand ich ein paar Zeilen. Meine Mutter hatte mit Jojo eine Segeltour gemacht. Sie schrieb, dass alles gut angefangen habe. Früh am Morgen, im

Nebel seien sie losgefahren. Mystisch sei es gewesen – doch dann schreibt sie, dass sie glücklich sei, das Festland wieder unter den Füßen zu haben. Jojo hatte ihr ein Taxi gerufen. Er hatte sie also nicht auf der Insel abgesetzt, sondern im Hafen von Audierne. Sie schreibt nicht, was genau vorgefallen war. Doch in Audierne stieg sic in ein Taxi, das sie zum Hafen bringen sollte. Zwischen dem Hafen und der Bucht, in der Jojo sie abgesetzt hatte, stieg meine Mutter aus. *Bis zum Hafen über die Dünen …*«

»Deine Mutter saß nicht in diesem Taxi«, sagte Gwenn, »sonst wäre sie wie der Fahrer auf dem Felsen zerschellt.«

»Ich glaube, dass sie das Taxi kurz vorher verlassen hatte.«

»Und bis zum Hafen zu Fuß gelaufen ist.«

»Möglich, aber es kann genauso gut ein Zufall sein, und deine Mutter hat ein anderes Taxi genommen.«

»Weiß man, wer das Taxi als Letzter bestellt hat?«

»Nein, davon stand nichts in den Akten.«

»Archiviert wurde der Unfall als nicht geklärtes Tötungsdelikt.«

»Weil es da Zeugenaussagen gab von einem weiteren Fahrzeug. Vom Ergebnis dasselbe, weil weitere Recherchen im Sande verliefen.«

»Und der Untergang der Liberty?«

»Es gab keine offizielle Untersuchung.«

»Ein Mensch starb dabei, und es gab keine Untersuchung?«

»Die Gendarmerie ging von einem Unfall aus.«

»Die Liberty wurde nie gefunden.«

»Und auch die Leiche deiner Mutter nicht.«

»Und die Leiche Jojos?«

»Sein Name taucht nirgendwo auf.«

»Gab es keine Suche?«

»Im Bericht der Gendarmerie steht, dass die Liberty im Sturm wahrscheinlich die Orientierung verloren hat und etwa zehn Kilometer vor der Küste gesunken ist. Aufgenommen hatte den Unfall ...« Gwenn unterbrach kurz und biss sich auf die Unterlippe. » ... mein Vater. Er gab an, dass die Liberty bei Sturm ausgelaufen sei. Nachdem die Liberty nirgends gesichtet wurde und keinen Hafen angelaufen hatte, galt sie als verschollen. Aufgrund der Umstände ihres Verschwindens wurde Abi zwei Jahre später für tot erklärt.«

»Drei Jahre nach ihrem Tod«, sagte Yann, »ließ mein Vater einen leeren Sarg beerdigen und einen Grabstein mit ihrem Namen anfertigen. Als Kind hatte ich nie verstanden, warum er einen Grabstein aufstellen ließ, wenn meine Mutter doch im Meer ertrunken ist.«

»Er wollte einfach einen Ort für ihren Tod.«

»Das Meer ist ihr Grab.«

»Das Meer ist einfach zu groß, um ein Ort zu sein, an dem man trauern kann.«

»Mein Vater hat mir nie gesagt, warum er mit mir zweimal im Jahr zu dem leeren Grab mit Mutters Namen ging, um dort Blumen niederzulegen, die der Wind schon am nächsten Tag ins Meer geweht hatte. Ebenso gut hätte er die Blumen gleich ins Meer werfen können.«

»Und da gibt es noch etwas«, sagte Gwenn und zog ihr Handy raus. »Als der Gendarm im Archiv etwas über den Bootsunfall vor der Insel suchte, stieß er auf einen anderen Unfall.«

»Den Tod von Rykels Eltern.«

»Die in ihrer Sauna im Garten gar gekocht wurden. Der Mann in Rennes meinte, ich solle doch mit dem Bürgermeister sprechen, weil dieser den Unfallbericht erstellt habe.«

»Und mein Vater hatte für sie den Totenschein ausgestellt.«

»Über den Schriftsteller habe ich nichts gefunden. Es gibt keinen Monsieur Jojo, keine Steuernummer, kein verlegtes Buch, keinen Stromvertrag beim EDF, keinen Eintrag im Telefonbuch.«

Sie blickten sich gemeinsam um, als sie ein metallisches Geräusch hinter sich hörten. Rose war ihnen gefolgt und machte sich an der Kette zu schaffen, mit der sie die Stühle und Tische festgezurrt hatte. Sie stand nur zwei Meter entfernt. Vielleicht hatte der Wind jedes Wort zwischen dem Klappern der Masten und der Brandung verweht. Als Rose bemerkte, dass Gwenn sich umgedreht hatte, verschwand sie wieder in der Tür.

»Auf den Passagierlisten gab es die Pendler unter den Bewohnern der Insel. Sie standen zweimal am Tag auf den Listen. Einige blieben ein paar Tage auf dem Festland und kamen dann wieder. Dann sind da die Touristen, die morgens kamen und mit der letzten Fähre wieder aufs Festland fuhren. Andere verbrachten ein paar Tage auf der Insel. Im Rathaus wollte ich die alten Gästelisten der Insel sehen, doch mein Vater meinte, die Listen seien beim letzten großen Sturm zerstört worden. Jemand in Rennes kam dann auf die Idee, die Steuerbehörde anzurufen. Die Insel erhebt wie alle touristischen Orte eine Kurtaxe. Diese ist wie alles in Frankreich zentral erfasst. Und mit den Steuerdaten fand der Gendarm in Rennes auch die Gästelisten. Er hat die Passagierlisten mit den Gästelisten der Insel abgeglichen. Wer wieder zurückfuhr, tauchte nicht in den Gästelisten auf, doch ein Name stand auf der Passagierliste, der nicht wieder zurückfuhr an diesem Tag. Er musste sich auf der Insel eingemietet haben.«

Sie fuhr mit dem Daumen über ihr Handy. Eine Bilddatei eines gescannten Dokuments.

»Vincent Tournier, Geburtsdatum 10.10.59, Personalausweisnummer 7503341588.«

»Nie gehört.«

»Er ist einen Tag vor dem Verschwinden der Liberty auf die Insel gekommen. Sein Name steht auf der Passagierliste. Ein Touristenticket. Doch er fuhr nicht zurück, und er steht nicht auf der Gästeliste der Insel. Er kam mit der Fähre, danach verliert sich jede Spur von ihm.«

»Vielleicht ein Selbstmörder?«

»Möglich«, antwortete Gwenn, »aber es gab auch keine Vermisstenanzeige und keine Untersuchung der Gendarmerie. Niemand vermisste Vincent Tournier.«

»Entweder fiel er von der Fähre, oder man hatte vergessen, ihn in die Gästeliste einzutragen.«

»Dachte ich mir auch. Doch alle anderen Gäste, insgesamt vier, waren am Tag zuvor eingetragen. Alle anderen Passagiere auf der Fähre, pendelten zwischen dem Festland und der Insel. Bis auf Vincent Tournier.«

»Wer ist dieser Vincent Tournier? Es gibt doch eine Passnummer.«

»Vincent Tournier ist ein Geist«, sagte Gwenn. »Er sprang weder von der Fähre, noch konnte er auf der Gästeliste auftauchen. Sein Name konnte auch nicht auf der Passagierliste stehen, es sei denn, man glaubt daran, dass Tote noch reisen.«

»Warum Tote?«

»Vincent Tournier starb drei Jahre bevor die Liberty versank in der Klinik in Audierne an den Folgen einer Krebserkrankung.«

Yann ließ es sich nicht anmerken. Er hatte das Gefühl, dass sich in den jodhaltigen Geruch der Seeluft noch ein anderer, fauliger Geruch mischte. Vor seinen Augen sah er den verwesten Leichnam seines Vaters in der Kirche. Von ihm würde er keine Antwort mehr bekommen.

»Mein Vater arbeitete in der Klinik in Audierne.«

»Und er war der behandelnde Arzt von Vincent Tournier«, sagte Gwenn, »ich habe es überprüfen lassen.«

»Wer aber kam dann unter dem falschen Namen auf die Insel?«

Zwei hohe Wellen schlugen gegen die Wellenbrecher vor dem Hafen. Ein weißes Ungetüm aus Schaum und grünem Wasser peitschte über die Segelyachten und Fischerboote. Der Sturm nahm Fahrt auf. Der Himmel hatte sich dunkelgrau violett gefärbt.

»Jojo war unter dem Namen Tournier auf die Insel gekommen.«

»Was mit der Liberty geschah«, sagte Yann, »war kein Unfall.«

»Und Monsieur Jojo war auch nicht nur Rykels Verlobter.«

Das Donvor hatte sich zur Krisenzentrale umgewandelt. In der Mitte stand ein Tisch, darauf eine Karte der Insel. Roland Peronac und zwei andere Männer beugten sich über die Karte. Dantec war zurück von seinem

Kutter. Gwenn zog die Kapuze aus und ging direkt auf ihren Vater zu. Jacques saß am Fenster. Dantec hob den Kopf, als er Gwenn durch den Raum schreiten sah. Der Mann, der noch nie auf dem Festland gewohnt hatte, stand auf, als wäre Gwenn eine Heilige, die plötzlich in der Mitte des Raumes erschien. Das Licht flackerte. Rose stellte Kerzen und Gaslampen bereit. Yann beobachtete, wie Gwenn mit ihrem Vater sprach. Der Bürgermeister drehte sich von der Karte weg und trat vor seine Tochter. Er überragte sie. Gwenn machte einen Schritt zurück.

»In zwei oder drei Stunden erwischt uns der Sturm«, sagte Peronac, »mir ist scheißegal, was vor dreißig Jahren war.«

»Sag mir nur, ob die Gendarmerie dich verständigt hatte. Ich bekomme das auch so raus.«

»Sie haben mich angerufen.«

»Du solltest nach Abigale Schneider sehen, die den Polizeinotruf in dieser Nacht gewählt hatte. Sie war in Gefahr.«

»Abi war nicht in Gefahr«, antwortete ihr Vater, »sie hatte ein schlechtes Gewissen.«

»Und von einem Jojo oder Tournier weißt du auch nichts.«

»Ich habe keine Zeit und Lust, deine idiotischen Fragen zu beantworten.«

»Ich kann dich auch festnehmen.«

»Du willst mich was? Festnehmen?« Peronac lachte laut. »Meine Tochter will mich festnehmen.« Die Männer um den Tisch lachten. Nur Rose und Dantec lachten nicht.

»Du hast den Tod von Rykels Eltern verschleiert, und du hast in der Nacht, als Abi Hilfe brauchte, nichts gemacht.«

»Du redest wirres Zeugs, und jetzt habe ich zu arbeiten.«

»Du hast Mutter seit Jahren eingesperrt, weil sie von deiner heimlichen Liebe zu Rykel wusste.«

»Hör jetzt auf. Schafft sie hier raus.«

Ein kräftiger Mann, den Gwenn nicht kannte, dessen Gesicht von Salzwasser gegerbt war, griff sie am Arm und schob sie zum Ausgang. Dantec stellte sich ihm in den Weg, doch ein anderer kräftiger Arm hielt ihn zurück. Gwenn schien zunächst der Gewalt nachzugeben.

»Gendarmerie Nationale«, sagte sie, »nehmen Sie Ihre Finger weg.«

Der Mann griff fester zu, doch dann glitt sein Oberkörper in den leeren Raum, wo eben noch Gwenn gestanden hatte. Für den Bruchteil einer Sekunde schwebte er über der Hüfte Gwenns und krachte dann in die Stühle. Der verdutzte Ausdruck eines Mannes, der nicht wusste, ob seine Kraft ihn verlassen hatte, dann Wut. Unverständliche Worte kamen über seine Lippen, als er sich aufstemmte und auf Gwenn losging, diesmal jedoch mit dem Nasenbein gegen Gwenns Kniescheibe prallte. Ein hässliches Geräusch, dann sank der Mann zu Boden. Blut tropfte aus seiner Nase. Peronac sah seine Tochter an, als hätte sie ihn geschlagen.

»Ich bin nicht Mutter.«

Jacques kam ihnen entgegen und wollte Dantec einen Stuhl hinschieben, als Rose auf den Tresen schlug.

»Komm sofort hierher.«

Jacques wusste zunächst nicht, ob er gemeint war. Doch Rose blickte ihn unmissverständlich an. Sie hatte sein Boot verkauft, um das Donvor zu renovieren, sie verfügte über ihr gemeinsames Bankkonto, das früher auch seines war, nun ganz alleine. Er bekam Taschengeld wie ein Kind, sie ließ ihn vor dem Fernseher sitzen, und er durfte so viel Bier trinken, wie er wollte. Für einen Augenblick kam Jacques der Zweifel, ob das Liebe war, was ihn all die Jahre mit Rose zusammengehalten hatte? Liebte sie ihn, oder gab es für den wahren Grund ihrer Beziehung gar kein Wort? Sein Boot war jahrzehntelang das Einzige, was für ihn zählte. Das Boot und das Meer. An Land gab es nur Rose. Das Boot war weg, jetzt war er nur noch an Land, und an Land herrschte Rose. Er senkte den Kopf und ging zu ihr hinter den Tresen. Der Mann, der Dantec zurückgehalten hatte, half dem Verletzten auf die Beine. Niemand sprach. Gwenn, Yann und Dantec verließen das Donvor.

Vor dem Donvor erwarteten sie Regen und Wind. Jetzt kam auch noch die Dunkelheit dazu.

»Meine Mutter wusste, dass jemand sie töten wollte.«

»Beweisen werden wir das wohl nie können«, sagte Gwenn. »Der Einzige, der uns mehr darüber hätte sagen können, liegt in einem Sarg in der Kirche.«

»Es gibt noch einen Zeugen«, sagte Dantec plötzlich, »aber wir müssen uns beeilen. Wir müssen uns in Sicherheit bringen.«

Yann und Dantec gingen zum Hafen. Sie verabredeten sich an dem Steg, an dem vor Jahren die Liberty lag. Gwenn eilte zur Küstenwache. Was sie befürchtet hatte, war eingetroffen. Kein Boot und kein Hubschrauber konnten sie von der Insel holen. Der Sturm hatte an Kraft zugenommen. Graue Wolken hatten sich spiralförmig über der Insel aufgetürmt. Die Insel hatte nichts mehr mit dem sonnigen Ort zu tun, an dem sie ihre Kindheit verbracht hatte. Die Felsen, in deren zerfurchten grauschwarzen Armen sonst Vögel brüteten und das freche Gelächter von Möwen zu hören war, schienen in der Brandung zu wanken. Es gibt keine Welt jenseits dieser Felsen, dachte Gwenn, nur den Tod.

Sie taumelte gegen den Wind, der ihr die Füße wegzog. Sie stolperte einige Male, als eine Bö sie aus dem

Gleichgewicht brachte. Sie duckte sich so weit nach unten, wie sie konnte, um dem Wind wenig Angriffsfläche zu bieten. Die Fensterläden ihres Elternhauses waren geschlossen. Ihr Vater hatte sie von außen vernagelt. Die Eingangstür war nicht zugesperrt. Sie rief den Namen ihrer Mutter. Nur das Echo ihrer eigenen Stimme war der einzige Bewohner, der antworten wollte. Der Geruch von Fäkalien und verfaultem Essen wurde stärker, je weiter sie sich dem Zimmer näherte, in dem ihre Mutter lebte. Ob sie dazu leben sagen konnte oder ob sie noch einen anderen Ausdruck dafür finden musste, das wusste sie noch nicht. Als sie in dem leeren Zimmer stand, in dem sie noch vor einer Stunde mit ihrer Mutter gesprochen hatte, wusste sie nur eines: Sie musste sie aus diesem Haus holen. Selbst eingesperrte Tiere hielt man nicht so. Vielleicht war sie schon von der Küstenwache geholt worden? Vielleicht hatte sie ihr Vater in Sicherheit gebracht? Gwenn wollte gerade das Zimmer verlassen, als ihr Vater in der Tür stand.

»Was willst du noch hier?«

»Ich hole Mutter.«

»Du hast dich bisher nicht um sie gekümmert, warum jetzt?«

»Ich bringe Mama von hier weg, weil du dich nicht um sie kümmerst.«

»Was weißt du schon, was deine Mutter braucht.«

»Es fehlt nur noch, dass du sie ankettest.«

»Das Beste für deine Mutter wäre, sie könnte sterben.«

»Damit sie Platz für eine andere macht?«

»Pass auf, was du sagst.«

»Sobald ich wieder auf dem Festland bin, werde ich den Tod von Rykels Eltern neu aufrollen. Ich weiß, dass du die Untersuchung der genauen Umstände dieses Unfalls verhindert hast.«

»Glaubst du, irgendjemand interessiert sich noch für einen Fall, der dreißig Jahre her ist?«

»Es gibt inzwischen ganz neue Methoden. Die Kriminalistik ist weit fortgeschritten. Die Gendarmerie wird die ganze Insel auf den Kopf stellen, um nach Beweisen zu suchen. Und den Untergang der Liberty.«

»Du verrennst dich da in Hirngespinste.«

»Die Liberty gehörte dir. Sie war nicht mehr seetauglich. Bei normaler Fahrt lief sie voll wie eine löchrige Gießkanne.«

»Ich habe sie verkauft. Die Liberty war nicht mein Problem.«

»Du hast sie an Rykel verkauft, und sie hat sie nicht im Trockendock gehabt, sondern sie lag im Hafen.«

»Da musst du dich an Rykel wenden.«

»Du hast ihr ein seeuntüchtiges Schiff verkauft, das kurze Zeit später gesunken ist.«

»Im Sturm, und was genau da draußen passiert ist, weiß kein Mensch.«

»Ich werde jeden Stein umdrehen, um herauszufinden, was damals passiert ist. Du hast nie aufgehört, sie zu lieben, stimmt's? Mutter hat es mir gesagt.«

»Das geht dich nichts an.«

»Wo ist Mutter?«

»Sie schläft.«

»Ich geh sie wecken.«

»Das wirst du nicht tun.«

»Ich werde sie wecken und von hier wegbringen.«

Gwenn wollte sich an ihrem Vater vorbeischieben, doch er blockierte die Tür mit seinem massigen Körper.

»Lass mich einfach durch. Ich habe keine Lust und keine Zeit für deine Spielchen.«

»Du glaubst, du kannst einfach mit deinem Gendarmeriescheiß hier auftauchen und hier Polizei spielen.«

»Geh mir aus dem Weg.«

Ihr Vater trat kurz zur Seite. Gwenn war schon im Flur, als ihr die Füße wegsackten. Den Schlag auf den Kopf sollte sie erst einige Minuten später spüren, als sie wieder zu sich kam. Sie erinnerte sich an ihren Vater, wie er in der Tür stand und sie an ihm vorbeiging. Hatte er sie tatsächlich niedergeschlagen? Sie fasste sich an ihren Hinterkopf. An einer Stelle klebten ihre Haare zusammen. Sie erkannte den Stuhl ihrer Mutter. Gwenn rüttelte am Türgriff. Die Tür war verschlossen. Sie suchte nach ihrem Handy. Ihre Innentasche war leer, und noch etwas fehlte: ihre Dienstwaffe.

Yann wählte Gwenns Nummer. So lange konnte es nicht dauern, bis sie ihre Mutter geholt hatte. Dantec machte sich schon auf seinem Boot zu schaffen. Er zurrte einige Kisten fest und sprang mit einem Satz wieder auf den Steg.

»Ich weiß nicht, wie stark der Sturm noch wird, aber wenn wir wegwollen, dann müssen wir jetzt los.«

»Sie meldet sich nicht«, sagte Yann.

»Ich kenne die Frau des Bürgermeisters«, sagte Dantec, »sie war früher eine nette Frau. Aber sie ist nicht ganz richtig. Im Kopf stimmt es nicht mehr. Peronac sperrt sie ein, weil sie sonst von den Klippen springen würde. Das sagt jedenfalls Peronac.«

»Er kann sie doch nicht einsperren.«

»Besser er passt auf sie auf als irgendwelche Pfleger in einer Anstalt, sagte er mal. Bis dass der Tod uns scheidet.«

»Ich wusste gar nicht, dass Gwenns Vater gläubig ist.«

»Ist er auch nicht. Wie keiner auf der Insel. Die gehen nur in die Kirche, weil sie es schon immer gemacht haben, und der Bürgermeister geht dorthin, weil alle glauben, dass er an einen Allmächtigen glaubt.«

Yann griff nach seinem Handy. Eine Textnachricht von Gwenn.

Bleibe auf der Insel bei meiner Mutter. Fahrt ohne mich.

Warum hatte sie plötzlich ihre Meinung geändert? Aus einiger Entfernung sah er den Bürgermeister in seiner hellblauen Regenjacke. Er hatte kurz zu ihnen herübergesehen, machte dann kehrt und verschwand in einer Gasse. Der Sturm peitschte die Wellen mit Wucht über die Betonmauer vor dem Hafen. Dantec rief ihm etwas zu, doch er verstand nur Wortfetzen. Yann sprang zu ihm aufs Boot.

»Nach unten«, konnte Yann verstehen und folgte Dantec unter Deck.

»Ich weiß nicht, ob wir noch wegkommen. Da draußen sind Wellen über acht oder neun Meter hoch. Obwohl die La Belle gute Fahrt macht, weiß ich nicht, ob wir unbeschadet an den Riffen vorbeikommen.«

»Warum hat Gwenn mich nicht angerufen?«

»Vielleicht ist sie bei ihrer Mutter und kann nicht reden.«

»Sie haben gesagt, es gibt noch einen anderen Zeugen, der weiß, was sich damals in der Nacht abgespielt hat, als meine Mutter verschwand.«

»Gibt es.«

»Und die Liberty«, sagte Yann, »lag damals neben der La Belle im Hafen?«

Dantec schaute ihn an, dann nickte er.

»Die Liberty war ein löchriger Schrotthaufen. Sie hätte gar nicht ins Wasser gehört. Aber wenn die Genehmigung der Bürgermeister ausstellt.«

Ein Windstoß ließ das Schiff schwanken. Das Licht im Hafen flackerte und fiel dann ganz aus.

»Der Strom fällt aus«, sagte Dantec und nahm die Abdeckung einer Öllampe ab, »das wird eine lange Nacht.«

»Sie haben gesehen, wie die Liberty damals auslief«, sagte Yann und verfolgte, wie der alte Mann ruhig den Docht einer Öllampe nach oben drehte. Er zündete sie an und stülpte das Glas vorsichtig über den Docht.

»Die Liberty lag in der Nacht neben meinem Boot.«

»Dreißig Jahre haben Sie geschwiegen?«

»Für die Gendarmerie war der Fall abgeschlossen. Es gab keine Beweise.«

»Und Sie ließen es zu?«

»Was hätte ich machen sollen? Ich verstand es erst, als die Liberty in dieser Nacht auslief und ich diesen Fremden am Steuer sah.«

»Sie wären der Einzige gewesen, der meine Mutter hätte retten können.«

»Ich konnte nichts mehr für sie tun.«

Die Gitterstäbe am Fenster waren unbeweglich. Es war das einzige Fenster im Erdgeschoss, das zur Straße ging. Auf der anderen Seite der Straße befand sich bereits das Felsplateau, auf dem sich nur hartnäckig Flechten und einige Gräser hielten. In lauen Nächten konnte sie das Rauschen der Gräser hören. Der Sturm schrie jedoch alles nieder. Durch das offene Fenster peitschte der Wind Regenschauer. Sie rüttelte wieder an der Türklinke. Ihr Vater musste die Tür verstärkt haben, als er sich entschlossen hatte, ihre Mutter hier unterzubringen. Sie hatte nie bemerkt, dass ihre Mutter das Dasein einer Gefangenen hatte. Sie glänzte allerdings auch nicht durch häufige Besuche. Und wenn sie kam, dann rief sie vorher an. Dann saß ihre Mutter schön aufgeräumt am Tisch, und ihr Vater servierte Kekse und Kaffee. Wie viel Tage und Nächte verbrachte ihre Mutter hinter dieser Tür? Hatte sie versucht, ihrem Gefängnis zu entkommen? Gwenn kippte den Lichtschalter nach unten, doch es blieb dunkel. Erst jetzt bemerkte sie, dass die Straßenlaterne ebenfalls nicht brannte, und von den Nachbarhäusern war ebenfalls kein Lichtschein zu sehen. Auf der ganzen Insel gab es keinen Strom mehr. Nur der Leuchtturm durchbrach die Dunkelheit.

Gwenn tastete das Schloss ab. Ein grobes Türschloss. Im Fernsehen wussten Polizisten immer, wie man Türen öffnet, als ob das zur Grundausbildung eines jeden Polizisten gehörte. Sie hatte mehr mit Gesetzestexten und Dienstvorschriften zu tun als mit handwerklichen Fähigkeiten. Wenn ein Polizist wusste, wie man Türen aufbrach, dann weil er es von verhafteten Einbrechern gelernt hatte. Sie fasste sich an die schmerzende Stelle ihres Hinterkopfes. Womit hatte ihr Vater sie niedergeschlagen? Und vor allem warum schlug er seine eigene Tochter nieder? Weil sie ihm gedroht hatte, den Tod von Rykels Eltern und den Untergang der Liberty neu aufzurollen? Gwenn war nicht einmal sicher, ob es genügend Indizien gab, die den Untersuchungsrichter dazu bewegen könnten, eine Untersuchung einzuleiten. Letztendlich war ihr Vater nicht verantwortlich dafür, dass er Rykel ein nicht schwimmfähiges Wrack verkauft hatte. Schließlich hatte er es ihr nicht verschwiegen. Jeder auf der Insel wusste, dass die Liberty ein Wrack war. Sie stand jahrelang im Garten. Wind und Wetter hatten Risse in den Rumpf gefressen. Auf der anderen Seite war es auch nicht verwunderlich, dass ihr Vater den Unfall von Rykels Eltern untersuchte. Vielleicht fand er wirklich nichts Auffälliges daran, und vielleicht war es einfach nur Zufall, dass Yanns Mutter mit der Liberty rausfuhr, bei Sturm, mit einem Wrack von Schiff. Zufall oder nicht, ihr Vater hatte ihr eine Beule und eine üble Kopfwunde verpasst. Dafür brauchte er erst einmal eine gute Erklärung. Sie wühlte im Kleiderschrank ihrer Mutter und tastete nach brauchbaren Gegenständen. Sie wusste nicht, wonach sie suchte, bis sie es in der Hand hielt. Nie hatte sie sich über einen Kleiderbügel so gefreut. Sie bog den Metalldraht so, dass er einem Schlüssel ähnelte. Nach ein oder zwei Versuchen passte der gekrümmte Draht in das Schloss. Sie drehte ihn hin und her, bis sie auf Widerstand stieß.

Der Draht rutschte einige Male ab, doch dann verhakte er sich, und mit einer weiteren Drehung setzte sich der unsichtbare Mechanismus der Tür in Gang, und das Schloss sprang auf. Sie stolperte über einen Gegenstand. Er war schwer und fühlte sich an wie der Briefbeschwerer, der schon früher auf der Kommode neben dem Telefon gestanden hatte. Ein grüner Stein, in der Form eines Engels, der die Zettel hütete, damit ein Windstoß sie nicht durchs Haus blies. Sie sah diesen grünen Steinengel, wie er ihre ganze Kindheit überstanden hatte, ohne sich auch nur im Geringsten zu verändern, und jetzt klebte ihr Blut daran. Sie stellte den Steinengel wieder auf die Kommode, wo er hingehörte. Dort lag auch der Schlüssel zu dem Zimmer, in dem sie eingesperrt war. Sie wollte nach ihrer Mutter rufen, dann dachte sie, dass es besser wäre, möglichst keine Geräusche zu machen. »Dein Vater hat dich bewusstlos geschlagen«, flüsterte sie und wiederholte es, um es glauben zu können. Vorsichtig stieg sie die Treppen nach oben. Dort war das Schlafzimmer ihrer Eltern, als ihre Mutter noch nicht nachts aus dem Haus gelaufen war, um dann, halb im Schlaf hängend, über die Felsen zu balancieren. Das Badezimmer war leer. Daneben war das Büro ihres Vaters, das zur Abstellkammer verkommen war. Die Tür zum Schlafzimmer war geschlossen. Sie drückte vorsichtig die Klinke herunter. Zunächst nahm sie nur die Konturen des Bettes wahr und dann die Kontur einer Gestalt, die regungslos auf dem weißen Laken lag. Gwenn näherte sich zitternd dem Bett und nahm die Hand ihrer Mutter in ihre. Sie war eiskalt. Die Hand einer Toten. Gwenn zuckte zurück. Der Mund ihrer Mutter war weit offen. Neben ihr lag ein Kissen. Selbst in dem diffusen Licht, das der batteriebetriebene Wecker im Zimmer verbreitete, konnte Gwenn die Druckstellen am Hals erkennen. Jemand hatte sie erwürgt und ihr dabei das Kissen aufs Gesicht gedrückt. Bis dass der Tod euch scheidet. Es wäre besser für ihn und für sie, wenn sie sterben könnte. Ihr Vater hatte ihr beim Sterben geholfen. So sah er das. Für Gwenn war es einfach nur Mord. Sie strich über die kalte Stirn ihrer Mutter. Sie küsste sie, dann rannte sie, ohne auf die Stufen zu achten, nach unten. Instinktiv erinnerten sich ihre Füße an jede Stufe, an die Längen der Treppenabsätze, an die Zahl der Stufen, an die letzte schräge Stufe, die kürzer war als die anderen. Dann stand sie plötzlich im Regen und hörte sich selbst schreien. Der Sturm schluckte ihre Stimme, als wäre sie unter Wasser.

Kapitel 4

Was war der Unterschied zwischen einem Menschen, der tot ist, und einem Menschen, der sich nicht erinnert, ob er lebt? Yann blickte auf die Öllampe an der Decke, die heftig hin und her wankte. Hatte seine Mutter vergessen, dass sie lebte? Konnte man überhaupt vergessen, dass man lebte? Konnten Tote sich an ihr Leben erinnern? Wer weiß überhaupt, was Erinnerungen sind und ob sie nur einem Menschen gehörten. Wenn sie im Universum nur treibende Wellen waren, ein energetisches Feld, in dem man sich zeitweilig bewegte, und die einem nie gehörten? Was geschah mit seiner Mutter auf der Liberty? Was hatte dieser Jojo mit ihr gemacht? Die Liberty war an diesem Abend ausgelaufen. Die Wellen waren damals auch schon meterhoch und mussten wie heute gegen die Betonmauern geschlagen haben. Kein Mensch fuhr bei diesem Wetter noch aufs Meer. Nur seine Mutter.

»Was ist damals geschehen?«, fragte er Dantec, der lose Gegenstände in Schubfächern verstaute und sie verschloss. Er blickte auf, als von draußen ein Geräusch zu hören war. Entweder hatte der Sturm eine Boje von einem anderen Schiff abgerissen und gegen die Rumpfwand geschleudert, oder da draußen war etwas anderes.

Yann zog die Kajütentür auf. Ein Schwall Wasser presste herein, und dann fiel etwas Schweres auf ihn. Yann wich zurück und hielt sich am Feuerlöscher fest. Gwenn lag auf ihm, als wäre sie direkt mit dem Regen vom Himmel gestürzt.

»Der halbe Hafen«, sagte Gwenn außer Atem, »steht unter Wasser.«

»Wo warst du?«

»Zu Hause.«

»Jetzt ist es zu spät, um aufs Festland zu fahren. Die Brandung ist zu stark. Dafür ist die La Belle nicht ausgelegt. Eine größere Welle, die uns von der Seite erwischt, und wir wären erledigt.«

»Wir könnten es versuchen?«

Dantec schüttelte den Kopf.

»Das wäre Selbstmord. Wellen sind nicht gleichmäßig, außerdem haben wir noch eine starke Springflut. Mond und Sonne stehen in einer Linie, sodass die Gezeiten viel stärker wirken, und dann ist da noch der Sturm.«

»Wir müssen hier weg«, sagte Gwenn. »Meine Mutter … Sie ist … Mein Vater hat den Verstand verloren.«

»Peronac hat nicht den Verstand verloren«, erwiderte Dantec ganz ohne Aufregung, als gäbe er die Antwort auf eine mathematische Gleichung.

»Meine Mutter ist tot, erstickt. Mein Vater hat es getan. Ich habe sie gefunden. Sie lag einfach nur da auf dem Laken mit dem Blümchenmuster, das sie wahrscheinlich noch ausgesucht hatte. Mein Vater hat sie erwürgt.«

»Was ist mit deinem Kopf«, fragte Yann. »Du blutest.«

Bei Licht sah die Verletzung schlimmer aus. Der Regen hatte die Wunde ausgewaschen und Blut über ihren ganzen Hals und Nacken verteilt.

Das ganze Schiff kippte kurz zur Seite und schlug gegen den Steg. Kurz darauf schlug etwas von oben auf das Deck. Eine Öllampe schlug gegen die Wand, der Docht erlosch. Dantec nahm eine Taschenlampe und öffnete die Luke. Er sah kurz nach draußen und ging wieder unter Deck.

»Ihr hättet ohne mich losfahren sollen«, sagte Gwenn und trocknete sich Hals und Gesicht ab.

»Das wollten wir auch vor deiner Textnachricht.«

»Ich habe dir keine Nachricht geschrieben. Ich kann diese Dreiwortkommunikation nicht ausstehen.«

»Ich weiß, deshalb sind wir auch nicht ohne dich gefahren.«

»Gut, dass manche Marotten auch mal zu was nützlich sind.«

»Und wer hat die Nachricht dann geschrieben?«

Gwenn griff sich an ihren Kopf. »Der, der mir das hier verpasst hat. Er hat mein Handy und …«, sie verzerrte ihr Gesicht, als Yann ihr einen Verband um den Kopf anlegte, »… meine Dienstwaffe.«

Wieder ging ein Ruck durch das Boot.

»Was ist hier los«, sagte Yann und folgte Dantec, der schon draußen auf Deck war. Was er sah, konnte er zunächst nicht glauben. Die Hafenmauern waren alle überspült und ragten nur noch an einigen Stellen aus dem Wasser. Haushohe Brecher schlugen über die Schutzmauer, die nur noch einen halben Meter über dem Wasser war. Auch der Hafengeruch war verschwunden. So musste es riechen, wenn man auf stürmischem Meer trieb und nur noch Wasser zu sehen war.

»Ihr müsst aufs Festland«, sagte Dantec, »ihr müsst euch in Sicherheit bringen. Die Flut ist noch nicht einmal am höchsten. Beeilt euch.«

»Wir lassen Sie hier nicht alleine«, rief Yann dem alten Mann zu.

»Das Boot ist meine Heimat.«

»Die nützt Ihnen nicht viel, wenn Sie tot sind.« Yann streckte ihm seine Hand hin, doch Dantec schlug sie aus. Ein grüner Berg aus Wasser schob sich vom Meer heran, er rollte über den Wellenbrecher, den Quai, an dem die Fähre normalerweise anlegte, und war nur noch fünfzig Meter von ihnen entfernt. Der schäumende Berg glitt lautlos durch den Hafen. Er war höher als die Häuser im Hafen.

»Für einen Seemann gibt es nur eine Heimat. Hat man sie nicht mehr, dann geht man unter.« Jetzt sah auch Dantec den Wasserberg.

»Schnell unter Deck.«

Die Fischerboote und Segelyachten hoben sich und kletterten auf unheimliche Weise die Flanken des grünen Berges hinauf. Der Schaum auf dem Gipfel war jetzt deutlich zu sehen. Dantec zog die beiden nach unten und verschloss die Kajütentür.

»Festhalten«, rief Dantec, »betet, dass sie nicht über uns zusammenbricht, sonst bleibt von uns nicht mehr viel übrig.«

Gwenn klammerte sich an der Sitzbank fest, als die La Belle angehoben wurde. Die ganze Welt kippte plötzlich. Töpfe, Decken, eine angefangene Packung Toastbrot, Bücher, Klopapier, alles flog quer durch die Kajüte. Yann hielt sich wie Dantec an der Deckenverkleidung fest. Das Boot schien sich zu drehen und wäre wahrscheinlich umgekippt, wenn es seitlich den Hang hinaufgeklettert wäre. Durch das Fenster sah Yann die Häuser unter ihnen, die Laterne am Hafen. Sie waren jetzt genauso hoch wie der Hügel, auf dem die Kirche stand. Lichtfetzen und Taschenlampen tauchten zwischen den Häusern auf. Dann kippte das Innere des Bootes, als sie auf der anderen Seite hinunterglitten. Die Töpfe und Bücher, die gerade durch den Innenraum flogen, durchquerten den Raum in anderer Richtung. Ein paar Sekunden war nichts zu hören, dann brach die grüne Lawine aus Wasser über dem Hafen zusammen. Es hörte sich an, als bräche ein Berg zusammen. Es gab gar keine Steigerung der Zerstörung. Es war laut und nah. Dantec hantierte schnell. Er öffnete die Kabinentür, eilte ans Steuer und warf den Motor an. Yann sah, wie schäumendes Wasser aus den Gassen floss. Dichte Ströme aus schäumendem Wasser, Mülltonnen, die wie bunte Spielzeuge im Wasser tanzten, Teile, die zu Booten gehört hatten, und für einen Moment glaubte er ein Gesicht zu sehen, das kurz aus dem Schaum auftauchte, die Stirnlampe funktionierte noch, als der Tote ins Hafenbecken gezogen wurde. Einer der Sturmtouristen, der wahrscheinlich das beste und letzte Foto seines Lebens geschossen hatte.

»Geht an Land«, rief ihnen Dantec zu, »ich bringe das Boot in eine Bucht an der Nordspitze. Die ist nur bei hohem Tidenstand befahrbar. Wenn ich es schaffe, das Boot dort festzumachen, dann überstehen ich und La Belle den Sturm.«

Gwenn suchte vergeblich den Steg. Einige Segelyachten lagen kreuz und quer auf der Hafenpromenade und sahen aus wie sterbende Wale, die es von Zeit zu Zeit anschwemmte.

»Ich bringe euch zur Anlegestelle. Den Steg gibt es nicht mehr. Wir haben ein wenig Zeit, statistisch gesehen. Jede zwölfte Welle ist höher. Die schaukeln sich auf und schieben sich übereinander. Und wenn mehrere Wellen sich aufeinandertürmen und die Täler sich zu einem großen Loch addieren, dann bekommt ihr eine Monsterwelle. Das war noch gar nichts. Wenn ein Kaventsmann kommt, dann gibt es kein Entkommen.«

Dantec steuerte das Boot durch die umgekippten Boote. Yachten trieben mit dem Rumpf nach oben im Hafenbecken. Eine mobile Toilette aus Plastik knallte gegen den Bug der La Belle. Dantec fluchte.

»In einer halben Minute springt ihr. Die Anlegestelle ist knapp unter Wasser. Passt auf, dass ihr nicht danebentretet, und beeilt euch. Weg vom Hafen. Versucht, die Kirche zu erreichen. Sie liegt am höchsten.«

Gwenn sprang zuerst. Dantec steuerte die La Belle knapp an der Anlegestelle entlang, ohne die Fahrt zu verlangsamen. Yann stieß sich ab. Er hatte den Eindruck, ins Wasser zu springen. Die Hafenanlagen waren bis auf die Laterne und die Begrenzungsleuchtfeuer nicht mehr zu sehen. Er kam auf die Beine. Gwenn kämpfte sich im kniehohen Wasser voran. Das schäumende Wasser ließ kaum erkennen, wo genau unter ihnen noch Boden war und wo das Hafenbecken begann. Yann wusste nur eines, wenn sie ins Wasser fielen, dann waren sie tot. Gwenn erreichte die Hafenpromenade zuerst. Yann fühlte, wie seine Lunge brannte. Wie ein alter Mann, dachte er sich. Das Wasser wurde niedriger. Die Hafenpromenade war nur knöcheltief überspült. Zu seinen Füßen trieb ein Schild – *Bretonische Spezialitäten.* Lucillas Geschäft hatte keine Fenster mehr, auch die Tür war aus den Angeln gerissen worden. Die Sandsäcke, die sie vor ihren Eingang gestapelt hatte, lagen verstreut in dem kleinen Verkaufsraum. Das Ganze sah aus wie eine Installation eines Künstlers, die Yann einmal in Paris gesehen hatte. Die Häuser am Hafen hatten am meisten abbekommen. Der Windschutz des Muschelrestaurants fehlte völlig. Einige Fensterläden hingen lose herunter, Türen fehlten, und in einem Fenster steckte der Rumpf einer Segelyacht. Gwenn wartete auf Yann, als sie den Hügel zur Kirche hochstiegen. Zwischen den Wellenkämmen glaubte Yann das grüne Positionslicht der La Belle zu erkennen.

Seine Mutter war auf der Liberty eingesperrt gewesen. Dantec sagte, er habe nichts mehr machen können. Doch vor dreißig Jahren war Dantec noch kräftiger, und er war auch niemand, der bei einem Verbrechen einfach tatenlos zugesehen hätte. Yann wusste nicht, was an der Geschichte nicht stimmte, er wusste nur, dass sie einfach nicht schlüssig war. Dantec hatte ihm etwas verschwiegen. Und sollte Dantec jetzt mit seinem Boot im Sturm sterben, dann würde er die Wahrheit nie erfahren.

Vor der Kirche waren Sandsäcke gestapelt. Aus dem Innern waren Stimmen zu hören. Der Schein von Taschenlampen. Gwenn klopfte an die Pforte. Niemand öffnete oder reagierte im Innern, bis Yann einen faustgroßen Stein nahm und mit ihm gegen die Tür schlug.

»Was ist?« Die unverkennbare Stimme des Bürgermeisters. Er gefiel sich in der Rolle des Chefs, der über Tod und Leben entschied.

»Der Hafen ist überschwemmt«, rief Gwenn, »mach die Tür auf.«

»Die Tür ist verbarrikadiert«, antwortete Peronac, »wenn ich sie öffne, dann gefährde ich das Leben aller Bewohner.«

»Mach die Tür auf«, schrie sie und hämmerte mit ihren Fäusten gegen die schwere Eichentür. Ihr Vater hatte wieder diesen offiziellen Ton, den sie kannte, wenn er von der Bretagne redete. Bei feierlichen Anlässen sah er sich dann immer als der verbliebene Rest einer Bewegung großer Helden, die seit Jahrhunderten diesen Flecken Erde verteidigten. Wir sind die Erben Nominoës, des Vaters der Bretagne, sagte er auf bretonischen Hochzeiten und hielt die bretonische Fahne hoch. Es geht um Höheres, um Fahnen, Kultur und um ihn selbst. Als sie das erste Mal in Uniform vor ihm stand, sagte ihr Vater kein Wort. Er bat sie nicht einmal herein, und wenn ihre Mutter nicht gewesen wäre, dann hätte ihr Vater mit ihr kein Wort mehr gesprochen. Doch ihr Vater würde es nicht wagen, sie bei diesem Sturm draußen stehen zu lassen.

»Es ist zu spät … hier ist kein Platz mehr.« Im Hintergrund hörte er das Gemurmel anderer Stimmen. Eine ältere Frau rief, dass er die Tür aufmachen solle. Doch niemand sonst war zu hören, auch nicht, als Gwenn sich die Fäuste an dem harten Holz blau schlug.

»Papa«, sagte Gwenn nun ruhiger, »mach auf.«

»Ich bin Bürgermeister ...«

»Papa, ich habe Mutter gefunden.«

Auf der anderen Seite herrschte plötzlich tiefes Schweigen. Vom Dach lief das Wasser in dichten Strömen herunter, überspülte die Regenrinnen und stürzte in Wasserfällen auf die Steintreppen. Gwenn presste sich gegen die Tür. Yann sprang zwischen zwei Sturzbächen in den Regen hinaus. Er hob einen Stein auf und warf ihn in die Richtung des großen Kirchenfensters. Der Stein durchschlug das Fenstergemälde. Drinnen wurden Stimmen lauter. Ein Windstoß hob Yann von den Beinen. Gwenn konnte sich nur mit Mühe an die Steinwand pressen. Hier konnten sie nicht bleiben. Sie mussten weiter. Das Pfarrhaus lag ein weniger tiefer. Sie nahmen die Abkürzung über den Friedhof. Die gewundenen Pfade waren aufgeweicht. Einige Grabsteine umgekippt. Steinplatten geborsten. Gräber hatten sich mit Wasser gefüllt und sahen aus wie Pferdetränken. Die Tür war nicht versperrt. Yann betrat als Erster das Haus. Es roch nach vergammeltem Fleisch und ungewaschener Kleidung. Sie fanden den Pfarrer in seinem Sessel. Er trug nicht die Robe, die er als Priester trug, sondern ein langes Gewand mit einem Kranz aus geflochtenen Disteln. Um seinen Sessel hatte er einen Kreis aus Steintürmchen gebaut. Manois hatte die Augen geschlossen, in seiner Hand eine leere Flasche Eau de Vie. Yann nahm die Flasche. Kein Etikett. Selbst gebrannt wie bei den Alchimisten im Mittelalter, als sie nach einem Elixier suchten, das ein langes Leben versprach. Zu einem langem Leben verhalf das Eau de Vie nicht, aber zumindest half es, die Kürze und die Endlichkeit des Lebens zu vergessen. Yann rüttelte den Pfarrer.

»Der Schnaps hat ihm die Lichter ausgeblasen«, sagte Gwenn und stieß mit dem Fuß gegen ein Steintürmchen. Manois riss die Augen auf und blickte zu seinen Füßen, wo eine Kettenreaktion ein Türmchen nach dem anderen umstürzen ließ. Er sprang auf und raufte sich die wenigen grauen Haare, die mehr aus seinen Ohren zu wachsen schienen als auf seinem Kopf.

»Was habt ihr getan? Ihr werdet alle sterben.«

»Wir müssen in die Kirche«, sagte Gwenn, »mein Vater hat sich dort eingesperrt.«

»Ich habe ihm gesagt, dort zu bleiben.«

»Gibt es noch einen Schlüssel?«

Manois schüttelte den Kopf. »Jetzt ist es auch egal. Keiner wird überleben, keiner auf dieser Insel.« Manois lachte und wankte zu einem Schrank und holte eine andere Flasche ohne Etikett heraus. »Ihr könnt gerne hier mit mir warten.«

»Auf was warten?«

»Bis er aus dem Meer steigt, der Kaventsmann.«

Gwenn war schon an der Türe, als Yann noch einmal zurückging und vier Steine zu einem Türmchen aufstellte.

»Ich habe Tage dafür gebraucht.«

»Jedes Türmchen hat eine Bedeutung.«

»Das sind keine Türmchen, sondern Säulen, Säulen, auf denen die Erde steht.«

»Wie die alten Druiden«, sagte Yann.

»Wir müssen hier weg«, unterbrach ihn Gwenn. Doch Yann stellte einen weiteren Stein auf den anderen. Sie wankten, hielten jedoch.

»Die Druiden kannten die Zusammenhänge zwischen Steinen, unbelebter Materie, belebter Materie und Geist. Alles ist eins. Alles kommt von der Erde, und die Erde kommt aus dem Universum.«

»Wozu die Türmchen?«

»Das sind Säulen wie das Land, das aus den Ozeanen sich hebt. Das Land steht auf Säulen. Alles, was lebt, steht auf Säulen. Solange die Welt auf Säulen steht, so lange fällt sie nicht ins Chaos zurück.«

»Und die Steine im Garten?«

»Säulen, auf denen die Insel ruht und Teile des Festlandes. Ich habe angefangen, neues Land zu gewinnen, aber das Chaos arbeitet ständig gegen jede Ordnung. Selbst der Mensch ist Teil des Chaos. Er ist ein untergehender Stern, er weiß es nur nicht.«

»Damals, als meine Mutter verschwand, in der Nacht.«

»Ich erinnere mich, als wäre es heute. Die Nacht war so kalt, dass die Holzbalken im Haus ächzten. Der Bürgermeister hatte einige Bewohner zusammengetrommelt, die nach ihr suchten. Er kam zu mir und sagte, Abi habe den Verstand verloren. Sie wollte sich ins Meer stürzen. Die Leute suchten sie mit Lampen und Fackeln. Es stürmte damals in der Nacht. Doch als sie sie fanden, da lief sie weg. Sie hatte Angst.«

»Vor wem?«

»Einige sagten, sie habe sich mit Mathieu gestritten, andere sahen, dass Mathieu sie nicht ins Haus gelassen hatte, obwohl draußen ein Unwetter tobte.«

»Warum hat ihr keiner geholfen?«

»Sie ist vor irgendetwas in dieser Nacht geflohen. Einige erzählten mir später, dass sie eine Affäre mit Rykels Verlobtem gehabt habe. Andere meinten, sie habe einfach mit einem Touristen geschlafen, der zufällig auf der Insel gewesen sei, andere behaupteten, dass Abi mit jedem männlichen Touristen geschlafen habe, der auf die Insel gekommen sei. Eine Nymphomanin, und dass Männer vom Festland nur wegen ihr gekommen seien. Die Frau des Arztes habe es mit zehn Männern gleichzeitig gemacht.«

»Was für ein Unsinn«, sagte Yann. »Die Leute reden und erfinden Geschichten, die sie selbst in ein angenehmes Licht rücken.«

»Die Leute reden zwar, aber an jeder Geschichte ist auch etwas Wahres.«

»Dass meine Mutter mit dem Verlobten Rykels durchbrennen wollte?«

»Sie wurde gesehen, am Hafen, am Strand …«

»Haben Sie diesen Mann jemals gesehen?«

»Gesehen nicht. Nur von ihm gehört.«

»Wer hat ihn gesehen?«

»Ich weiß es nicht.«

»Aber alle sind sich sicher, dass meine Mutter mit ihm etwas hatte.«

»Sie hat sich in ihn verliebt. Es soll Liebe auf den ersten Blick gewesen sein. So etwas soll es doch geben. Zwei Menschen begegnen sich, und ihre innere Chemie ist so miteinander verbunden, dass sie gar nicht anders können, als sich zu lieben.«

»Meine Mutter hatte eine Familie …«

»Wenn du wüsstest, was Menschen noch für weniger tun. Und die Liebe ist tausendmal stärker. Sie nimmt keine Rücksicht.«

Die Liebe ist das Schlimmste, was uns geschehen kann. Das musste Jojo zu seiner Mutter gesagt haben. Dieser Satz muss sie sehr aufgewühlt haben, sonst hätte sie ihn nicht aufgeschrieben. Wenn seine Mutter tatsächlich jemanden getroffen hatte, für den sie alles aufgeben würde? Wenn diese Liebe zu diesem Mann stärker war als die Liebe zu ihrem Kind und zu ihrem Mann? Seine

Mutter hatte Jojo kennengelernt, als sie sich mit Rykel verabredet hatte. Rykel kam nicht, und sie verbrachte den ersten Abend mit ihm alleine. Wenn die Eintragungen seiner Mutter stimmten, dann hatten sie im L'Or du Temps gegessen, das vor dreißig Jahren bereits eine Ruine war. Etwas passte hier nicht zusammen.

»Wer hat Ihnen davon erzählt?«

»Rykel. Sie brachte ihn auf die Insel.«

»Ist es nicht seltsam, dass ihn nie jemand gesehen hat außer Rykel? Und das auf einer Insel, die so klein ist, dass die Leute flüstern, um niemanden am anderen Ende des Dorfes aufzuwecken.«

»Deine Mutter hat sich entschieden«, sagte er und öffnete die Flasche mit einem Plopp.

»Das habe ich schon einmal gehört.«

»Zur Liebe muss man sich entscheiden.«

»Sagten Sie nicht, dass zwei Liebende, die füreinander bestimmt sind, gar nicht anders können, als sich zu lieben.«

»Sie können sich auch dagegen entscheiden. Zwingen kann sie keiner dazu. Und deine Mutter hat ihr nachgegeben.«

Liebe braucht Freiheit. Was genau geschah mit seiner Mutter, als sie diesen Jojo traf. Er schien genau der zu sein, von dem sie immer geträumt hatte, als hätte ihn ein Bildhauer nur für sie geformt. Dieser Bildhauer musste die geheimen Wünsche seiner Mutter kennen, besser als sie selbst. Doch wenn seine Mutter einem inneren Antrieb folgte, an welchem Punkt in ihrer Geschichte war sie noch frei? *Sie hatte sich entschieden.* Rykel hatte diesen Satz wie ein Verdikt ausgesprochen, und auch Manois, als könnte man der Liebe nachträglich noch eine Freiheit zugestehen, die sie in Wirklichkeit gar nicht hat. Für die Liebenden gab es nie Freiheit, nur für die anderen, die sie nicht verstanden. Der Zug, in dem seine Mutter und sein Vater gesessen hatten, fuhr noch immer. Sie hatten ihn in einem fahrenden Zug geboren, der durch die Nacht raste. Draußen flirrte eine Landschaft vorbei, von der es bedeutungslos war, ob sie existierte oder nicht. Es war nicht seine Landschaft, er war noch nie aus diesem Zug ausgestiegen, für ihn gab es kein Draußen. Seine Eltern waren nicht mehr da, nur noch der Zug. Ab und zu hatte der Zug gehalten, doch Yann war nie auf die Idee gekommen auszusteigen. Seine Mutter hatte es versucht, sie hatte ihn verlassen. An einem schlecht beleuchteten Bahnhof ohne Menschen. Dann hatte sie in die Dunkelheit geblickt. *Ankoù betreten.* Sie konnte aussteigen, doch es wartete nur der Tod auf sie. Yann war seit dreißig Jahren in einem Zug, dessen Ziel er nicht kannte und in den er nie gestiegen war. Es war Zeit, der Zug hatte die Fahrt verlangsamt. Aus der Dunkelheit tauchte ein Bahnhof auf. Auf einer Bank, unter gelblichem Licht, saß eine Frau und wartete. Gwenn. Letzter Aufruf … Zeit auszusteigen. Er nahm Gwenns Hand und drückte sie. Sie ließ es zu, und er spürte den Druck ihrer Finger. Yann zählte: einundzwanzig, zweiundzwanzig, doch nichts geschah. Er verschluckte sich nicht, stolperte nicht, brach sich keine Knochen.

»Meine Mutter hat sich nicht für Rykels Verlobten entschieden.«

»Das weiß keiner.«

»Sie hätte mich nicht zurückgelassen.«

»Die Liebe ist unerbittlich … Sie war nie etwas, was die Menschen glücklich gemacht hat. Ein billiger Trick der Natur, um sie zur Paarung zu treiben.«

»Priester predigen doch die Liebe.«

»Wir sind Erde von derselben Natur, derselbe Gott, der das alles geschaffen hat. Daher reden unsere Zungen nur die Wahrheit, die uns zusteht. Ich weiß nur, dass mit dem Fremden damals Ankoù auf die Insel kam.«

Gwenn nahm ihn am Arm. Im Sturm hatte sich draußen irgendetwas losgerissen und polterte durch den Garten.

»Wir müssen hier weg«, sagte Gwenn zu dem Priester, der sich noch ein Glas Eau de Vie nachschenkte.

»Für die Menschen hat jeder Weg ein Ende«, lallte er.

Gwenn zog die Tür auf. Der Wind presste sie wieder ins Haus. Sie stemmten sich gegen den Wind und zogen die Tür hinter sich zu. Der Sturm hatte den Garten des Priesters verwüstet. Ein Wellblech, das als Dach für den Hasenstall diente, war weggerissen und hatte sich um den einzigen Baum im Garten gewickelt. Die Krone der Eiche war zur Hälfte geborsten. Dicke Äste lagen verstreut über den Friedhof. In den Ställen kauerten verängstigt Hasen. Yann überlegte, ob er die Ställe nicht einfach öffnete, sodass sich die Hasen in Sicherheit bringen konnten. Doch wohin sollten sie laufen. Es gab keinen Ort auf der Insel, an dem sie sich verstecken konnten.

»Wir müssen es bis zum Leuchtturm schaffen.«

Sie zeigte auf ein Licht in einer Welt, die weder oben noch unten zu kennen schien. Durch das Fenster sah er Manois, wie er sich einschenkte und an seinen Steintürmchen arbeitete. Die Flut hatte inzwischen den gesamten Hafen überschwemmt. Wellen schlugen wild gegen die Hausmauern und rissen die Dächer weg. Das Meer schäumte und kam immer näher.

»In einer Stunde ist die Flut am höchsten«, sagte Gwenn, »dann ist die ganze Insel überschwemmt.«

Bei schönem Wetter waren es gerade zehn Minuten bis zum Leuchtturm. Doch der Sturm machte jeden Schritt nahezu unmöglich. Gwenn verlor mehrere Male das Gleichgewicht, und Böen trieben sie bis an den Rand der Felsen, über die die Brandung von allen Seiten schlug. Die letzte Passage vor dem Leuchtturm war schmal. In einiger Entfernung sah er sein Elternhaus. Eine Öllampe brannte im Erdgeschoss. Gwenn sah ihn an und schüttelte den Kopf, doch Yann musste es wissen, und Rykel war die Einzige, die wusste, was damals mit seiner Mutter geschah. Die Gischt der Brandung spritzte über das Hausdach und vermischte sich mit dem Regen. Yann erinnerte sich an die Sturmnächte, als der Sturm gegen sein Fenster hämmerte. Es hörte sich an, als rüttelte ein Riese an seinem Fensterladen. Das Meer schien in diesen Nächten viel näher, als stünde das Haus nicht auf festem Untergrund, als triebe das Haus wie ein Boot auf den tosenden Wellen. Er hatte Angst und ging zu seinem Vater ins Schlafzimmer.

»Angst vor dem kleinen Sturm? Du bist ein großer Junge. Verschwinde in dein Bett.«

Am nächsten Tag, als der Sturm sich gelegt hatte, sprach niemand mehr davon, dass Yann vor Angst schlotternd ins Bett seines Vaters kriechen wollte. Was in einer Sturmnacht geschieht, sagte sein Vater, darüber spricht man nicht bei gutem Wetter.

Die Vogelinsel und die Ruinen des L'Or du Temps waren nicht mehr zu sehen. Sie gingen unter in dem schäumenden Meer. Vor den Riffen glaubte Yann wieder Positionslichter eines Schiffes zu erkennen. Gwenn rief ihm etwas zu. Er konnte sie nicht hören. Sie zeigte auf den Leuchtturm. Yann begriff. Es war unmöglich, zum Leuchtturm zu kommen. Die See war zu rau. Sie würden an den Riffen zerschellen, oder sie würden erst gar nicht ihr Boot ins Wasser bringen.

Die Tür zu seinem Elternhaus war nicht verschlossen. Als sie die Tür hinter sich zuzogen, lief Yann durch die Dunkelheit des Flures, als wäre er wieder acht Jahre alt und als hätte er gerade seinen Schulranzen neben die Schuhablage geworfen. Das Wohnzimmer war von einer Öllampe erhellt. Ein warmes Licht, in dem die Vergangenheit zu Hause war. Rykel saß in dem Sessel, in dem sein Vater ihm immer Geschichten vorgelesen hatte. Die Armlehnen waren abgewetzt. Yann hatte das Gefühl, dass die Gegenstände wie der Sessel, der offene Kamin mit seiner uralten gusseisernen Platte, dem dicken Querbalken und die ausgetretenen Tomette-Fliesen die Zeit seiner Kindheit gespeichert hatten, so, wie Stein die Wärme des Mittags speicherte und sie am Abend langsam wieder abgab.

»Der verlorene Sohn«, sagte Rykel, ohne sich umzudrehen.

»Du wusstest, dass ich eines Tages zurückkommen werde.«

»Dein Vater ist tot, und du bist sicher nicht wegen der Beerdigung gekommen. Vielleicht sparen wir uns diesmal die Nettigkeiten, und du sagst mir einfach, warum du hier bist.«

»Wegen Vaters Beerdigung.«

Rykel lachte laute auf. Yann hatte das höhnische Lachen Rykels vergessen. Er fragte sich, was Männer an ihr so attraktiv fanden. Vielleicht war es genau ihr Lachen, das Männern so gefiel. Rykel lachte, als hätte sie es einstudiert, und zwar so, dass es perfekt klang und doch immer unpassend war. Dantec konnte nur noch Rykel gemeint haben, als er von einer letzten Zeugin sprach. Sie wusste, was damals in der Nacht geschehen war. Man hatte sie am Strand gesehen, wie sie mit einem Mann sprach, an den sich keiner erinnern konnte, wenige Stunden bevor seine Mutter auf die Liberty stieg. Sie stieg nicht alleine auf das Boot. Wollte sie tatsächlich mit Rykels Verlobtem durchbrennen? Yann konnte nicht glauben, dass seine Mutter einfach entschieden hatte, ihn mit seinem Vater auf der Insel zurückzulassen.

All die Jahre dachte Yann immer, dass Rykel nach dem Tod seiner Mutter einfach ihren Platz eingenommen hatte. Und es war sein Vater, der froh war, dass wieder eine Frau an seiner Seite war. Doch was war, wenn nicht Rykel den Platz seiner Mutter eingenommen hatte, sondern seine Mutter Rykels Platz? Wenn sein Vater immer mit Rykel zusammen sein wollte, wenn alles darauf ausgerichtet war, seine Mutter verschwinden zu lassen. Der Gedanke schien ihm so abstrus, dass er ihn gar nicht weiterdenken wollte. Doch es war die einzige Erklärung, warum Rykel so schnell einziehen und den Platz seiner Mutter einnehmen konnte.

»Wer war Jojo?« Die Frage traf Rykel wieder unvermittelt. Wie bei ihrer letzten Begegnung im Donvor verhärtete sich ihr Gesicht zu einer Gefängnismauer.

»Ich habe dir schon einmal gesagt: Lass die Vergangenheit hinter dir. Sie bringt nur Unglück.«

»Du brauchst mir ja nur zu antworten, dann lässt die Vergangenheit auch mich in Ruhe.«

»Jojo war mein Verlobter.«

»Er kam unter falschem Namen auf die Insel. Er war kein Schriftsteller. Wer war er?«

»Das ist alles schon sehr lange her.«

»Jojo, oder wer immer das war, hatte nie vor, sich von dir zu trennen«, sagte Yann.

»Wir können ihn nicht mehr fragen. Er war liebestoll.«

»Er hatte sich nie in meine Mutter verliebt, genauso wenig, wie du Jojo geliebt hast.«

»Was weißt du schon.«

»Denn ihr wart nie ein Paar.«

Rykel lachte wieder einstudiert und zeigte mit ihrem langen Arm auf ihn, als könnte sie ihn mit einer einzigen Fingerbewegung zum Schweigen bringen.

»Deine Mutter hatte sich entschieden. Sie wollte den Schriftsteller, und sie bekam ihn. Sie wollte immer einen Schriftsteller. Liebe ist das Einzige, was man nicht erzwingen kann. Man kann sich entscheiden, jemanden zu lieben. Oder man verliebt sich in einen Menschen und entscheidet dann, dass man nur diesen Menschen liebt. Abigale ist ihrem Traummann über den Weg gelaufen, und das war ihr Schicksal.«

… *hat sich entschieden.* Wie ein Gebetsritual kam ihm dieser Satz jetzt vor. Alles war Entscheidung, und wer entschieden hatte, der befreite die anderen von ihrer Schuld.

»Aber er war nie dein Verlobter, oder?«

»Es ist völlig gleichgültig, ob er mein Verlobter war oder der Kaiser von China. Deine Mutter wollte ihn, und sie hat ihn bekommen. Und dabei war es ihr auch egal, ob er mein Verlobter war oder nicht. Sie wollte ihn, und sie hat dich und deinen Vater dafür im Stich gelassen.«

Yann schüttelte ungläubig den Kopf.

»Du verdrehst dir die Wahrheit.«

»Die Wahrheit ist, dass deine Mutter sich in einen anderen Mann verliebt hat.«

»Du hast gewusst, wovon sie immer geträumt hatte. Und zufällig trifft sie dann einen Schriftsteller, der ganz zufällig dein Verlobter ist.«

»Hätte ich denn keinen Schriftsteller kennenlernen dürfen?«

»Es passt nur alles zu gut zusammen. Du lernst ihn kennen, bringst ihn auf die Insel, stellst ihn Mutter vor, du verabredest dich mit Mutter und kommst nicht. Dafür taucht ganz zufällig der Schriftsteller auf. Meine

Mutter und der Schriftsteller verbringen den Abend zusammen.«

»Niemand hat sie dazu gezwungen.«

»Aber du wusstest genau, was meiner Mutter gefallen würde.«

»Ich fühlte nicht für deine Mutter. Sie war selbst für ihr Schicksal verantwortlich.«

»Und Vater. Was hast du mit ihm gemacht?«

»Dein Vater hat sich umgebracht.«

Sie wischte sich eine Träne aus dem Auge. Doch selbst die Träne wirkte zu perfekt. Ein Schauer ging auf das Haus nieder. Wind, Regen, die Gischt einer Welle, die von den Felsen heraufspritzte. Die Öllampe wackelte.

»Jemand, der sterben will, kauft sich keine Fahrkarte für die Fähre und ein Zugticket nach Paris.«

»Was hätte er in Paris sollen?«

»Er wollte zu mir«, sagte Yann. »Er wollte mir etwas mitteilen, was er mir nicht am Telefon sagen konnte.«

»Das werden wir jetzt wohl nicht mehr erfahren.« Rykel stand auf und legte Holz in den Kamin. Funken stoben durchs Zimmer.

»Ich werde den Tod Ihrer Eltern neu untersuchen«, sagte Gwenn, die sich Rykel genähert hatte. »Ich glaube nicht, dass es ein Unfall war. Und ich werde auch herausfinden, warum Abigale Schneider mit der Liberty in dieser Nacht aufs stürmische Meer gefahren ist. Ein Schiff, das nicht mehr seetauglich war und das Sie von meinem Vater gekauft haben. Sie haben mir einige Fragen zu beantworten. Ich werde das Wrack suchen und heben lassen.«

»Meine Eltern sind seit mehr als drei Jahrzehnten tot. Niemand interessiert sich für sie. Meine Mutter hat immer geglaubt, sie wären unglaublich wichtig, weil sie im Yachtclub jeder kannte und weil mein Vater regelmäßig für den Witwenverein verschollener Seemänner spendete. Sie glaubten, dass man Straßen und Plätze nach ihnen benennen würde, nur weil sie zwei Fischfabriken betrieben. Und was blieb? Nachdem die Banken alles gepfändet hatten, nachdem nichts mehr von den Fischfabriken übrig blieb, denkt keiner mehr an meine Eltern. Sie hatten ihre Beerdigung schon im Voraus bezahlt. Ihr letztes Spektakel. Das Einzige, was sie wahrscheinlich nicht mit Schulden bezahlt hatten. Mein Vater baute die Fabriken auf, nahm jährlich neue Schulden auf, expandierte und nahm weitere Schulden auf, meine Mutter kaufte einen Pelzmantel nach dem anderen und fuhr nach Paris, um sich die Haare schneiden zu lassen, und wenn man sich fragt, was sie eigentlich auf dieser Welt hinterlassen haben, dann bleibe nur ich. Sie haben mich gezeugt. Wenn es stimmte, was meine Mutter sagte, dann war es die Schuld meines Vaters, der auf der Rückbank einer DS-Limousine nicht aufgepasst hatte. Sie starben, wie sie lebten. Idiotisch, gar gekocht in einer Sauna.«

»Was haben sie dir nur angetan«, sagte Yann, »dass du so geworden bist?«

»Meine Eltern haben alles getan, dass ich sie nicht liebe. Sie mochten mich nicht, also wollten sie auch nicht, dass ich zu viel für sie übrighabe.«

»Deshalb hätten Sie sie aber nicht umbringen müssen«, sagte Gwenn.

Rykel warf Gwenn einen verächtlichen Blick zu.

»Du solltest mit deinen Beschuldigungen etwas vorsichtiger sein, junge Dame.«

Wieder ächzten die Balken des Hauses.

»Ich werde die Liberty suchen lassen«, sagte Gwenn. »Ich weiß nicht, was Sie mit den Menschen machen, dass sie für Sie sogar töten.«

»Ich habe Abi zu nichts gezwungen. Sie ist mit Jojo durchgebrannt.«

»Den es gar nicht gibt«, fügte Yann hinzu. »Niemand kennt einen Schriftsteller namens Jojo.«

Ein Windstoß fuhr durchs Feuer. Kalte Luft strömte aus der Nacht durch das Wohnzimmer seiner Kindheit. Yann machte seine Jacke zu. Das Haus seiner Eltern war nicht sicher. Die Insel war an dieser Stelle so schmal, dass die Brandung von beiden Seiten über das Haus herfiel. Würde der Sturm stärker werden, dann würde erst das Dach weggerissen, und dann würde der Orkan die Mauern von innen auseinanderdrücken. Die Gischt der Brecher schlug jetzt schon gegen die Mauern, und die Flut würde noch eine Stunde lang weitersteigen.

Dem kalten Luftzug folgte ein Scharren schwerer Stiefel. Gwenn starrte fassungslos zum Eingang. Ihr Vater stand im Eingang. Eine Pistole in der rechten Hand. Ihre Dienstwaffe.

»Willst du uns jetzt genauso umbringen wie Mutter?«

»Halt jetzt deinen Mund«, sagte Peronac. Er blickte zu Rykel, als wartete er auf ein Zeichen von ihr. »Soll ich sie mit rausnehmen.«

»Warum hast du Mutter umgebracht?«, wiederholte Gwenn. Ihre Stimme brach und endete in Schluchzen.

»Bring sie zu den Felsen«, antwortete Rykel, »der Sturm kümmert sich um sie.«

»Hast du meinen Vater auch so beseitigt?«

Rykel ging zu dem großen handgeschnitzten Schrank. Sie öffnete das Vorhängeschloss und holte das Jagdgewehr heraus, das Yann als Kind immer wieder sehen wollte. Ab und zu holte sein Vater es heraus und putzte die Waffe. Er hatte es von seinem Vater bekommen, und eines Tages sollte es an ihn gehen. Doch das Band zwischen Vater und Sohn war zerschnitten.

»Die solltest eigentlich du bekommen«, sagte Rykel, »doch dein Vater hatte Angst, du könntest dir etwas damit antun. Dein Vater war ein Schwächling, genau wie du einer bist. Eure Charakterschwäche habt ihr von Generation zu Generation weitergegeben.«

»Trotzdem hast du ihn nach Mutters Tod geheiratet.«

Sie schob Patronen in das Gewehr und lud es durch.

»Ich wollte immer deinen Vater«, sagte sie, »und dein Vater wollte immer mich. Wir waren füreinander bestimmt.«

»Trotzdem hat er Abi geheiratet und nicht dich.«

»Ich weiß, du willst mir wehtun, aber das kannst du nicht. Dein Vater war schon immer ein praktisch veranlagter Mensch. Er wollte Arzt werden. Dafür brauchte er Geld.«

»Da habt ihr beschlossen …« Gwenn redete weiter, ohne dabei ihren Vater aus den Augen zu lassen, der ihre Dienstwaffe in den Händen hielt. Wenn er die Waffe nicht entsichert hatte, dann könnte sie ihn entwaffnen, aber wenn es schiefging, dann wären sie tot.

»Wir haben gar nichts beschlossen«, sagte Rykel, »wir warteten, bis Abi sich entschlossen hatte wegzugehen.«

»Mutter hat uns nicht verlassen.«

»Sie ging aus freien Stücken weg. Liebe kann man nicht erzwingen. Sie hatte die Möglichkeit, bei ihrer Familie und ihrem Kind zu bleiben, aber sie hatte sich anders entschieden.«

»Nicht ganz so freiwillig.«

Rykel richtete das Gewehr auf ihn.

»Du wolltest gerade gehen.«

Als Yann nicht gleich reagierte, zielte sie mit dem Gewehr auf seinen Kopf.

»Ich kann damit sehr gut umgehen, und ich hätte kein Problem, dir damit den Kopf wegzuschießen.«

»Wer hat diese alten Geschichten ausgegraben?« Peronac sah ihn scharf an.

»Irgendjemand redet immer, und selbst die Ehebrecherin hatte noch Freunde auf der Insel«, sagte Rykel.

»Und welchen Platz habe ich in eurer Geschichte?«, wollte Yann wissen.

»Ohne dich hätte Abi deinen Vater nicht geheiratet, und ohne Heirat wäre dein Vater nie an Abis Geld gekommen.«

»Mein Vater hätte meiner Mutter nie etwas angetan.«

Rykel lachte.

»Der Plan war von deinem Vater.«

»Du lügst.«

»Ich kann dir leider nicht mehr das Gegenteil beweisen. Deine Mutter muss zum Ende gespürt haben, dass in ihrer Ehe etwas nicht stimmte. Er lebte mit ihr, aber er dachte dauernd nur an mich, wenn er bei ihr war.«

»Warum hast du Vater dann umgebracht«, fragte Yann, »wenn dies alles sein Plan war?«

»Weil etwas geschehen war. Er wollte darüber nicht reden«, sagte Rykel, »aber dein Vater wollte unbedingt Kontakt mit dir aufnehmen.«

»Und das konntest du nicht zulassen«, sagte Yann. »Du hast ihn kaltblütig ermordet.«

Sie sah zu Gwenns Vater.

»Du hast Yanns Vater umgebracht?«, fragte Gwenn.

»Ich wollte ihm ins Gewissen reden. Er wollte aber unbedingt nach Paris.«

»Wenn Vater deine große Liebe war …«, begann Yann.

»Dein Vater war zu schwach für unsere Liebe. Er drohte, alles kaputt zu machen, was wir uns aufgebaut haben.«

»Wenn Mord schon Arbeit ist.«

»Und jetzt ziehst du noch meinen Vater in dein schmutziges Leben.«

Peronac holte aus und schlug mit seiner flachen Hand auf Gwenns Wange. Der Schlag traf sie unvorbereitet. Sie taumelte zurück und wollte sich abstützen. Sie zögerte, weil sie die Ohrfeigen ihres Vaters kannte. Er schlug immer zweimal zu. Sie hatte sich kaum daran erinnert, als auf die andere Wange ein weiterer Schlag traf.

»Dein Vater ist ein erwachsener Mensch, der seine Entscheidungen für sich trifft.«

»Macht es dir nichts aus«, sagte Yann, »dass du der Grund warst für so viel Blut?«

»Wahre Liebe kennt keine Grenzen.«

Ein Windstoß riss die Eingangstüre auf. Die Flammen im Kamin zuckten weit aus dem Kamin. Die Öllampe fiel auf den Boden. Die Pfütze entzündete sich. Flammen griffen sofort auf den Sessel über. Die Zeit, in der sein Vater ihm in diesem Sessel Geschichten erzählt hatte, war vorüber. Stunden war er auf der Lehne gesessen, an der jetzt die Flammen zerrten. Gwenn stürzte auf ihn zu und stieß ihn in den Gang zum Ausgang. Ein Schuss fiel. Yann fühlte, wie die Kugel in der Standuhr hinter ihm einschlug. Er sah Rykel durch die Flammen, wie sie das Gewehr in Gwenns Richtung hielt.

Der Sturm hatte Gwenn von den Beinen gerissen. Yann half ihr auf die Beine. Sie rannten in Richtung Leuchtturm. Ein zuckendes Licht im Chaos.

Sie drehten sich nicht um, bis sie an den Klippen standen. Der Leuchtturm stand starr in einem schäumenden Meer. Die Stufen zur Anlegestelle waren zum Teil überschwemmt. Yann drehte sich zu der riesigen Fackel um, die einmal sein Elternhaus gewesen war. Der Sturm stieß in die Flammen. Brennende Fetzen stiegen wie leuchtende Vögel in die Nacht und erloschen in den Wolken. Yann musste an seinen Vater denken, der immer noch in seinem Sarg auf die Beerdigung wartete. Es war der Plan deines Vaters. Sein Vater hatte seine Mutter nie geliebt. Er brauchte sie nur, um an Geld zu kommen. Seine Erinnerungen, wie sie gemeinsam am Strand spielten, wie sein Vater seine Mutter nass spritzte, waren nur Teil eines Theaterstücks, das sich sein Vater ausgedacht hatte. Der letzte Akt, dachte er, als über den Fußweg zwei Gestalten im grellen Schein des brennenden Hauses näher kamen. Eine trug das Gewehr. Jemand wird in dieser Nacht sterben. Gwenn packte seinen Arm, doch Yann konnte sich nicht von der Stelle rühren.

»Ich erinnere mich«, rief Yann den Gestalten zu, die aus dem Chaos auf sie zukamen.

»Wir müssen die Stufen nach unten«, sagte Gwenn, »das ist unsere einzige Chance.«

»Du wolltest mich schon früher töten«, rief er in das Inferno tanzender Flammen. Seine Stimme ging unter in dem Getöse des Sturms.

Plötzlich waren die Bilder wieder da. Die Badewanne, sein gelbes Segelboot, die Spielfiguren. Er lag im warmen Badewasser, als Rykel sich an den Rand setzte. Yann tauchte unter, machte Wellen und blies den Schaum über die Wasseroberfläche. Wieder tauchte er unter, doch als er wieder auftauchen wollte, hielt ihn jemand fest. Er griff nach der Hand, doch je mehr er sich wehrte, desto stärker drückte sie nach unten. Seine Füße fanden keinen Halt in der glatten Wanne. Er erinnerte sich, wie er unter Wasser schrie, die Augen weit offen und das verschwommene Bild Rykels über der Wasseroberfläche und wie sie etwas sagte, das er aber nicht verstehen konnte. Sie redete mit ihm, während sie ihn unter Wasser drückte. Er schluckte Wasser. Als er die Augen wieder öffnete, sah er seinen Vater. Er presste seine Hände auf seine Brust. Yann musste sich übergeben. Rykel stand neben ihm.

»Zum Glück habe ich dich gefunden«, sagte sie und bekreuzigte sich. Sie hatte versucht, ihn umzubringen, und gab sich bestürzt. Sie hatte sogar geweint, als sie sich am nächsten Tag ausmalte, was alles hätte passieren können. Tage später kam er zu seinem Vater ins Arbeitszimmer und erzählte ihm, was Rykel getan hatte. Er machte ein bestürztes Gesicht und meinte, sie würde so etwas nie tun. Sie liebt dich, wie Mama dich geliebt hat. Eines Nachts stand Rykel vor seinem Bett und sah ihn an.

»Niemand wird dir glauben, kleiner Mann«, flüsterte sie, »wenn du leben willst, dann musst du mich lieben wie deine Mutter. Wir sind doch eine Familie.«

In dieser Nacht hatte er ins Bett gemacht. Der Urin klebte an seinem Schlafanzug wie in der Nacht nach der Beerdigung von Rykels Eltern. Seine Mutter hatte nicht geahnt, wer Rykel in Wirklichkeit war. Als sie es erkannte, war es zu spät. Rykel hatte alles geplant, auch seinen Tod. Dass er heute noch lebte, war mehr ein Zufall oder der Tatsache geschuldet, dass sein Vater ihm keinen Glauben schenkte. Hätte er davon erzählt, was er auf dem Friedhof gesehen hatte, dann wäre seine Mutter vielleicht noch am Leben. Doch wer hätte ihm schon geglaubt? Rykels Eltern hatte er öfter gesehen, doch erinnern konnte er sich nicht an sie. Sie existierten in seinen Erinnerungen nur in Form der Gegenstände, die sie besaßen. Rykels Vater war eine weiße

Motoryacht, auf der die bretonische und französische Fahne wehte. Ihre Mutter bestand nur aus diesen hohen roten Schuhen, einer breiten Sonnenbrille, die das gesamte Gesicht bedeckte, und einem weißen Strohhut. Sie lebten in einem Haus mit Blick auf den Hafen. Dann war da noch die Musikkapelle, die an ihrer Beerdigung spielte. Vor seinen Augen sah er die Grabsteine im Regen. Auf einigen hockten Möwen. Der Friedhof war viel größer als auf der Insel. Irgendwann sah er die Leute nicht mehr, die den beiden Särgen gefolgt waren. Er bog in einen neuen Weg. Die Grabsteine waren so hoch wie er selbst. Dann sah er Rykel, abseits der Beerdigungszeremonie. Sie redete mit einem Mann. Jetzt sah er sein Gesicht. Gwenns Vater. Im Regen hörte niemand seine Schritte. Rykel schien etwas zu sagen, doch ihr Mund gab nur komische Geräusche von sich. Rykel hatte sich nach hinten gebeugt. Yann erkannte ihre weiße Haut, sie hielt ihr Kleid nach oben. Als der Bürgermeister einen Schritt zur Seite machte und sich die Hose hochzog, blickte Yann auf die dunkle Scham Rykels. Regen tropfte über ihren weißen Bauch. Der Bürgermeister zog seine Hose hoch, während der Regen gleichgültig auf die Grabsteine fiel. Yann blieb hinter einem Grab versteckt, er wagte nicht, sich zu bewegen. Er hörte ihre Schritte auf dem nassen Kies, er hörte sie reden. Warum konnte er sich nicht erinnern, was sie sagten. Als sprächen sie in einer anderen Sprache.

Doch kaum waren sie weg, stolperte er kreuz und quer über die Gräber. Er sprach dabei vor sich hin, er wiederholte die Wörter, die er nicht sagen konnte. Dreißig Jahre nach dem Tod von Rykels Eltern formten seine Lippen Worte, die er vergessen hatte: »Sie hat sie totgemacht. Sie hat ihre Mama und ihren Papa totgemacht.«

Der Regen spülte einen Namen aus dem Reich der Vergangenheit, als wäre der Regen ein Korridor, der aus dem dunklen Heute des Sturms in den Regen der Beerdigung von Rykels Eltern führte. Der karge Boden seiner Kindheit verwandelte sich in klebrigen Morast. Er sah Rykel, die ihren nassen Slip unter einen Busch warf und sich das schwarze Kleid über die Knie streifte. Sie legte ihre Hand auf die Wange des jungen Bürgermeisters.

Bei Ebbe führte ein betonierter Steg ungefähr hundert Meter weit bis zum Leuchtturm. Man konnte zu Fuß bis zum Leuchtturm laufen. Bei Flut lag der Leuchtturm im Wasser. Wer bei Flut zum Leuchtturm wollte, musste die hundert Meter rudern. Je tiefer Yann und Gwenn in die Bucht stiegen, desto dumpfer wurde das Grollen der Brandung. Die Felsen beugten sich über sie. Wenn die Boote nicht schwammen oder keine Ruder da waren, dann saßen sie in der Falle. Sie erreichten die schmale Kiesbank. Der Steg war unter Wasser. Die Wucht der Wellen war hier kaum zu spüren. Zwei Boote wippten auf dem Wasser, das den unteren Abschnitt der Treppen bereits überspült hatte. Beide Boote hatten kleine Außenbordmotoren. Sie reichten bei normaler Dünung völlig aus, um bei Flut bis zum Leuchtturm zu kommen. Doch bei Sturm? Sie hatten keine Wahl. Noch waren weder Rykel noch Peronac zu sehen. Gwenn sprang ins Wasser, das ihr bis zu den Hüften ging, und kletterte in das erste Boot. Yann folgte ihr. Die Kälte schnürte ihm den Atem ab. Als er im Boot war, spürte er seine Beine nicht. Gwenn löste die Bug- und Heckleinen, mit denen es an Ringen im Felsen festgemacht war. Yann zog den Anlasser. Der Motor gab keinen Laut von sich, als er Rykel die Treppen heruntersteigen sah. Wieder legte sie ihr Gewehr an. Er zog den Anlasser. Gwenn drehte einen Hebel nach oben. Er zog wieder, als Gwenn zusammenzuckte. Sie hielt sich ihren Oberarm. In ihrer Windjacke war ein Loch. Das Licht vom Leuchtturm fuhr kurz über ihre Gesichter. Sie hatte Angst. Der Motor sprang an. Rykel suchte Halt auf den ausgewaschenen Stufen. Sie war gefährlich nahe. Yann spürte den Ruck, den das Boot machte, als er den Motor ins Wasser senkte. Er lenkte das Boot an den Felsen vorbei über das perlende Wasser. Sie schwammen auf Chaos, dachte er. Das Meer war ein Chaos, aus dem alles hervorging. Sie waren aus der Schusslinie, doch dann kamen die ersten Wellen auf sie zu. Er drehte das Gas voll auf. Gwenn hatte sich in den Bug gelegt und hielt ihren Arm. Die Seitströmung ließ das Boot gefährlich kippen. Sie hatten die Brandung hinter sich. Der Motor schob sich gegen die Wellenberge. Sie schienen nicht voranzukommen. Tagsüber war der Leuchtturm weiß. Nun tauchte er als grauer Koloss aus dem Meer auf. Yann manövrierte, so gut er konnte, über Wellen, die von allen Seiten zu kommen schienen.

Yann schätzte, dass sie ungefähr die Hälfte der Strecke zurückgelegt hatten, als er auf den Wellen hinter sich ein weiteres Boot zu sehen glaubte. Rykel und Peronac. Die hohen Wellen gaben kein freies Schussfeld. Bei glatter See säßen sie auf dem Präsentierteller. Warum hatte er den Motor des zweiten Bootes nicht abgeschraubt und ins Wasser geworfen oder die Tankleitung abgerissen? Sie stiegen wieder auf einen Wellenkamm, als er das zweite Boot wieder sah. Zwei kurze Blitze. Die Kugeln surrten durch den Sturm. Was aber, wenn sie am Leuchtturm waren? Beim Verlassen des Bootes wären sie eine perfekte Zielscheibe. Sie hatten höchstens drei Minuten Vorsprung.

Der Leuchtturm wirkte riesig aus der Nähe. Der Fels glänzte schwarz. Die Wellen stürmten gegen den Felsen. Die Gischt umschlang den Leuchtturm wie ein weißes Brautkleid. Gwenn stützte sich auf und warf ihm einen besorgten Blick zu. Yann wusste, was sie sagen wollte. Wenn ein Brecher sie erfasste, dann würden sie auf den spitzen Felsen enden. Ein betonierter Quai war die einzige Anlegestelle, an der sie bei Flut anlegen konnten. Doch das Wasser hatte den Quai überspült. Nur noch die Treppe war zu sehen. Auf der Seite, die zum offenen Meer zeigte, schlugen meterhohe Wellen gegen den Felsen. Zwischen Insel und Leuchtturm waren die Wogen niedriger, dafür war die Seitströmung stärker. Yann steuerte gegen die Strömung und versuchte gleichzeitig, die Wellen mit dem Bug zuerst anzusteuern. Das Boot schien nicht voranzukommen, als rollte das Meer unter ihnen hindurch. Sie waren noch fünfundzwanzig Meter vom Leuchtturm entfernt, als etwas gegen seine Hand schlug. Die Vibration des Motors verstummte. Das Geräusch des Motors war in der Brandung nicht zu hören. Yann drehte an dem Gashebel, doch er reagierte nicht. Da erkannte er das große Loch in der Verkleidung des Außenborders. Es roch nach Benzin. Yann konnte die Entfernung schlecht abschätzen. Gwenns Vater steuerte das Boot über die Wellenkämme und konnte es so ruhig halten, während Rykel in dem Boot kniete, das Gewehr im Anschlag. Diesmal würde sie keine Ruhe geben, bis er tot war. Du hast mich zu lieben wie deine Mutter, wenn du leben willst. Die Splitter der Verkleidung steckten in seiner Hand, hatten aber nur die Haut verletzt. Du hast sie zu lieben, und vor Rykels Bild in seinem Kopf schoben sich alle Frauen, die er jemals berührt und geliebt hatte.

Sie alle waren gefährlich, sie alle hatten einen Teil Rykels in sich, sie alle waren Mörderinnen, sie alle würden ihn unter Wasser drücken und zusehen, wie er aus der Welt verschwand. Er konnte kaum atmen. Das Boot trieb steuerlos über die Wellen. Es drehte sich und wankte zur Seite. Yann zog die Ruder unter den Sitzen hervor. Doch bei diesem Seegang kam er keinen Meter voran. Der Wind drückte sie in die Richtung ihrer Verfolger. Vom offenen Meer schlugen vier oder fünf Wellen gegen den Leuchtturm, und die Gischt verhüllte die Sicht. Yann stemmte seine ganze Kraft gegen die Ruder, als eine Welle von der Seite das Boot erwischte. Er spürte nur das Salzwasser in seinem Mund. Der Rand des Bootes schlug gegen seinen Kopf. Wo war Gwenn? Das kalte Wasser hielt ihn fest wie eine eiserne Faust. Er sah Gwenn. Sie hatte sich auf den Rücken gedreht und machte Schwimmbewegungen. Die Luft war noch immer von der Gischt vernebelt, als er neben Gwenn den Rumpf eines Bootes auftauchen sah. Ein Kutter taumelte zur Seite, als er die Fahrt verlangsamte. Am Rumpf las er La Belle. Dantec warf Gwenn einen Rettungsreifen zu, dann sah er, wie Gwenn an der Rettungsleiter die Bordwand hochkletterte. Dantec hatte ihn nicht gesehen. Erst als Gwenn in seine Richtung zeigte, wandte Dantec sich um. Yann strampelte mit seinen Beinen, doch spürte er immer weniger in seinen Füßen. Die Kälte kroch in seinen Körper. Er wusste, sein Herz würde aufhören zu schlagen, noch ehe er ertrunken war. Diese Vorstellung beruhigte ihn, dann griff er nach dem Rettungsring. Er schaffte es, sich daran festzuhalten, und legte den Rettungsgurt an, der an der Leine befestigt war. Dreißig Sekunden später war er an Bord der La Belle. Gwenn saß zusammengekauert neben dem Steuerrad. Dantec warf den Motor an.

»Wir müssen aufs offene Meer«, rief er gegen den Donner der brechenden Wellen, »sonst landen wir auf den Riffen.«

Er hatte gerade ausgesprochen, als etwas durch die Holzvertäfelung der Steuerung schlug. Gwenn zeigte auf das Boot etwa zwanzig Meter hinter ihnen. Es tanzte auf den Kämmen und folgte den Wellen wie ein Surfer. Rykel hatte das Gewehr gesenkt. Sie lud nach. Das Boot verschwand für einen Augenblick in einem Wellental. Dantec sah fassungslos auf den zerstörten Kompass und die gesplitterte Täfelung.

»Welcher Teufel hat sie geritten?«

»Der Teufel«, sagte Yann, »der sie schon immer war.«

Dantec schob den Regler auf Volle Fahrt. Doch so gut sich der starke Motor unter Deck auch anhörte, so verzweifelt blickte Dantec plötzlich auf etwas, was hinter dem Leuchtturm auf sie zukam. Die Wellen schienen plötzlich flach. Rykel stellte sich ins Boot und zielte, doch dann senkte sie ihr Gewehr und sah zum Leuchtturm. Gwenns Vater schwenkte das Boot. Er steuerte den Leuchtturm an, doch die Strömung zog ihn zur Seite. Dantec drehte das Steuer herum und gab Gas, direkt auf den Leuchtturm zu. Erst konnte Yann nur sehen, dass da, wo vorher ein grauer Horizont war, sich eine grüne Wand auftürmte. Die Yacht nahm Kurs auf den Rest der Anlegestelle, die aus den Wellen ragte.

»Ich werde das Boot auf die Felsen zusteuern«, rief Dantec, »und wenn wir Glück haben, dann verkeilt sie sich auf den Felsen.«

Dantec hielt mit dem Bug voran auf eine Stelle neben der Anlegestelle, als eine Welle das Boot seitlich drehte und sie gegen die Felsen warf. Das Geräusch von berstendem Holz. Gwenn wurde durch den Ruck auf den Boden geschleudert. Dantec wurde nach hinten geworfen und klammerte sich an der Reling fest. Yann zog Gwenn auf die Beine. Dantec wagte als Erster den Sprung vom Heck des Bootes, als eine Welle das Schiff wieder gegen die Felsen warf. Die La Belle lag bereits tiefer im Wasser, als Yann und Gwenn die nächste Welle abwarteten und sprangen. Der Fels war scharf. Dantec rief etwas hinter ihnen. Yann stieg hinter Gwenn die Treppe nach oben. Eine Gestalt stand am Eingang des Leuchtturms. Der grüne Berg überragte den Leuchtturm. Yann griff Dantecs Arm, der noch immer in die weiß schäumende Brandung sah, wo gerade die La Belle versunken war. Dort, wo noch vor einer Minute die Aufbauten zu sehen waren, trieb nur noch ein Rettungsring. Yann zog den alten Mann zum Eingang. Der Kaventsmann schien grün zu leuchten, seine Flanken ragten steil aus dem Wasser. Die schwere Stahltür des Leuchtturms fiel ins Schloss, dann erzitterte der Turm, Glas splitterte, und Wasser spritzte von oben durch die Metallspirale der Wendeltreppe. Nach dem ohrenbetäubenden Schlag herrschte plötzlich Stille. Oben auf der Wendeltreppe waren überall Pfützen. Durch ein kleines Fenster hätte Yann die Insel sehen müssen, doch da war nur grünes Wasser, ein schäumender Berg. Für einen Augenblick glaubte er ein kleines Boot zu sehen, das auf dem äußersten Kamm in einer perlenden Gischt hin und her tanzte, bis der Berg in sich zusammenfiel, eine weiß schäumende Hölle, die den Ort auslöschte, auf dem seine Kindheit zu Hause gewesen war.

Der Sturm war noch immer da draußen. Durch das Innere des Leuchtturms hallte die Brandung. Durch die oberste Luke tropfte Wasser. Die Gestalt, die ihnen die Tür geöffnet hatte, trug noch immer Regenkleidung. Yann erkannte einen der Sturmtouristen, die er im Donvor gesehen hatte.

»Wir bringen sie in den Wohnraum«, sagte Dantec zu dem Sturmtouristen. Sie kannten sich. Yann und der Sturmtourist hoben Gwenn an und legten sie auf eine Couch, die auch schon bessere Tage gesehen hatte.

Dantec zog Gwenn die Jacke aus. Yann half dem Sturmtouristen ihr T-Shirt abzustreifen. Die Kugel hatte Gwenns Oberarmbizeps gestreift. Rykel hatte tatsächlich versucht, sie umzubringen. Yann hatte noch immer das Gefühl, dass er die Tür zu einem Leben aufgestoßen hatte, das nicht seines war.

Der Sturmtourist wickelte einen Verband um Gwenns Arm. Yann strich ihr die Haare aus dem Gesicht. Dantec kletterte nach oben. Ein Generator surrte und versorgte die Glühbirnen mit Strom. Der Schein von zwei Glühbirnen, die einen Raum mit gelbem Licht füllten, ein Bild mit einem Schiff, ein Kalender, ein Gaskocher mit einer Teekanne reichten aus, um für Momente das nasse Chaos aus eisigem Wasser, riesigen Wellen und Sturm zu vergessen. Von unten sah Yann, wie Dantec durch die Luke stieg. Als Yann die Stufen nach oben kletterte und seinen Kopf durch die Luke steckte, sah er das Ausmaß der Verwüstung. Dantec hielt sich an den Stahlträgern fest, die kreuz und quer verbogen aus dem Beton ragten. Das Lampenhaus existierte nicht mehr. Der Rundgang um das Lampenhaus war zur Hälfte weggerissen. Das Leuchtfeuer, das Yann als Kind von seinem Fenster aus gesehen hatte, lag jetzt auf dem Grund des Meeres. Die Wucht der Welle hatte Rohre umgeknickt wie Strohhalme.

»Wir haben Glück«, rief Dantec, »dass der Turm noch steht.«

Yann klammerte sich an die Rohre und blickte zur Pointe du Raz. Vereinzelt Lichter. Das Meer war dunkel. Doch dort, wo sich die Insel befinden sollte, war nichts mehr zu sehen. Schäumende Riffe, ein unförmiges Etwas, auf dem es kein Leben zu geben schien.

»Der Kaventsmann war höher als der Leuchtturm«, sagte Dantec, als sie wieder im Innern des Turms waren. »So was habe ich noch nie gesehen.«

»Er ist einfach über die Insel gerast«, sagte der Sturmtourist.

Dantec nickte und schloss kurz die Augen. »Das hat niemand überlebt.«

Gwenn setzte sich auf.

»Mein Vater wollte mich umbringen«, sagte sie mit schwacher Stimme, als wollte sie sich bestätigen, nicht zu träumen. »Meine Mutter lag tot im Bett – erwürgt. Das kann doch alles nicht wahr sein.«

»Und Rykel hat uns fast erschossen«, sagte Yann.

»Das wäre ihnen auch geglückt.«

Dantec und der Sturmtourist standen einfach im Raum, ohne auch nur eine Frage zu stellen.

»Wärst du mit dem Boot nicht zufällig da gewesen«, sagte Yann, »dann hätten uns entweder die Wellen oder Rykel erledigt.«

»Er war nicht zufällig da«, sagte Gwenn.

Dantec holte tief Luft. »Ich wollte sie abholen.«

Yann sah zu Gwenn, doch Dantec sah den Sturmtouristen an. Er zog die Kapuze aus und die Brille. Unter der Kapuze kamen lange Haare zum Vorschein. Darunter das Gesicht einer Frau, die ihre Jugend abgestreift hatte wie eine schlecht gewordene Haut. Gwenn griff nach seiner Hand, während ihn die Augen dieser Frau nicht mehr losließen. Man blickt immer in die Augen eines Kindes, auch wenn der Mensch schon am Ende seines Lebens steht. Yann sprach es einfach nicht aus, weil es unmöglich war.

»Es ist deine Mutter«, sagte Gwenn. »Habe ich recht?«

Dantec stimmte allem mit Kopfnicken zu, als triebe die Wahrheit in Form von sanften Wellen durch den Raum. Der Einzige, der sie nicht verstand, war Yann.

»Meine Mutter ging mit der Liberty unter«, stammelte er.

»Die Liberty ging unter«, sagte Dantec, »sie liegt nicht weit vom Leuchtturm in etwa hundert Meter Tiefe.«

Der Sturm ließ erst in den frühen Morgenstunden nach. Yann hatte geträumt, dass seine Mutter letzte Nacht vor ihm gestanden hatte. Er wollte sie so viel fragen. Alles nur ein Traum. Neben ihm lag Gwenn. Ihr Gesicht war bleich. Sie atmete gleichmäßig. Als er Gwenn zudecken wollte, sagte sie ihm, dass sie sich auch bei der Police Nationale in Paris bewerben könne. Sollten sie jetzt die Generation nach ihren Eltern sein, die einfach so zusammen sein konnte, nur weil sie es wollten? Vielleicht war es besser, gar nicht darüber nachzudenken. Die Liebe war nur dann etwas Schönes, solange man nicht über sie nachdachte. Versuchte man, sie zu etwas Perfektem machen zu wollen, dann verwandelte sie sich in ein Gefühl, das weder Gut noch Böse kannte.

Vorsichtig ging er in das zweite Zimmer. Bei Tageslicht sah er den Grad der Verwüstung des Leuchtturmes. Selbst die Mauern hatten Risse.

»Guten Morgen«, sagte eine dumpfe Stimme hinter ihm. Dantec schaute nach oben zu der offenen Luke. Da erwachst du eines Tages und glaubst, dein ganzes Leben geträumt zu haben. Was war gestern geschehen? Sein Vater war gestorben. Peronac hatte ihn für Rykel umgebracht, bevor er nach Paris fahren, bevor er mit ihm reden konnte. Doch was wollte ihm sein Vater erzählen? Dass er und Rykel seine Mutter nur benutzt hatten? Dass seine Mutter schwanger geworden war, obwohl das Kind gar nicht geplant war? Rykel hatte versucht, ihn zu töten. Das war keine Einbildung. Er fühlte die Hand, die ihn in der Badewanne nach unten gedrückt hatte, sah Rykels verschwommenes Gesicht, während das Wasser in seine Lungen drang. Jahre später hatte sie mit dem Gewehr seines Vaters auf ihn gezielt, fest entschlossen, ihn von dieser Welt zu tilgen.

Und da war noch der Traum von seiner Mutter. Dantec zeigte zu der Luke. Yann stieg die wacklige Wendeltreppe nach oben. Sie stand inmitten des Gewirrs verbogener Stahlrohre, und sie war kein Traum. Im Licht des wolkenlosen Himmels wirkte sie jünger, als wäre sie ein Wesen, das aus der Welt zwischen Himmel und Meer gefallen war.

»Es ist nicht das erste Mal, dass die Insel völlig ausgelöscht wurde«, sagte Abi und blickte zu dem Felsen, der aus dem Meer ragte. Das Wasser hatte sich zurückgezogen, doch dort, wo noch gestern der Hafen war, die Promenade mit Lucillas Laden, das Donvor, das Hotel, das Muschel- und Crêpe-Restaurant, die schmalen Häuser mit den engen Gassen, die kleinen Fischerboote, über denen die Möwen kreisten, waren nur noch ein heller Fleck zu sehen und die Umrisse der Reste, wo sich die Häuser befunden hatten. Von der Kirche fehlte jede Spur. Ein kahler Hügel, auf dem lose Steine wie Megalithen herumlagen. Einzelne Grabplatten glänzten von Weitem in der Sonne, dort, wo sich der Friedhof befunden hatte. Den Bewohnern, die sich in der Kirche verschanzt hatten, blieb wahrscheinlich nicht einmal mehr Zeit, um ihr letztes Gebet zu sprechen, als die Monsterwelle die losen Steinmauern wegfegte. Yann musste an seinen Vater denken, der in seinem Sarg auf seine Beerdigung wartete. Er hätte sich niemals vorstellen können, dass mit ihm gleich die ganze Insel beerdigt werden würde.

»Ich habe deinen Vater geliebt«, sagte sie, ohne sich umzudrehen.

»Trotzdem hättest du ihn wegen dieses Mannes verlassen.«

»Es gab einen Moment, da dachte ich daran. Aber das war nur ein Moment.«

»Was wollte Vater in Paris?«

Das Schweigen zwischen der grellen Sonne im Hintergrund und den Trümmern des Lampenhauses schien die Zeit zu verlangsamen. Irgendwo am Horizont suchte seine Mutter nach Worten, die zu einer Wahrheit passten, die schon längst ihren eigenen Weg gefunden hatte.

»Er wollte mit dir reden.«

»Ich habe mit ihm über zwanzig Jahre nicht gesprochen.«

»Du warst immer ein Sandkorn im Getriebe seines perfekten Lebens. Du hast ihn immer an mich erinnert. Er hat dir all die Jahre die Geschichte vom Bootsunfall erzählt. Dein Vater kannte die Wahrheit. Doch er wusste nicht, dass ich noch am Leben war. Bis ich dann plötzlich in der Klinik vor ihm stand.«

»Was hast du ihm gesagt?«

»Dass ich zur Polizei gehen werde und dass ich dir die Wahrheit über ihn erzählen würde.«

»Wenn du bei uns geblieben wärst, dann hätte Rykel nie …«

»Ich hätte dich nie alleine zurückgelassen«, unterbrach sie Yann und drehte sich zu ihm. Die Sonne blendete ihn. »Jojo war ein Traum, mein Traum. Rykel wusste, dass ich heimlich schreibe, dass ich davon träumte, Schriftstellerin zu werden. Ich wollte nie etwas anderes machen. Sie kannte meine Träume, also schickte sie mir Monsieur Jojo. Er war genau der Traum von einem Leben als Schriftstellerin. Als ich verstand, wer dieser Mann in Wirklichkeit war, da war es zu spät.«

»Du hattest dich entschieden.«

Abi lachte. Sie fuhr durch ihre langen Haare, die von grauen Strähnen durchzogen waren. »Das warf mir Rykel vor. Sie sagte, ich hätte mich entschieden. Ich hätte ihr den Verlobten weggenommen. Für Rykel hatte ich Mathieu verraten. Sie hatten alles inszeniert. Vom ersten Treffen mit Jojo, das L'Or du Temps, das romantische Abendessen. Sie hatten Kellner auf die Insel gebracht, ganz als wäre dieser Ort wieder zum Leben erwacht. Alles Theater, Kulissen. Rykel kannte mich besser als ich mich selbst. Wenn du jemand vernichten willst, dann erfülle seine geheimsten Wünsche. Sie gab mir meinen Traum und schnürte mich darin ein.«

»Dann hast du dich für diesen anderen Mann entschieden?«

Sie schüttelte den Kopf.

»Als Rykel merkte, dass ich nicht mit Jojo weggehen würde, verbreitete sie auf der Insel, dass ich eine Affäre mit ihrem Verlobten hätte. Mathieu spielte den betrogenen Ehemann und machte eine Szene, die jeder mitbekommen sollte. Aber ich wollte nicht weggehen.

Als Mathieu mich nicht mehr ins Haus ließ und mich andere auf der Insel verfolgten, da begriff ich, dass Mathieu auch nur auf dieses Zeichen gewartet hatte, um mich loszuwerden. Ich konnte es nicht glauben, doch der Mann, mit dem ich ein Kind hatte, ließ mich bei Sturm vor der Türe stehen. Ich malte mir aus, wie wir uns versöhnten, wie wir uns in den Armen lagen, doch die beiden, Rykel und Mathieu, hatten mich da, wo sie mich haben wollten, und ich konnte nichts dagegen machen.«

»Der Bürgermeister sagte, er und noch ein paar Leute hätten dich gesucht, um dir zu helfen.«

»Peronac, dass ich nicht lache. Den hat Rykel seit Jahren um den Finger gewickelt.«

In Yanns Gedanken sah er wieder Rykels nackten Unterleib auf dem Grabstein und Gwenns Vater, wie er sich die Hose hochzog. Doch in seiner Erinnerung starrte sie ihn plötzlich an, wie er da zwischen den Gräberreihen stand und nicht wusste, was er sah.

»Rykel hatte Macht über ihn. Sie brauchte bloß ihre Beine breit zu machen, schon tat Peronac alles, was sie von ihm verlangte. Er manipulierte die Beweise und ließ den Mord an Rykels Eltern wie einen Unfall aussehen. Doch Peronac war kein kaltblütiger Mörder. Er hätte niemanden töten können. Dafür war Peronac zu schwach. Dafür brauchte sie jemand anderen.«

»Monsieur Jojo.«

»Den Philosophen, Schriftsteller oder wer auch immer Jojo war, er war einfach derjenige, für den man ihn halten wollte. Aber in Wahrheit war er nur der Tod.

Ich hätte es wissen können. Ich hatte noch nie von ihm als Schriftsteller gehört. Ich gab mich damit zufrieden, dass er mir von seinen Pseudonymen erzählte, die er geheim hielt. Als gäbe es Namen, die an seiner Stelle berühmt waren und hinter denen er steckte. Doch Jojo steckte hinter keinem Namen, er war weder ein Schriftsteller noch sonst jemand. Er war klug, er drückte sich gewählt aus, und er war ein Mörder. Dann dachte ich, Mathieu konnte von all dem nichts wissen. Ich wollte es nicht wahrhaben, doch Rykel hatte ihn nicht nur beauftragt, sie bezahlte ihn auch von dem Geld, das ich geerbt hatte. Mathieu gab Rykel das Geld für den Kauf der Liberty und um meinen eigenen Mörder zu bezahlen.«

»Warum bist du dann mit Jojo auf die Liberty gestiegen.«

»Weil ich keine Wahl hatte. Am Abend, als Mathieu mich ausgesperrt hatte, da suchte ich Rose auf. Sie war im Donvor. Ich könne natürlich bei ihr übernachten, sagte sie. Ich erzählte ihr davon, dass Mathieu mich ausgesperrt hatte, dass er mir nicht zuhören wollte und dass all der Wirbel nichts mit mir zu tun hatte. Sie glaubte mir. Dann verschwand sie für eine Weile. Ich trank Tee in der Küche des Donvor und wollte warten, bis das Wetter und Mathieu sich beruhigt hatten. Ich ahnte nicht, dass sich nichts beruhigen konnte, was nicht beruhigt werden wollte. Kurze Zeit später kam Rose mit Jojo ins Donvor. Jojo griff mich auf wie eine entflohene Strafgefangene. Er gab mir zu verstehen, dass ich mit ihm jetzt auf die Liberty steigen würde und dass wir zusammen aufs Meer fahren würden. Er würde mich beschützen, sagte er. Ich flehte ihn an, mich hierzulassen. Eine Viertelstunde später war ich unter Deck.«

»Wie kam Jacques zu deinen Notizen?«

»Jacques saß an einem der Tische. In seinem Kopf hatten schon einige Flaschen Wein fast alle Lichter gelöscht. Er sah mich an, und das einzige Wort, das er noch über seine Lippen brachte, war: ›Flieh.‹ Minuten bevor Jojo mich holte, steckte ich ihm meine Notizen zu. Ich ahnte, dass ich schon mitten in einer Geschichte war, in der ich nicht überleben sollte. Ich schob ihm die Notizen hin und hoffte, er würde damit etwas machen.«

Yann lachte. »Er hat sie dreißig Jahre lang aufbewahrt.«

»Jojo brachte mich auf die Liberty«, fuhr Abi fort. »Das Meer war schon schwarz, und hohe Wellen schlugen über die Felsen. Ich hatte Glück. Neben der Liberty lag das Boot von Dantec. Jojo wusste nicht, dass Dantec auf seinem Boot lebte.«

»Ich hatte nur von ihm gehört«, sagte Dantec hinter ihnen, »Rykel hatte ihn mitgebracht. Doch kein Mensch hatte ihn je gesehen, und diejenigen, die ihn gesehen hatten, vergaßen, dass sie ihn gesehen hatten. Als ich Abi sah, wie sie mit ihm auf das Boot stieg, und dass sie kurze Zeit später bei diesem Sturm noch ausliefen, da folgte ich der Liberty.«

»Das hat mir das Leben gerettet«, sagte sie. »Unter Deck fand ich eine lederne Umhängetasche. Darin waren mehrere falsche Pässe, alle mit Jojos Bild. Einige Bündel Bargeld, Patronen, aber keine Pistole und ein Bild von mir. Ich kannte das Bild. Mathieu hatte es am Strand von mir aufgenommen. Es war einer der Tage, von denen ich dachte, ich könnte nicht glücklicher werden. Du warst noch ein Baby. Wir hatten das Bild einrahmen lassen. Mathieu hatte es in seinem Büro stehen. Wahrscheinlich hatte er es in die Klinik mitgenommen, dachte ich, um es dort in seinem Büro zu haben. Wir hatten nur einen Abzug davon. Dieses Bild fand ich in Jojos Tasche. Auf der Rückseite hatte er einen Namen notiert: Abigale Schneider. Neben dem Bild waren noch mein Lebenslauf aus einer alten Bewerbung für die Uni und Auszüge aus meiner Dissertation. All das musste Mathieu Rykel gegeben haben, und sie gab es an Jojo weiter. Er hatte ein richtiges Dossier über mich angelegt. Ohne Mathieu hätte er nie an diese Unterlagen kommen können. Jojo kam noch einmal unter Deck. Er nahm die Tasche. Er wusste, dass ich den Inhalt gesehen hatte. Er streichelte mir über den Kopf, gab mir einen Kuss. Da wusste ich, dass ich nun sterben musste.«

»Sie haben das alles geplant«, sagte Yann, »warum haben Rykel und Mathieu nicht einfach geheiratet?«

»Weil sie gierig waren. Rykels Eltern hatten ihr nur Schulden hinterlassen, und Mathieu hatte keinen Sou für sein Studium. Sie brauchten einen Plan für ein sorgenfreies Leben, und ich war ihre Lösung.«

»Es sollte alles so aussehen wie ein Unfall«, sagte Dantec. »Die See war aufgewühlt, und die Liberty machte auch schon ohne Sturm Wasser.«

»Jojo stoppte die Motoren«, fuhr Abi fort. »Die Liberty schaukelte nach allen Seiten auf den Wellen. Ich konnte mich unter Deck kaum festhalten. Dann sah ich das Wasser. Draußen hörte ich ein Motorengeräusch. Ich kletterte durch die kleine Luke am Bug nach oben. Ich sah das Beiboot auf den Wellen und Jojo, der es steuerte. Wie bei unserem ersten Treffen. Er wollte mich damals schon beseitigen, dachte ich. Aus irgendeinem Grund hatte er gewartet. Vielleicht, weil ich mit ihm schlafen wollte. Vielleicht gefiel ihm unser kleines Verführungsspiel. Die Liberty taumelte auf den Wellen, dann sah ich die Gasflasche und einen Zündmechanismus. Sie war am Bug festgemacht. Ich rannte zum Heck, als mich die Druckwelle auf den Boden schleuderte.

Als ich wieder zurücksah, klaffte ein Loch in der Bordwand, der Bug fehlte. Es dauerte keine fünf Minuten, da schlugen die ersten Wellen über die Liberty. Sie sank. Wäre Dantec der Liberty nicht gefolgt, dann läge ich mit ihr auf dem Grund des Meeres.«

»Ich wusste, dass sie nicht seetauglich war«, sagte Dantec, »ich dachte, sie sind lebensmüde oder da ist etwas anderes im Spiel. Abi trieb bereits im Wasser, als ich sie herausfischte.«

»Warum bist du nicht gleich zur Polizei?«, fragte Yann Abi.

»Was hätte ich denen sagen sollen? Von Jojo fehlte jede Spur. Dantec war als trinksüchtiger Kauz bekannt. Keiner hätte ihm geglaubt. Hätte jemand gefragt, warum ich mit Rykels Boot bei Sturm rausgefahren bin, dann hätte Rykel erklärt, dass ich mit ihrem Verlobten durchgebrannt sei. Niemand würde Verdacht schöpfen.«

»Warum hast du mich bei ihr gelassen. Sie hat versucht, mich umzubringen.«

Abi schloss die Augen.

»Einen Monat später nahm ich die Fähre zur Insel. Ich wusste, dass Mathieu in der Klinik war an diesem Tag. Ich hatte an alles gedacht, um dich von da wegzuholen. Als ich in unserem Haus ankam, fand ich alles so vor, wie ich es verlassen hatte. Nur ein anderer Geruch war da. Rykel schlief bereits im Haus. Daran hatte ich nicht gedacht. Du warst nicht im Haus. Von Rykel keine Spur. Sie wusste, dass ich komme. Jojo wird bei seiner Flucht mit dem Schlauchboot beobachtet haben, dass Dantec mit der La Belle in der Nähe der Liberty war. Während also alle von meinem Tod ausgingen, war Rykel die Einzige auf der Insel, die mit meiner Rückkehr rechnete. Wahrscheinlich hatte sie jemanden auf der Fähre geschmiert, der ihr Bescheid geben sollte, sobald ich auftauchte. Ich ahnte zu diesem Zeitpunkt noch gar nicht, dass jemand jeden meiner Schritte überwachte, seitdem ich die Fähre verlassen hatte.

Du hättest in der Schule sein müssen, doch einer deiner Mitschüler sagte mir, du seist krank. Zum Glück regnete es, und niemand erkannte mich unter meiner Kapuze. Ich hatte meinen Koffer im Haus gelassen, für den Fall, dass du nach Hause kommst. Ich wollte, dass du weißt, dass ich lebe. Doch du bist nicht gekommen. Sie hatten dich weggebracht.«

»Ich kann mich nicht mehr daran erinnern.«

»Als ich wieder im Haus war, nahm ich meinen Koffer und wollte mich gerade auf den Weg zur Fähre machen, als ich das Foto sah. Ich sah dich in der Badewanne, wie du spielst, und dann noch ein Foto, wo dich eine Hand unter Wasser drückt. Ich bin fast wahnsinnig geworden. Ich hatte den Telefonhörer schon in der Hand, obwohl ich nicht wusste, was ich der Polizei erzählen sollte. Ich hatte nur ein Foto, auf dem eine

Hand zu sehen war und ein Kind unter Wasser, mehr nicht. Doch dann drehte ich das Foto um und las: Wenn ich dich noch einmal hier sehe, dann stirbt dein Sohn.

Ich durchsuchte das ganze Haus, von oben nach unten. Du warst nicht da. Ich nahm die letzte Fähre zurück. Auf dem Rückweg kippte das Wetter. Die See war rau. Ich war noch die Einzige an Deck. Was genau auf der Hälfte des Weges geschehen war, daran konnte ich mich nicht mehr erinnern. Ich spürte einen Schlag auf den Kopf und verlor das Gleichgewicht. Ich sehe nur noch Bruchstücke jener Momente. Ich glaube, dass mich jemand wegschleifte. Es müssen weitere Minuten vergangen sein, als ich andere Stimmen hörte. Dann blickte ich in das Gesicht eines Matrosen. Sie legten mich unter Deck. Sie meinten, sie hätten mich gefährlich nah an der Reling gefunden. Eine stärkere Welle, und ich wäre ins Wasser gefallen.«

»Er hat versucht, dich auf der Fähre umzubringen?«

»Er war schon vorher da, nur habe ich ihn nicht gesehen. Ich hatte nur eine Chance. Ich musste untertauchen, um dein und mein Leben zu retten.«

»Nach all den Jahren hast du es dir anders überlegt?«

»Du warst schon groß und in Paris. Was sollte passieren. Ich wollte deinem Vater noch einmal in die Augen sehen.«

»Er hätte dich umbringen können.«

»Und ich wäre ihm dankbar gewesen.«

»Warum bist du wieder aufgetaucht?«

»Um ihn etwas zu fragen.«

»Welche Frage kann so wichtig sein?«

»Ob er mit Rykel das perfekte Glück gefunden hatte.«

»Und du hast ihm gedroht, mit der Wahrheit zur Polizei zu gehen.«

Sie lächelte angestrengt und stützte sich auf den Rest eines verbogenen Eisenträgers, der einmal zum Dach des Leuchtturms gehört hatte. Seine Mutter suchte wieder nach Worten.

»Du hattest nie vor, zur Polizei zu gehen?«

»Ich habe deinem Vater gesagt, dass ich zu dir gehen würde und dass ich dir die ganze Wahrheit erzählen würde.«

»Dann wollte Vater mir erzählen, was mit dir geschehen ist? Von ihrem Plan, dich zu ermorden?«

»Dein Vater wartete all die Jahre darauf, dir die ganze Wahrheit zu erzählen. Mein Tod stand seinem perfekten Glück im Wege.«

»Obwohl du dich ja entschieden hattest.«

»Dein Vater wusste, dass es ein Spiel war und keine Entscheidung. Dann hat er wahrscheinlich den Fehler gemacht und Rykel gedroht.«

»Und Peronac hat ihn umgebracht.«

»Ich weiß nicht, ob er es getan hat oder Jojo.«

»Du meinst, Jojo lebt noch?«

»Möglich. Rykel konnte nicht zulassen, dass jemand ihre Welt einfach zerstörte.«

Yann spürte den Wind auf seinem Gesicht. Er konnte spüren, wie das Leben wieder aus dem Wasser auf die Felsen kroch. Jahrmillionen klammerte es sich an Felsen, existierte in Form von Algen und einfachen Lebewesen. Er dachte an die Statuen, die er in der Wüste des Iraks ausgegraben hatte, und an all die Menschen, die schon einmal das Gleiche gefühlt hatten wie er in diesem Augenblick. Das Gefühl, dass es niemanden interessierte, ob er noch einen Tag oder noch fünfundzwanzig Jahre weiterleben würde. Sein Vater hatte mit Rykel ein Spiel begonnen, in dem er nicht geplant war. Ohne ihn wäre Abi vielleicht einfach gestorben. Sie wäre nie auf die Insel zurückgekehrt, und sein Vater hätte niemals die Kraft gehabt, all die Lügen hinter sich auf der Insel zu lassen. Yann hatte plötzlich das Gefühl, dass der Kaventsmann nicht nur die Insel zerstört, sondern auch seine Kindheit verschlungen hatte.

»Du wolltest niemals ein Kind?«, fragte Yann.

Abi hustete und sackte kurz zusammen. Dantec war neben ihr und stützte sie.

»Ich wollte dich haben. Du bist das Einzige, was meinem Leben jemals Sinn gegeben hat.«

»Dann hättest du mich besser von dieser Insel geholt.«

»Und riskiert, dass Rykel erst mich beseitigt und dann dich? Jojo war noch immer da draußen, und er hatte den Auftrag, mich zu töten. Dein Vater wusste nicht, dass ich noch lebte. Für ihn ging der Plan perfekt auf. Ich hatte mich für Rykels Verlobten entschieden und ging mit der Liberty unter. Alles fügte sich ineinander.«

»Doch Rykel sagte, Vater sei zu schwach für ihre Liebe gewesen.«

»Zu schwach?« Dantec stützte Abi und meinte, sie solle sich schonen, doch seine Mutter winkte ab.

»Rykels Liebe war so perfekt, dass alle, die davon berührt wurden, eines unnatürlichen Todes starben.«

Sturm Angela verwüstete die Küsten an der französischen Atlantikküste. Bilder von den Aufräumarbeiten in La Rochelle. Auf Luftaufnahmen die Rümpfe von Yachten, die auf den Küstenstraßen lagen, Touristen fotografierten Segelboote auf der Hafenpromenade in La Rochelle. Vor Brest war ein Tanker gekentert und auseinandergebrochen. An den Stränden der Halbinsel Crozon, wo sonst Kinder Muscheln sammelten, starben Vögel einen zähen Tod auf schwarz verklebten Stränden. Die Insel war in den Abendnachrichten. Eine Luftaufnahme zeigte einen Felsen im Meer, auf dem nur Flechten und Algen überlebt hatten. Die Ruinen des L'Or du Temps waren zu einem Steinhaufen zusammengefallen. Möwen kreisten über den Köpfen der

Gendarmen mit ihren blauen Uniformen. Es hieß, die Insel sei vorher evakuiert worden. Der Bürgermeister sei jedoch mit wenigen Bewohnern geblieben. Von ihnen fehlte bisher jede Spur. Ein Fischer in Audierne berichtete von einer haushohen Riesenwelle, die über die Insel gefegt sei und deren Wucht Autos von der Küstenstraße auf dem Festland gefegt habe. Ein Schiff der Küstenwache konnte ein paar Überlebende bergen, die sich auf dem Leuchtturm nahe der Insel verschanzt hatten. Eine Aufnahme zeigte, wie Yanns Mutter vom Anlegesteg des Leuchtturms auf das Schiff der Küstenwache stieg. Ihr Blick in die Kamera erstarrte für einen Moment, als blickte sie auf etwas dahinter. Yann sah sich selbst, gebeugt und viel älter, als er sich fühlte, er lächelte. Sie wirkten wirklich wie Überlebende. Niemand würde je erfahren, dass der Kaventsmann ihnen das Leben gerettet hatte. Keiner würde ihn je fragen, warum er lächelte, denn jeder würde glauben, er wäre nur froh, überlebt zu haben. Wer hinter dem Lächeln eines Menschen einen Grund sucht, der sucht nur sich selbst. Wer hätte in diesem Augenblick auch schon geahnt, dass Yann darüber glücklich war, dass es die Insel nicht mehr gab, dass der Ort seiner Kindheit ausgelöscht war. Umweltaktivisten wollten die Insel zu einem Naturschutzgebiet machen, andere hatten Pläne für einen Gedenkort, andere wollten die Häuser wieder aufbauen. Die Fähre hielt wie immer am Hafen der

Insel. Doch nur noch Vogelbeobachter und einige Touristen stiegen aus. Tage später sichtete ein Frachter einen Sarg auf offenem Meer. Nachdem die Besatzung den Sarg geborgen hatte, fanden sie darin die stark verweste Leiche eines Mannes. Der Kapitän des Frachters vermutete, dass der Sturm, der die Küste Frankreichs heimgesucht hatte, einen küstennahen Friedhof ins Meer gerissen hatte. Das Meer war selbst ein Friedhof, dachte Yann und war froh, dass der Kapitän des Frachters den Sarg mit Gewichten füllte und auf hoher See bestattete.

Yann hielt Gwenn im Arm, als das Schiff der Küstenwache ablegte. Zwei Seeleute machten die Leinen los und sprangen auf das Schiff. Dantec blieb die ganze Zeit bei seiner Mutter. Sie hatte Yann erzählt, wie sie vor dreißig Jahren einem Traum hinterhergejagt war und später dem Albtraum nicht mehr entkommen konnte. Nachdem die Fähre am Festland angelegt hatte, sprach sie kein Wort mehr. Gwenn lehnte sich zurück, als der Felsen im Meer, der einmal ihr Zuhause gewesen war, im Dunst der Brandung verschwand.

»Sobald mein Arm wieder in Ordnung ist«, sagte sie, »werde ich von der Küste bis zur Insel schwimmen.«

Yann schaute Gwenn an, die, kaum wieder auf den Beinen, schon wieder ans Schwimmen dachte. Yann setzte sich zwischen Gwenn und seine Mutter. Dann legte er seinen Arm um seine Mutter. Ihr Körper war ausgemergelt. Unter den Kleidern schien nur noch die Idee eines Körpers zu sein. Dantec meinte, sie solle nicht auf Deck bleiben, doch Abi flüsterte, sie wolle einfach nur hier sitzen. Dantec wollte ihr eine Decke holen.

»Ich würde gerne für ein paar Minuten alleine sein«, sagte sie plötzlich zu Yann. Gwenn nahm Yanns Hand und drückte sie. Ein älterer Seemann mit hellroter Helferweste trat zu ihr und fragte sie, ob sie nicht lieber in den beheizten Innenraum gehen wolle. Yann hatte das Gesicht des Mannes schon einmal gesehen. Als das Schiff der Küstenwache in Audierne anlegte, half der ältere Seemann seiner Mutter vom Schiff. Seine Mutter sagte etwas zu ihm. Er war zu weit weg, um etwas verstehen zu können. Der Seemann nahm etwas aus seiner Tasche und gab es ihr.

»Jetzt ist alles gut«, sagte sie und drückte Yann ein Foto in die Hand. Darauf seine Mutter, im Hintergrund der Strand. Auf der Rückseite stand ihr Name.

»Der Seemann.« Jetzt erinnerte er sich auch an das Gesicht des Seemannes. Es war derselbe Mann, der ihn auf der Überfahrt zur Insel für einen Selbstmörder gehalten hatte. Seine Mutter sah zur Anlegestelle, wo ein Mann zwischen den Feuerwehrleuten und freiwilligen Helfern verschwand.

»Was hast du zu ihm gesagt?«

»Ob er mich jetzt umbringen will.«

Yann blickte in die Richtung, in die der alte Seemann verschwunden war. Auf dem Boden lag eine Leuchtjacke, wie sie die Matrosen auf der Fähre trugen. Von dem Mann war nichts mehr zu sehen.

»Er war die ganze Zeit mit uns auf dem Schiff? Warum hat er nicht …?«

»Es ist keiner mehr da, der ihn bezahlen könnte«, sagte sie, dann hakte sie sich bei Dantec ein. Es war das Letzte, was er von seiner Mutter gesehen hatte.

Zwei Wochen später bekam er eine Postkarte.

Abi ist gestern von uns gegangen. Der Krebs nahm sie auch ohne Bezahlung. Sie will dort begraben werden, wo du all die Jahre ihr Grab vermutet hast. Dantec.

Ein Bild von Dantec auf einem Zweimaster. Im Hintergrund der Leuchtturm der Insel, um den noch immer ein Gerüst gebaut war. Dantec hielt die Urne über die Reling.

Das Meer hatte sie alle geholt. Mathieu, Rykel und zuletzt seine Mutter waren in die Dunkelheit des bretonischen Meers zurückgekehrt. Und irgendwann würde jemand Yanns Asche in die Brandung streuen, und alles würde wieder so sein wie vor seiner Geburt, eine Welt ohne ihn. Doch bis dahin hatte er noch Zeit. Viel gab es auf dieser Welt eigentlich nicht mehr zu tun. Sterben und lieben. Und vom Sterben hatte er genug gesehen. Yann wählte die Nummer der Gendarmerie. Ein paar Stunden später spürte er den kalten Sand unter seinen

Füßen. Der Wind biss ihm ins Gesicht. Gwenn streifte sich den Neoprenanzug über ihren nackten Körper und zeigte auf einen zweiten Anzug.

»Zeit zu schwimmen«, sagte sie.

Danksagung

Kann man einem Ort, einer Kultur danken? Wenn ja, dann gilt mein erster Dank der Bretagne, ohne die dieser Roman nicht möglich gewesen wäre. Die geografischen Freiheiten, die ich mir genommen habe, gehören zu den Dingen, die ich mir als Schriftsteller erlaubt habe.

Besonderer Dank gilt Madame le chef d'escadron Catherine Delasalle für die ausführlichen Erklärungen über das Funktionieren der Gendarmerie.

Tanja danke ich für die Anregungen zu einigen Szenen und Sascha Lange dafür, dass er mir mein Kreuzband wieder zusammengeflickt hat, während ich an diesem Roman schrieb.

Großen Dank schulde ich Holger Kuntze für seine kreativen Anmerkungen und seinen wachsamen Blick und natürlich dem Lektorat des Blessing Verlags. Petra Eggers danke ich, dass sie sich nun schon seit einigen Jahren für meine Bücher und Ideen starkmacht.

Meinen Eltern danke ich, dass sie trotz aller gesundheitlichen Probleme immer Zeit für die Lektüre meiner Manuskripte haben.

Félicie weiß, dass ich ihr mehr verdanke, als ich hier ausdrücken kann. Und nicht zu vergessen, Manon, die gerade Buchstaben lernt und mich wieder daran erinnert, welche Fragen im Leben wesentlich sind.